Phoenix

Ken Nishimura

不死鳥

西村健

講談社

目次

装幀　岡　孝治
写真　iStock.com/DrPAS　shibainu / PIXTA
カバー・表紙地図　国土地理院 2.5 万分 1 地形図

不死鳥

Phoenix

プロローグ

監視カメラ。いや、防犯カメラ、か。まぁ、どっちでもいい。とにかく一番、気にするべきはそいつなのだ。樋野永理《ひのながまさ》は肝に銘じていた。大切なのは、心掛け。油断だけは決してするわけにはいかない。

もうこの地は、これまで何度か来ていた。だから駅から目的地《ターゲット》まで至る途中、どことどこにカメラがあるか、は正確に押さえていた。「ターゲット」いい言葉ではないか。口にしてみて、響きがいい。大いに気に入っている。

とにかく準備を整えるのは、無駄と思えるくらい念には念を入れて、でなければならない。こいつも大切な心掛けの一つ、というわけだ。

今や、町のどこにでもこのカメラって奴がある。一つもないところなんてもう、山の奥くらいなものだろう。だから町を移動していて、全く映らずに済ますなんてことはとても無理なのだ。

無理ならばよくよく考えたって仕方がない。それなら映ることを前提として、ではどうするか。そいつを考えることだ。くよくよばかりして前に進まないのは、馬鹿のやることに過ぎない。

まず、駅の近くには百パーセント。全方向から見られている、と思っていていい。駅から続く繁華街だってそうだ。ないところなんて、あり得ない。

ただ一つだけ、有難いのはカメラがあるのは大抵、頭よりずっと上、ということだった。だから帽子をかぶって俯《うつむ》いてやれば、顔はあまり映らない。今は外に出る時マスクをするのが好まれてるから、こちらからすればますます好都合だった。帽子をかぶってマスクをすれば、外に覗くのは眼と眉くらい、ということになる。

ただし今度は、帽子の方はきっちり映ってしまう。同じ帽子の奴が同じ場所を何度も彷徨《うろつ》いてれば、注目されてしまうだろう。

そのため帽子はいくつも用意した。基本的には野球帽だが、他の種類の奴も取り揃えた。

いくつも用意したのは上っ張りとリュックも、だった。顔は隠してもこっちは映ってしまうのは、同じだからだ。とにかく目立たないこと。注意を引かないこと。こいつが肝心だった。

駅から出て繁華街を抜け、目的地《ターゲット》を目指す。真《ま》っ直《す》ぐには向かわない。似た格好の奴が毎度、同じ方向にばかり歩いていたらこれまた目立ってしまう。

いったん、ちょっと違う方向に行って人通りと監視カメラのないところに出る。ここにはない、ということは既に確認済みだ。そこまで来てリュックを下ろし、上っ張りと帽子を脱ぐ。リュックから出した奴と取り替える。これだけで随分、映像に残る印象も変わる。

ＡＩとかいう奴は簡単に人の顔を見分けるらしいが、こちとら顔は撮られちゃいない。後は帽子と上っ張りを替えるだけでそれなりの防御策にはなるわけだ。

再び歩き出す。今度は目的地《ターゲット》に向かって真っ直ぐ、だ。途中どこかでカメラに映っちゃいるだろうが、もうそれはしょうがない。駅の近くで映ってたのとは違う帽子と上っ張りの男が、こっちの方を歩いていた、というだけだ。リスク、って奴はゼロにはならない。そいつをなるべく減らすように、努力することしかできない。

いよいよ目的地《ターゲット》に到着した。

最近は住宅街の中にもカメラはあるし、玄関のとこに付けてる家なんかもある。高級住宅街なんか、特にそうだ。それから、犬に門前にしょっちゅうクソされてる家なんか、も。犯人を特定するため、カメラを仕掛けていたりなんかする。

だがここにはない、と分かっていた。夜になれば人通りも殆どなくなる、と知ってもいた。何度か来てみて確認したからこそ、次の「ターゲット」はここだと決めたのだ。

「いよいよ、っスねぇ。アニキ」シモベが囁《ささや》き声で言った。「俺いつも、ちょーワクワクしちまう、っス」

「お楽しみはこれからだぜ」樋野は応えて言った。「それに興奮し過ぎて、ミスっちまっちゃぁ何にもならねぇ」

「いやぁ、ヤベっスよ。マジかっけーなぁ、アニキは。堂々としてらぁ。いつも落ち着いてる。俺にゃぁとても真似、できねぇや」

「黙ってろ。集中できねぇだろ」

リュックを下ろすと今度は上っ張りや帽子ではなく、〝マシン〟を取り出した。

実際には機械、と呼べるほど複雑な仕組みではない。むしろ単純なくらいだ。でも、逆にこっちの方がいい。なまじ細かい作りにしていると、どこかがちょっと狂っただけで全体が駄目になってしまう。

おまけにさして正確である必要もない。火薬に火が届いてくれさえすればいいのだ。そこさえ確実であれば、後は何も要らない。シモベと二人、愛着を込めて〝マシン〟と呼んでいるのだった。

「惚れ惚れしますねぇ、マジ」その、シモベが言った。「作りは単純でも、機能の方は保証付き。またアニキは手先が器用っスから。こういうものでもチャッチャッ、と軽〜く作り上げっちまう」

「黙ってろ、つっただろ」

人通りが殆どないのだ。つまり人声がすると、目立ってしまう。真夜中というわけでもない。まだ町全体が、寝静まってはいないのだ。逆にそんな遅い時刻であったなら、ここに来る途中でカメラに捉えられる人影も減り、人目を引いてしまうだろう。

遠くでカァ、とカラスの鳴く声がした。ずーん、と低く腹の底に響くような振動は、あれは遠くを走る車のせいか。車の走る音が何台分も重なると、こんな響きになる。

〝着火口〟と呼んでいる部分にライターで火をつけた。そうして〝マシン〟を、勝手口の前に置きっ放しになっている大き目のゴミ箱の中に放り込んだ。

収集日の直後だから、ゴミ箱の中は空だ。他のゴミに燃え移って、爆発時刻が早まることもない。そこまで調べ上げた上で、決行日を今夜と決めたのだ。

よし、と立ち上がった。三つ目の帽子と上っ張りに素早く着替えた。準備しておいた紙を、勝手口の金属製の格子戸にガムテープで貼りつけた。

足早にその場から立ち去った。

「いやぁ、やっぱかっけー、っス」シモベが言った。「アニキはちょーぜつ手際がいいや。あっ、という間の早業だ」

「口が閉じられねぇ野郎だな、お前《め》ぇも」説教しながらも実は、満更でもなかった。誰にも見られることのない〝仕事〟なのだ。逆に、誰がやったのか知れ渡ってしまったのでは、困る。だから一人くらい称賛してくれる人間がいるのは、本当は嬉しいことではあった。もっともそんなこと、本人に言ってやりはしないが。「そんなこったともう、一緒に遊んでやんねぇぞ」

「いえっ、それは困ります。ちー、っス。もう口は開きません。誓います」

「よしよし、それでいい」

来た時とは別の方向に向かった。同じ駅からは帰らない。これもまた用心の一つ、だ。

後、三十分もしない内にさっきの〝マシン〟が動き出す。火薬に火がつき、燃料にも着火して、破裂する。放り込んどいたゴミ箱は簡単なプラスチック製だから、まぁ中からの圧力で裂けちまうだろう。吹っ飛んで破片が飛び散るかも知れない。その様をこの目で見られないのだけが、残念だ。

それと、貼りつけておいた、紙。爆発が大き過ぎて、あいつに火がついてしまわないかだけが気掛かりだった。

まぁ、大丈夫だろう。火薬の量がどれくらいだったら、どれだけの爆発になるか。これまでの経験で大体、分かってる。さっきシモベが俺のこと、手先が器用だって言ってたが実は自信だってあるのだ。俺はこういうのには、向いている。

紙が燃えちまったら面白味がなくなる。警察がヤキモキしてるであろう様を、想像するのがまた楽しみの一つなのだ。まんまとしてやられた。悔しがっている様子が、目に浮かぶのだ。

紙に記してあるのは次の犯行予告と、署名。「不死鳥《フェニックス》」。

初日　五月二十一日

1

一目、見たとたん全身の力が抜けた。膝が折れそうになった。

やはりこいつはムリ筋だったか……。絶望に近いものが〈ゆげ福〉こと弓削匠《ゆげたくみ》を包んでいた。

ＪＲ新宿《しんじゅく》駅の改札前。最も分かり易い場所として、待ち合わせ場所に指定した。

最近、新宿駅とその周辺は世紀の大改装の真っ最中で、急激な変貌を遂《と》げようとしている。かつては東口、西口と両サイドに分断されていたのが、両者を貫くように自由通路が通り、行き来が随分と楽になった。改札もその通路沿いに、「東改札」「西改札」と並んで設けられた。

ただし人の流れが洪水さながらなのは、昔からだ。自由通路が出来たせいでも何でもない。改札には排水溝に流れ込むように客が吸い込まれて行き、同時に同数の人ごみが吐き出され続ける。一日の平均乗降客数、約三百五十万人（西武新宿駅を除く）。世界最大のターミナル駅と称されるのも、これを見れば誰もが納得しよう。

そんな通行人の激流の中にいても、一目で見つけた。目立ち捲《まく》っていた。

日陰の植物よろしくひょろひょろに伸びた痩身《そうしん》に、毛糸玉を放り投げたようなボサボサ頭。今では逆に「レトロ」と珍重《ちんちょう》されそうな丸の黒縁眼鏡に、土左衛門さながらの生白い肌。一昔前の漫画で「博士」のトレードマークとされていたような、アイコンの集大成と言える。服はいつからクリーニングに出してないのかと訝《いぶか》ってしまう、ヨレヨレのスーツ——おまけに最近はあまり見掛けなくなった、古臭い色合いの紺の上下だった。今時ネクタイをきつく締めていたが、それも曲がっていた。

福岡県警特別科学捜査研究所の研究員、田所正義《たどころまさよし》。久しぶりに会ったがちっとも変わってはいなかった。記憶の中からそのまま抜け出して来たようだった。

そして、匠は知っているのだ。これから彼を引き合わせる予定の相手、バー『オダケン』のマスターはこういう手合いを一番、毛嫌いするということを。

「よぅ」目眩《めまい》がしたが、仕方がない。乗り掛かった船だ。片手を挙げて挨拶した。「電話では、話したが。こうして会うのは久しぶりだな、田所」

「確かにその通りだ、弓削君」

声までが相変わらずだった。黒板をタワシで、触れるか触れないかの感触で撫でているごとき不快さ。誰もが背筋に悪寒を覚えざるを得ない。こいつとオダケンを引き合わすなんて所詮、無理な発案だったか。匠はもう一度、目の前が暗転する思いを味わっていた。

地下道を出て靖国《やすくに》通りを渡り、『新宿ゴールデン街』に入った時もそうだった。

「やれやれ、何という場所か」細く薄暗い路地にびっしりと小さな呑み屋が並び、各店のネオンが妖しく瞬く。こういうところが好きな呑助にはたまらない街だろう。だが田所の趣味に合わないだろうことは、どれだけ想像力の欠乏した人間でも容易に予想はつく。「このような息苦しい場所にわざわざ足を運び、酒を呑む。そのような意味などどこにある。気が知れぬ」

「これから人に引き合わせよう、っていうんだぜ」背筋に寒いものを感じながら、努めて明るく言った。「大事な仕事の話をしようというんだ。今からそんな、愚痴まがいばかり零《こぼ》してて、どうなる」

「ふむ」

納得してくれたのか。田所は口を噤んだ。理詰めで迫れば効果的なのかも知れない。こいつを相手にする時の、コツなのかも知れないな、と匠は胸に刻んだ。「さぁ、ここだ」

バー『オダケン』のドアを開けた。灯りを抑えた店内。カウンターが奥へ伸び、丸い座のスツールが並ぶ。十人も入れば満杯の狭さである。だがこれが、『新宿ゴールデン街』の典型的な店なのだ。肩触れ合って酒を呑む。この街はそういう嗜み方を尊ぶ者にとっては、天国と言っていい。事実、何十年の歴史を重ねた今も客は嬉々として通って来る。

「よぅ、〈ゆげ福〉」マスターがゴツい顔をにこやかに和らげ、片手を挙げた。「いらっしゃい。待ってたぜ」

やぁ、マスター、連れて来たよ。これがこの前、話した……

匠は田所を紹介しようとした。が、機先を制するように、奴は店内を一瞥して、言った。

「何という不潔さなのだ。ここで客に飲食物を提供している、というのか。理解に苦しむ」

一瞬、呆気に取られた。最初に見た瞬間から懸念を拭えなかった匠からしても、まさか開口一番、ここまで言い放つとは想定外だった。

ましてや、マスターだ。そいつ、とことんヤな野郎で、さ。田所のことを事前に、説明はしてあった。だがまさか、最初からこう来るなどと想像もつく筈はあるまい。

「このポスターは、何だ」二人とも虚を突かれたお陰で、無事で済んだ。それを知ってか知らずか、田所は頭上を振り仰いで、続けた。長年、天井に貼りつけてある映画『ヒンデンブルグ』のポスターだった。「煙草の煙ですっかり煤けてしまっているではないか。今では何の絵柄だったかすら判別できぬ。こんなもの、さっさと剝がしてしまえばよいではないか。不潔、極まりない。ポスターの裏に何の虫の死骸が転がっているか、分かったものではない」

「う、うちが気に入らねぇんなら」漸《ようや》く反応できたようで、マスターは言った。まだ身体が即応する余裕までは、戻ってない。それで田所の命は救われたようなものだ。「出てってもらって構わねぇんだぜ」

「まぁまぁ」咄嗟《とっさ》に匠は、両者の間に割って入った。惨事を避ける最大限の努力をするべきは、自分しかいない。「田所あんた、何を言っているんだ。これから仕事の話をしようって時に。さっきも言っといただろ」

「私は感じたことを率直に口にしたまでだ。そもそもこの街、自体に入った時から違和感を禁じ得なかった」

「どうやらとっとと帰《け》ぇりてぇらしいな」ヤバい、ヤバい。声が震えつつある。マスターが未だ爆発せずにいてくれるのは、匠が連れて来たという抑えがあるが故。その一点に過ぎない。しかもそれも、風前の灯に限りなく近かった。「自分からそのドアを出て行くか。それとも、叩き出されるのがお望みか」

「気に入らぬのは店の不快さだけではない」なのに田所は、憎まれ口を重ねる。自分がどれほど死の瀬戸際にいるのか、全く気づいていないのか。「店主の、その心構えだ。何であれ暴力で解決すればよいと思っている。ジェンダー・フリーの概念が称揚される昨今、マチズモなど時代遅れも甚《はなは》だしい」

しぇからしか（いい加減にしろ）！　思わず九州弁で怒鳴り上げそうになった。普段、仕事で人と会う時は訛りは出さないよう心掛けている。方言を使っては心の距離が詰まり過ぎる。冷静に対処できなくなると思うからだ。その枷《かせ》がついつい、弾け飛びそうになった。危ういところで思い留まった。

「止《や》めろ、っつってるんだ」代わりに、言った。とにかくここは、田所を止《と》めることだ。マスターを抑えるには、それしかない。「あんたはこれから、このマスターの協力を必要としてるんだろ。なのに初対面から、互いに心証を悪くしてどうする。そんなことでは今後、仕事もスムーズに行きっこあるまい。どうだ」

「成程」匠の言葉に田所はあっさり頷いた。こいつを御するには、理詰めで迫った方がいい。さっき思い知った。どうやら今回も、功を奏してくれたようだった。「それは確かに弓削君の、指摘する通りだな」

『オダケン』マスターは元警官。だからというわけではなかろうが、時間がある時には〝よろず引受け業〟を兼任している。相談として持ち込まれたトラブルを、解決してやる役だ。

匠も地元、福岡でラーメン店〈ゆげ福〉を経営する傍ら、探偵稼業《かぎょう》も続けている。依頼を遂行する中で、マスターと知り合うことになった。飲食店とトラブルシューター。似た境遇にいることもあったのか、意気投合した。ある意味、最も信頼できる仲間と言っていいかも知れない——先方がこちらをどう思っているのかは知らないが。

　もっともこのマスター、元警官とは言ってもそれは一日だけ。警察学校を卒業し、交番に赴任した初日に上司をぶん殴って半殺しにした。マスターのお袋さんはアイヌらしく、そこを揶揄《からか》われたのが原因らしい。

だが理由はどうあれ、上司の顎を叩き割ってタダで済むわけがない。その場で警視庁をクビになり、行きつけだったこの店を継ぐことになった。当時は『エブリー』という店だったが、店主が引退を考えていたタイミングだったため丁度よかった、という。かくして看板が架け替えられ、今に至っている。

とにかくそれだけの腕っ節の持ち主なのだ。カウンターにボトルが並んでいてよかった、と匠は思わずにはいられなかった。お陰でマスターの手がそれ越しに、こちらまで届かない。届いていれば田所の首は、今ごろ床に転がって「ハイそれまでヨ」だったことだろう。

「この街に対する批判だって、そうだ」匠は続けた。「狭苦しいところに呑み屋が犇《ひし》めき合っている、とあんたは腐すが、そういう雰囲気が好きだって客もいるわけだよ。だからこそこの街は、昭和三十年代からずっと変わらず続いてる。客が来なけりゃとっくに潰れてる筈だからな。あんた個人の好き嫌いは関係ない。そうだろ」

「成程」もう一度、大きく頷いた。「その指摘も確かに、的確だ。反論の余地はなさそうだな」それから、マスターを向いた。「謝罪させて欲しい、マスター。不必要なことを口にして、無意味に不快感を掻き立ててしまったようだ。私はどうも研究室を出ると、落ち着かなくなる質《たち》でね。外出が基本的に好みではない。にも拘わらず不本意ながら、研究室どころか福岡まで出、東京に来た。この街にまで出向いた。そのことが無意識の内に、精神的な動揺を誘っていたらしい」

見るからに戸惑った表情を、マスターは浮かべていた。急な態度の転換について行けてないようだった。それはそうだろう。こんな野郎と相対して、どうしていいか分からない方が普通だ。

「精神的に不安定になり不必要に、君やこの街に対して攻撃的な言動となっていたようだ」田所は謝罪を続けた。「いや、大人気《おとなげ》なかった。申し訳なかった。不潔だ何だという先程の批判は、どうか聞き流して欲しい」

「わ、分かりゃ、いいんだよ」どうにも勝手が違う、という物腰でマスターは反応した。つい今し方まで叩きのめそうとしていた相手が一転、真摯に謝って来た。どう反応していいか迷ってしまう、というのは当然だろう。「俺だって別に、好んで喧嘩したかったわけじゃねぇからな」

「さぁさぁ、仲直りだ仲直り」パンパン、と匠は手を打ち合わせた。今の内だ。空気が緩んだタイミングを逃さず、一気に話を進めてしまわなければ。「改めて自己紹介といこう。さっ」

「田所正義だ」促されるまでもなく、先に名乗った。「福岡県警察本部特別科学捜査研究所で、研究員を務めている」

「こないだ、テレビにあんたが出てるのを見たよ」軽く受けてから、マスターは返した。「俺は小《お》田健《だけん》。本名も呼び名も、店の名もオダケンだ」

「ほほう」興味深そうな声を漏らした。考えてみればこいつが人間らしい表情を呈したのも、これが初めてだったかも知れない。「本名がそのまま小田健、なのかね。私はてっきり、長い名前なので詰めて呼称になっているのか、と思っていたが」

「小田原健作とか、小田島健次郎とか、な。よくそんな風に思われるみてぇだよ。だが残念ながらそうじゃねぇ。本当に正真正銘、生まれた時からこいつが本名なんだ」

「さぁさぁ。自己紹介が済んだら次の段階だ」匠は再び、手を打ち鳴らした。「せっかくバーに来てるんだ。仲間になった記念の、乾杯と行こう」

田所はスツールに腰を下ろす際、頻りに埃を気にしているようだった。だがそこのところは要らぬ心配という奴だ。客商売のイロハくらい、マスターだって心得ている。店は歴史を重ねてるしあちこちガタは来ているが、掃除を欠かすことはない。カウンターだって古いためどれだけ磨いてもピカピカには光らないが、少なくとも埃は一片もない。

「あぁ済まない、マスター。ソフトドリンクはないかね」汚れてはいないと安心したのか。漸くスツールに座って、田所は言った。「アルコールは好みではない。そもそもそんなもので思考を麻痺させて、何が楽しいのか。理解し兼ねるというのが偽らざるところだ」

「うちはバーだ。女子供の飲み物ぁ置いてねぇ」

「ならば仕方がないな」立ち上がった。座っていたのは一瞬、に過ぎなかった。「立ち去るしかなさそうだ」

「おぃおぃ」匠が制した。「いい加減にしろよ。つい今し方、自分の非を認めたばっかりじゃないか」

「これから仕事をする間柄において、互いに気分を害するのは何の利にもならない。街の繁盛ぶりについても私の個人的な感情とは関係ない。そこまでは弓削君の指摘の通りだ」田所は言った。「だが今後を祈念して盃を交わす。飲み物の選択には、個人的な嗜好が入り込まざるを得ないのではないのかね。そしてこの店には私の好む飲み物は置いていないらしい。ならば私は帰るしかない。そういう結論に至るしかないだろう。では、ご機嫌よう。明日の再会に期待をしている。言っておくが、遅刻は厳禁だ。分かっているね、マスター」

赤く染まった視界の中で、店のドアが開いて、閉じた。目の血管に大量の血が流れ込み、見えるもの全てが赤く映っていたのだった。

ふと見るとグラスを持つマスターの右手がぷるぷると震えていた。グラスは砕け散る寸前だった。

2

　そ、それじゃぁ、そういうことで。明日から、よろしく頼むな。そそくさと帰って行った〈ゆげ福〉と入れ替わるように、呉梨花《オウイーホア》が入って来た。「あれ」不思議そうに店内を見回した。「打ち合わせ、もう終わったの。もう帰っちゃったの、弓削さん」

「俺の前で居た堪れなかったんだろうよ」オダケンは苦笑した。彼女の顔を見たお陰で漸く、表情を崩す心的余裕も戻って来た。「あれであいつ、結構な気ぃ遣いだから」

　何があったか。話して聞かせた。ゆげ福の仲介で田所の仕事を手伝うことになった経緯については、梨花だって既に知っている。だから前段階の説明は要らず、手っ取り早く済んだ。

「何と、ね」梨花が笑った。やれやれ、と言わんばかりに両手を挙げた。「とことん嫌な奴、って弓削さんも、言ってたんでしょう。大袈裟でも何でもなかった、ってことね」

「あんなクソ野郎、久しぶりだよ。いや、もしかしたら生まれて初めてレベル、かも知れねぇな」

「でもその人、よく無事にこの店から出て行けたわね」もう一度、店内を見回した。室内がどこも壊れていないことを、確認していた。「そっちの方が、不思議」

「あんまり想像を絶するクソ野郎っぷりなんで、こっちも呆気に取られちまったんだ。怒りを行動に移す余裕すらなかった。その隙に、さっさと帰られちまった」

　ころころ、と転がるような笑い声を梨花は発した。綺麗だ。いつものことながら心底、感じた。

　美人の笑顔は万人の心を癒す。特にこの女の場合、その効果が抜きん出ていると言っていい。誰かをぶん殴ってやりたかった胸のモヤモヤがお陰で、一瞬で晴れていた。漸く煙草を咥え、紫煙を味わえる余裕も戻った。もちろん吐き出した煙を彼女とは逆の方、換気扇へ向ける冷静さもちゃんと取り戻していた。

発端は三日ばかり前だった。ちょっとお願いしたい仕事がある、とゆげ福が店を訪ねて来たのだ。本業のラーメン屋とは別に、探偵稼業も続けている。そっちの用で福岡からこちらに出て来ていることは、既に知っていたので現われたこと自体に特段の驚きはなかった。

「子守をお願いしたいんだ」オールド・グランダッドのハイボールを一口、呑み干してからゆげ福は切り出した。かつてはこいつ、バーボンはストレートでしか味わわないのを信条にしていたんだが。今となっては、昔の話である。「そいつ、とことんヤな野郎で、さ。だけど誰かが面倒、見なきゃならない。俺としてもこんなこと、頼むのは心苦しいんだけど。どうか引き受けてやっちゃぁくれないか、マスター」

福岡県警の科学捜査研究所で研究員を務めている古い知り合いが、今般こちらの捜査に協力するべく上京して来る、という。調査のためには都内をあちこち動き回る必要があるのだが、とにかくそいつは外出を嫌う。研究室に籠ってこそ本領を発揮する御仁なのだ。だから助手として、代わりに行動する人間が要る。その任を務めてもらえないか、という話だった。

「俺がやってあげられればいいんだが」ゆげ福は言った。「何分にも別の仕事が入ってて、動けない。長年の友人からの依頼で、さ。とても断るわけにゃいかなかったんだ。こっちに出て来てるのも、そのためで、ね」

警視庁の科学捜査研究所が捜査協力のため、その田所なる研究員を福岡から招聘した。だから公的な依頼である。ちゃんと経費は支払われる。つまりただ働きってことになる心配だけはない、とゆげ福は請け合った。

「そりゃ、まぁ。うちはこんな感じなんで」オダケンは店内を指し示して、言った。客はゆげ福、以外に誰もいない。今日は特別に入りが悪いわけでも何でもない。この店はいつも、こうなのだ。

「本業以外によろず雑用引受け業をやってるのは、あんたも知っての通りだ。だから依頼となりゃ、引き受けねぇでもねぇが」

以前は一応、新宿と付く町名から来た依頼しか受け付けない、と一定の線を引いていた。今ではそいつも取っ払い、どこから来た奴でも時間があれば基本的に引き受けるようになっていた。つまりはそれくらい、本業が閑古鳥《かんこどり》というわけだ。飲食店とトラブルシューター。考えてみれば、ゆげ福とは似た境遇にいる。仲間という意識がお陰で強い――もっとも先方が、こちらをどう思っているのかは知らないが。

「テレビにも出ていた奴なんだよ。見てないかな、二ヵ月ばかり前なんだが」

新たな捜査技術を研究中で、その効果を試すため大掛かりな社会実験を数ヵ月以内に行う。福岡県警の記者会見だったがかなりショッキングな内容だったため、こちらでも大々的に報道された。だからオダケンもニュースで見た覚えはあった。

「あぁ、あれか」記憶を辿って答えた。「電子メールから何かの事件の兆候を読み取る、とかいう奴」

「そうそう。そいつだ」

例えば自殺願望者あたりがSNSでの遣り取りの中で、「死にたい」などと書き込むことは、よくある。だからそれを匂わすようなキーワードでネット上を検索すれば、自殺を望んでいる対象を抽出することができる。実行に移す前に保護してやることも可能だろう。その程度ならば、今の技術であっても充分にやれる。

「ただ県の科捜研がやってるのは、もっと規模のデカい手法らしいんだよ」ゆげ福が説明して言った。「自殺願望者が『死にたい』くらいならよく分かる。簡単に想像もつく。まぁいかにも言いそうなセリフだからな。ただそれだけじゃない。もっと違う表現でも、実は彼らが書く傾向の高いキーワードというのは、ある筈じゃないか。そいつをＡＩに学ばせる。ここんとこよく聞く、ディープ・ラーニングとかいう奴だよ。過去の自殺願望者の書いた、膨大な量のメールを読み込んで、傾向を分析する。そして実際、ネット上で飛び交ってる中から、そいつを抽出する。そういう実験なわけだよ」

ただ何分にも、個人のプライヴァシーに大いに関わる捜査手法でもある。ましてやこれは、社会実験だ。実際にやってみて、現実に使えるかどうか検証する。このため実施に際しては、一般市民の理解が不可欠になる。

「だから今回は自殺じゃなく、家出を研究テーマに据えるらしいんだ。自殺だとさすがに、生々し過ぎるからな。こっちの方が市民の協力も得易かろう、って選択らしい」ゆげ福の説明が続いていた。まだもうちょっと先の実験なのに、早目に会見を開いたのもそれだけ市民への周知を狙ってのこと。福岡県警がこの実験に当たって、かなり気を遣っているのは間違いないようだ。「家出をしよう、なんて子供はその前に、どんなことをネット上に書き込んでるのか。どんな言葉を書いてた子供がその後、実際に出て行ってしまう傾向が高いのか。そいつを調べてみるらしい。実は既に研究は進んでて、蓋然性《がいぜんせい》の高いキーワードはそれなりの数ピックアップされてるらしいんだけど、な。そいつを今回の大規模な実験で、更に突き詰めようということらしい。まぁ俺も詳しいことは知らず今、言ってることもテレビニュースの受け売りが大半なんだけどね」

「ふぅん」オダケンは吐息を漏らした。自らもグランダッドのハイボールをぐっと空けた。すっかりストレートを口にしなくなったのは、こちらだって同様だ。「メールだ何だ、なんて話ぁ俺にゃぁよく分からねぇな。だから手伝ってもいいがどれだけ役に立てるものか、ちょっと心許ねぇ」

「あ、いや」慌てたように手を振った。「今のはあくまで、こないだの記者会見の話だよ。そんなのでテレビに出て来て発言してた当人なんで、マスターも見たことあるんじゃないかな、って持ち出した話題に過ぎない」

見た覚えなら確かにあるよ、と答えた。そして今の話の流れだと、では依頼されるのはメール云々の研究とは関係ないのだろうな、と察しがついた。

「そうなんだよ」ゆげ福は頷いた。「今回、田所がこっちに呼び出されたのはその実験とは全く関係ない。連続放火事件の捜査について、なんだ」

「放火」

「あぁ。奴が以前、やってた研究でね。実は俺も前に、地元で協力したこともある。マスター、知らないかな。俺の幼馴染みで、県警捜査一課に勤めてる、警部の宮本《みやもと》。そもそも田所と会うことになったのも、あいつからの紹介だったんだ」

地理的プロファイリング、というらしかった。連続して発生した事件現場の地理的位置に着目して、犯人の拠点を推察する手法だという。

事件がどこで発生したか、は犯罪捜査において極めて重要な示唆を齎《もたら》す。これでも警察学校を卒業まではしたオダケンだ。そこのところは理解できる。

犯人、しかも突発的ではなく連続してコトを起こす犯罪者は、全く土地勘のない場所で犯行に及ぶことは少ない。普段の人通りは多いか、少ないか。夜でも車はよく通るか。付近にどんな施設があるか。周辺の住民の外出時間帯は概《おおむ》ね、どの辺りか。近所の店は早く閉まるか、深夜営業か。そうした情報を全く持たずして犯行に踏み切れば、不測の事態が起こり目撃されてしまう恐れも高くなる。だからある程度、馴染みのある場所で犯罪者は実行に移る。

だが一方、自宅の直ぐ近く、というわけにもいかない。一度だけならまだしも、連続して犯行に及べばどうしてもご近所さんの注意を引いてしまう。ここのところ近くで変な事件が続いてるけど、そう言えば起こる前日、毎回あの家の灯りが遅くまでついているんだよねぇ。そんな風に知らず知らずの内、周囲の不審を買っているかも知れない。ましてや姿を目撃されたら、一発。あっ、あいつだ！　それで、一巻の終わりである。

だから犯行現場は犯人にとって、自宅から一定の距離があり、なおかつそれなりに土地勘のあるところ、という帰結になる。つまり連続して事件の起こった地点をトレースし、相応の分析を加えれば犯人を示唆する何らかの情報に辿り着く可能性があるわけだ。

「まぁこれでも、警官のなり損ないだ」オダケンは苦笑して言った。「そこのところまでは、分からねぇでもねぇな」

「それで田所のやってたのは、その地理的プロファイリングの一ジャンル。円仮説、についての研究だった」

「円仮説」

同一犯によるものと見られる事件現場を全て、地図に点として書き入れる。そして最も離れている二点間の距離を直径として、全ての点を内包するような円を描く。するとこの円の内部、それも中心部に近いところに犯人の拠点がある可能性が高い、というのが円仮説の概略らしかった。

既述の通り犯人は、自宅の直近では犯行には及ばない。しかし一方、全く知らない場所でもあまり実行には移さない。馴染みのある土地が基本的に犯行現場として選択される。

更に一度、事件を起こした現場は当局が注目しているから二度目は自然と避ける心理が働く。前とは違う場所を選ぼうとする筈だ。つまり自分の拠点からは一定の距離があり、土地勘もあって尚且つ前回とは違う地点。このため犯行を続ける内、現場は拠点を同心円状に取り囲む傾向に収束して行く、というのである。

「まさか」思わず口を挟んでいた。「そんなに上手くいくものかね」

「俺も聞いた当初、全く同じことを口にしたよ」ゆげ福が笑った。「勿論これは、極めて単純化されたモデルに過ぎない。現実には自宅から等距離地点の全てに土地勘があるわけじゃないからな。モデルの円は真円ではなく多少、歪んだ形にはなるだろう。だがまぁ人間なんて無意識の内に、単純な行動を採ってしまいがちなのも確かだ。そしていつの間にか、自分の拠点から一定距離の、狭い範囲を動き回る傾向にある、ってことも」

「ははぁ」

実際、ゆげ福が福岡で協力し、実地調査したケースでもこの仮説が概ね裏付けられる結果になった、という。

「現実には土地って、平らじゃないだろ。坂がある。移動には上り下りを伴う。そうすると人間、上り坂は自然に避けがちじゃないか。下りはそうでもないかも知れないが、コトが終わった後は上って帰らなきゃならないから、やっぱり自然と避けがちになる。すると坂道があれば、心理的に嫌がる可能性が考えられる」

そこでその田所なる研究員は現実の坂のデータを地図に加え、実際の距離と心理的距離を調整する変更を加えたらしい。

「どうやったらそんなことできるのか、俺には想像もつかないけどな。でも現に、そいつはやって見せたんだよ。坂道の角度はどれくらいか。長さはどのくらいあるか。データを入力すると地図は、平面図より大きく歪んだ。その歪みが坂に対する、人間の心理的距離、ってわけだな。そしてそうやってみると、確かに複数の事件現場の中心に当たる位置に共通の施設があったんだよ。実際、事件の解決に繋がったんだ」

「ふぅん」

「奴はその研究成果について、本も書いた。専門書じゃない、一般向けの本だな。そこそこ売れたみたいだよ。だから捜査研究の方面じゃ、それなりの有名人と言っていい」

思い出した。

ゆげ福は放火事件の警察捜査に関わることで、今の奥さんと出会うことになった、と聞いた覚えがある。つまりそいつは、この研究だったってわけだ。するとこの田所なる研究員は、回り回ってゆげ福夫妻のキューピッド役を務めたことになる。彼が依頼を無下に断ることができないのも案外、そんなところに理由の一端があるのかも知れない。何と言っても実は、義理堅い奴なのだから。

「奥さんは元気にしてるかぃ」思い出したので、尋ねた。旧来の知り合いどうし、家族の話題というのは会話には丁度いい。「もうお腹も、目立つようになってる頃じゃ」

「あぁ」と頷いた。「六ヵ月目だ。それまでは大変だったけど、今は体調的にはだいぶ落ち着いて来たよ。ただなぁ」

ゆげ福の親父となかなか上手くいってない、というのだった。

彼の父親はかつて、「博多で一番」と謳われたラーメン職人だった。だがとある事件が起こり、博多の街から姿を消した。お袋さんもショックのあまり、精神に異常を来《きた》した。仕方なく施設に保護してもらわなければならない程だった。

だが幸い、事件は解決を見た。親父さんは戻って来、お袋さんも回復した。ゆげ福は結婚し、奥さんの母親（父親は早くに亡くなり母一人、娘《こ》一人だったらしい）も博多に呼び寄せた。お陰様で両方の親どうしも仲良くなり、互いに近所に住んで行き来しつつ生活している、という。

ラーメン〈ゆげ福〉は今、固定店舗を親父さんが、屋台の方をこいつが仕切ってそれぞれ営業している。「昔ながらの美味さ」と博多っ子には評判で、どちらも繁盛しているらしい。理想的な家族像と映る、少なくとも、外からは。

「いや、まぁな」ゆげ福が頭を搔いた。「まぁ、そこまではよかったよ。私生活と仕事、今の形に両立させるまでは。ただ、なぁ。問題は妊娠なんだ。親父がどうも、神経質になっちまって」

屋台の方はそれまで、ゆげ福と奥さんとの二人で切り盛りしていた。元ダレを作ったりスープを煮出すまではまだ無理だが、麺を茹でたりとその他の作業は奥さんも一人でできるまでに腕を上げた。繰り返すがゆげ福は今も、探偵稼業を辞められずにいる。困った友人から頼まれれば嫌とは言えない。依頼を引き受けて動き回る時は、奥さんが一人で屋台を切り盛りもしていたそうなのだ。

「それが、妊娠しちまっただろ。そしたら親父が、うるさくって。お腹の子供に障るから、嫁に仕事なんかさせるな、の一点張りだよ。でも母ちゃんの方が聞き入れない。まだ大丈夫です、働けますって言い返す。俺は間で、板挟みだよ」

これも思い出した。ゆげ福の奥さんは兵庫県は加古川《かこがわ》市の出身で、かなり気も強い。こうと決めたらなかなか揺るがない。だからまだ大丈夫、仕事はできると思えば義理の父親の言うことであっても聞く耳持たない、というのはいかにもありそうな話だった。

元々は彼ら、近い内に大き目の住宅を借りて全世帯で同居する計画だったらしい。ただそんなわけで、奥さんと父親とが何となく反りが合わなくなった。近所ながら別々に住む形が続くことになった。家庭なんてなかなか理想通りにはコトは運ばない。ましてや妊娠なんて事態になれば、家族間にギクシャクが生じるのは当たり前なのかも知れなかった。

「大変だなぁ」笑った。自分の置かれた環境ならば基本的に、ゆげ福のような境遇に陥ることはまずない。お袋はずっと以前、親父も数年前に亡くなってこちとら、気楽な独り身だ。恋人はいるが結婚にまで至る展開は今のところ、考えられない。「気の強い女にはお互い、苦労させられてる、ってか」

「笑い事じゃないよ」苦笑は浮かべつつも鼻を鳴らした。「そんなところに今回、俺がこうして上京してるだろ。だからますます、両方からの圧力が凄いんだ。こんな時に何やってんだ。そんな依頼なんか放ったらかして、さっさと帰って来い、って」

「いやそれは、俺だってそう思うぜ。家庭内でギクシャクしてる時に何もわざわざ、探偵稼業もクソもねぇモンだ」

「それが、なぁ。さっきも言った通り長年の友人からの依頼なんだよ。何とかお願いする、って土下座せんばかりに頼まれちゃぁ、嫌とはどうしても言えなくって」

「まぁ気持ちは、分からねぇでもねぇけどな」あ、そうだ、と頭を切り替えた。話題を元に戻した。「それで、さっきの話だけど。俺が今回、協力して都内を調べて回る、ってのもその円仮説とやらの実証なのかな」

「そうだと思うよ。まぁ俺も、詳しいことは聞かされてないけど。そんなわけでマスターにゃ、こっちで起こった放火事件の現場を動き回ってもらうことになるんじゃないかな」

「ふぅん」

そんなわけで本日ついさっき、当の「とことん嫌な奴」田所とここで引き合わされた、という次第だった。


「へぇえ」オダケンの説明を聞き終わって、梨花は言った。放火事件の捜査、云々についての反応ではない。彼女は長年、雑誌記者をやっているが基本的に仕事の舞台は女性誌だ。連続放火なんてあまり、女性の食いつくような話題ではない。話はとっくに、ゆげ福の家庭問題に移っていた。「そりゃ私も、弓削さんが悪いと思うなぁ。こんな時に身重の奥さんを放ったらかしにして、東京なんかに出て来ることないじゃない」

「まぁなぁ」

奥さんと親父さんとが意見対立しているらしいことについて、詳しく説明した。こういう話題なら女性は、興味津々《しんしん》だからだ。

もっとも長年の友人から拝み倒さんばかりに頼まれれば、なかなか嫌とは言えなかろう、なんて感想まで打ち明けるのは止《や》めにしておいた。女性との会話は基本、何でも相手に同意すること。共感こそが女性とのつき合いにおいて、最も重要なキーワードなのだ。多少の意見の相違があってもそんなもの、わざわざこちらから持ち出すことはない。友達の依頼と奥さんの身体、どっちが大事だってのよ!?　余計なことを言って反感を買って、いいことなど何もない。「この、女の敵」なんて訳の分からぬレッテルを貼られてしまう展開だって、あり得ないではない。

勿論「気の強い女にはお互い苦労させられてる」の白らのセリフも説明から一切、省いた。持ち出していたら、こちらも酷い目に遭うだけなのは目に見えている。女性と揉めるのは他人事、対岸の火事に留めておくべきなのは言うまでもない。

昔はついつい余計なことを口にして、対立の火種を自ら作り出してしまうことも ままあった。今はもうそんなミスは、そうそうは犯さない。これでもそれなりに長く生きて来たのだ。女性とつき合う経験もそれなりに、積んだ。

「まぁ何かと大変だよ、あいつも」無難なコメントに留めておいた。煙を換気扇に向かって吹きつけ、吸い終わった煙草を灰皿に押しつけた。

「貴方も明日から大変なことになりそうじゃない」梨花が言った。「その、『とことん嫌な奴』といよいよ実際に働くことになるわけだから」

「そうだな」笑った。「他人に同情なんかできる余裕も、今夜まで、ってことかな」

「そうかもね」

あぁ、綺麗な笑顔だ。再びしみじみ、噛み締めた。

そう。この美しさに癒されていればいいのだ。要らぬ波風を立てることはない。

俺も老けた。もう一度、実感した。

二日目　五月二十二日

3

あぁ、やはりいいものだ。田所正義はしみじみ感じた。思わず、息を深く吸い込んだ。研究室の空気というものは、やはりいい。

勿論、化学実験室のように薬品やそれらを加熱するなど独特の匂いが漂っているのも、好みである。現場で採取された物質を特定すべく、ガスクロマトグラフィーに掛けたり、といった化学分析は自分だってやる。だからそうした匂いは既に身体の一部になっている。

ただそうではない。単に書類が並んでいるだけの室内でも、いいのだ。何か一つのことを探求している。その行為が、特有の空気を醸し出すのだろうか。自分の研究室でなくとも、どこか落ち着くものを覚えていた。またキャビネットの中に資料が綺麗に整頓され、求めるものが直ぐに取り出せるよう分類が行き届いているのも、好みだった。東勢《とうせい》大学人間科学部で、犯罪心理学を研究する砥部《とべ》篤紀《あつのり》教授の部屋だった。

「ようこそいらっしゃいました」その、砥部教授が右手を差し出して来た。「この分野の泰斗《たいと》、田所先生にこうしてお目に掛かれて、光栄です」

「何を仰いますやら」返した。こうした社交辞令は好みではないが、大切だと理解はしている。最初にやっておけば、後がスムーズに進行する。分かっているのだから、欠かすなどという選択はあり得ない。「こちらこそ光栄です。犯罪心理学研究における我が国の第一人者に、こうしてお目に掛かることが叶って」

ちら、と昨日のバー・マスターの顔が脳裏を過《よぎ》った。社交辞令は大事、と頭では分かっていても、〝あの男〟を前にすると到底、冷静ではいられなかった。ついつい憎まれ口を叩かずにはおれなかった。

目の前の教授がこの研究分野の権威であり、尊敬に値する業績も上げていることは確かだ。ただしその分こちらからすれば、ライバル的存在でもある。エールは交わしていても心の中では、火花を散らしていたりもする。

ただやはり、同じ分野を追求する仲間という感覚も同時にある。同じ匂いも漂う。だからこそ本心では嫌いな表面上の儀礼でも、割り切って冷静に交換することができるのだ。

昨日の男では不可能だった。野卑。その一言に尽きる。弓削ともどこか、通底する。自分とは全く異質な人間なのだ。故にどうしても忌避の心理が湧き上がる。結果、冷静を保つことは難しい。自己分析するが、それでも意志を貫けなかった自分に対する否定感はどうしても残った。そういう意味でも忌々しい存在だった。

ちなみに昨日の別れ際、釘を刺したのも徒労に終わっていた。遅刻は厳禁、と言っておいたのに未だ現われてはいないのだ。まぁ、予想の範囲内ではあったが。あんな男に社会的常識を説いたところで到底、無益なのは最初から分かり切っている。

「大変、失礼します」続いて助手の秦帆《はたほ》任《つとむ》も握手を求めて来た。「でもこの中で一番、光栄なのは自分ですよ。憧れの田所先生に本当にお会いできるなんて。一緒に研究ができるなんて。あぁ、夢みたいだ。頬を抓《つね》ってみたいような心地ですよ」

眼が輝いていた。世辞も含まれていようが少なくとも半分は、本心ではなかろうか。自惚《うぬぼ》れてもいいのではと思えるくらいの表情だった。

持ち上げられて喜ぶようでは所詮、幼稚だ。頭では分かっているがやはり人間、気持ちには勝てないものだった。これくらい純粋に憧憬《しょうけい》の念を向けられては、好感を覚えずにはいられなかった。相手が若ければ、尚更。まだ秦帆は三十代も、行って半ばくらいだろう。私もまだまだ未熟だな。自戒したが、自然に湧き上がる感情はなかなか抑え切れるものではない。

他に室内には警視庁科学捜査研究所の担当官、二人がいた。それぞれと、挨拶と握手を交わした。社交儀礼が漸く終わり、いよいよ本題に移る頃合いとなった。

まずは担当官の年配の方が、ここの大学との関わりについて説明した。犯罪者プロファイリングの研究を長年、砥部研究室と合同でやっていること。田所の「円仮説」についての著書を拝読し、とても興味を覚えたこと。あの中で書かれていた手法がまさに、応用できそうな事件が最近、都内で連続発生していること。そこでこのたび、こちらでの研究の進展も期して協力をお願いすることとし、わざわざご足労を願ったこと。

全て、既に聞いている話である。協力要請の依頼文書にもしっかり、記されていた。

だがこれもまた、必要な儀式の一つなのだ。挨拶代わりの説明も欠かすわけにはいかない。既知のことを繰り返されても時間の無駄だ、と切り捨てるわけにはいかなかった。我慢しながらつき合うだけだった。さすがに満面の笑みを浮かべ続ける、までの心的余裕はなかったものの。逆に、真剣に聞いてくれている、と受け取ってもらえたかも知れない。

「さてそこで、なんですが」教授が引き取って口を開いた。いよいよ、本題に入ってくれるのだろう。望むところだった。なのに、期待は外れた。「先生のお連れ様が、まだお見えになっておられないようですな。彼も説明を一緒に聞いてもらった方がよいでしょうか。ならば、それまで待つことにしても」

「構いません」即座に遮《さえぎ》った。「彼はただ、こちらの指示に従って動くだけの役割に過ぎません。内容を詳しく知る必要性などない。それより皆様のお時間を無駄にしてしまうのは本意ではない。早速、始めて頂いて構いません」

「そうですか。それでは」

おぃ、君。助手の秦帆に目で指示した。はい、分かりました。秦帆も素早く反応し、資料をデスクの上に広げた。合図があれば間髪《かんはつ》入れず動く。阿吽《あうん》の呼吸だった。かなりの信頼関係が互いの間に築かれている証し、と踏んだ。また確かにこの助手、見るからに優秀そうなのだ。再び昨日の男の顔がちらりと脳裏を過った。

「送付したご協力依頼の書類にも、添付してはおきましたが」まずは広げられたのは、大きな地図だった。赤点があちこちに記されていた。全部で、五つ。「これが現時点における、連続放火事件の発生現場です」

「ふむぅ」

地図の上に屈み込み、全体を見渡した。言われた通り、送られて来た書類にも添付されていたがさすがに、これほど大型ではなかった。やはりこうした性格の研究に使用する地図というものは、大きければ大きい程、いい。全体像を俯瞰《ふかん》でイメージすることができる。自分の研究室にも東京都の地図は多種類あり、事前にそちらと照らし合わせて見てはいたが、こんな風に的確に整理されていると把握し易いという利点もあった。

赤点に併記されている「1」「2」の数字は、発生順序である。続いて記されている日付は言うまでもなく、発生日だ。推定時刻も付記されてあった。

「ご覧の通り、これまで発生した放火事件は今のところ全部で五件です」秦帆が説明して、言った。これまた、地図を見れば分かる情報ではあるが一応、口頭の解説を受けるというのも儀礼のようなものではある。「まず最初の現場が、文京区小日向《こひなた》。四月二十二日に発生しました。続く現場は文京区千駄木《せんだぎ》。発生は四月二十九日です。第三が五月七日で、現場は文京区小石川《こいしかわ》。第四は新宿区弁天町《べんてんちょう》で発生は五月十三日。そして最後の第五件が新宿区払方町《はらいかたまち》、つい一昨日の、五月二十日の発生でした。ご覧の通り最初の三件は文京区内、それも小石川地区と呼ばれる地域とその周縁に集中しています。そして続く二件は新宿区内、この辺りは牛込《うしごめ》地区と呼ばれます」

「ふむぅ」

まだ、最初の発生から一ヵ月しか経過していない。その間に、五件。かなり集中しての発生頻度と評すことができる。おまけにそれぞれの現場には、次の犯行予告が残されていた。この犯人は、まだまだ続ける積もりなのだ。放っておけば件数は、積み重なって行く一方ということだろう。

「この、発生時刻の横に振られている小さなアルファベットは」

指差して質問すると、「あぁこれです」と秦帆は大学ノートを取り出し、開いて見せた。「書き入れた時刻の信頼度を、こちらなりにａｂｃに分類してみました」

「あぁ、そういうことか。成程」

犯行時刻はケースによっては、正確に「何時に発生」と断定するのが難しいものがある。基本的に夜の事件なのだ。おまけに全て、家屋が焼け落ちたというような大事には至らずに済んでいる。精々が爆発で破片が飛び散った、あるいは周囲にあった物が焦げた、レベルの被害に過ぎない。延焼して大きな損害が出た、というケースは今のところなかった。犯人からしてもその意図なのだろう。発見が朝、周囲の誰かが起きて来るまで気づく者はなかった、というケースもあった。

それでも推定はできる。何時までは見ていた者がいたから何もなかった、と時間を区切ることは可能だからだ。また焼け方の度合いから、発生から発見まで概ねどれくらい、と類推できるケースもある。逆にプラスチックのゴミ箱に仕掛けが放り込まれていたため、爆発して大きな音が上がり家人が直ぐに気づいた、という場合もあった。これなら発生時刻はかなり正確に限定できる。最後の事件が特にそうだった。

「このように、ほぼこの時刻と限定してよいケースを『a』ランク。逆に一応、推定はしてみるけどあまり当てにならず、外れている可能性が大きいケースの『c』までの、三段階に分類してみました」

「成程」

ノートには事件ごとに、発生推定時刻は何を以ってこの数字を挙げたのか、根拠が細かく書き記されていた。

地図本体にあまり書き込みを行うと、見辛くなってしまう。また、次に発生した現場が既に文字を書いていた箇所と重なり合ってしまう、という事態だって起こり得る。だから地図に書き入れる情報は、最低限。更なるデータを確認したければ、こちらのノートを参照すればよい。そういう風に整理されているわけだ。

発生時刻だけではない。最初の事件から現在までの天候の時系列。事情聴取から収集された周囲の証言……。あらゆる詳細な情報が、このノートには網羅されていた。

「いや、これは的確な整理法だ」本音だった。「こうして纏《まと》めてあれば何らかの疑問が湧いた際、素早く確認することができる」

「はぁ、実は。身内を褒《ほ》めるのは気が引けるのですが」砥部教授が言った。言葉とは裏腹にかなり、自慢気な口調になっていた。「一連の資料を纏めてくれたのは全て、この秦帆です。彼はデータ整理が非常に巧みでして。私も安心して、任せることができています」ふふっ、と笑ってつけ加えた。「まさに名は体を表す、ですな。『任』君、そのものですよ」

いやそんな教授、恥ずかしいですよ。頭を掻く秦帆を、「いや全くその通りだ」と田所は遮った。「世辞でも何でもなく、感心させられた。こちらの表も作成は、君だね。これは、一つの事件から次が発生するまでの間隔を明記しているわけだね」

はぁ、その通りです。更に恐縮する秦帆に、続けた。

「事件と事件との発生間隔は極めて重要な情報だ。これは捜査のイロハだから、押さえているのもさほど奇特なことではない。ただしかし、その間の天候情報まで併記しているのには、畏《おそ》れ入った。確かに天気が快晴か、雨かでは犯人の心理に影響を及ぼす。今夜、実行する積もりだったが雨が降り始めたから、明日に延ばそうなどという行動は当然、あり得るからな。現場の事前視察についてもそうだろう。そうした要素が発生日時の間隔に影響を及ぼした、ということは大いに考え得る。そして追求に資する可能性のある情報は、できる限り押さえておく。理想的なデータ整理と言ってよい」

聞きながら、教授は満更でもなさそうだった。小さく頷いているようでもあった。確かにこれでは自慢をしたくもなるだろう。この研究室では極めて質の高い教育が行われている。認めるしかなかった。嫉妬の心にふと火がつきそうになって、慌てて振り払った。

ああ、やはりいいものだ。しみじみ、感じた。研究室の空気というものは、堪らない。しかも内容が優秀であればある程、快感の度合いも増す。

「ではいよいよ、個々のケースについて見て行きましょうかな」放っておいたら快気に浸って、時間を無駄にしてしまいそうだ。相手を、と言うより自分自身を鼓舞するように、田所は切り出した。「まずは、第一の事件だ」

「ええと」秦帆が戸惑うように質問した。「何からご覧になりますか。まずは現場の写真から」

「うむ、そうだな。その方が頭の整理もし易いだろう」

「はい、分かりました」

写真のファイルが取り出された。

最初に、現場全体が見渡せるように撮ったもの。次いで火事の発生した箇所、そのもの。被害の模様が分かる写真、というように並んでいた。

「被害の度合いはこの際、あまり関係ない」田所は指摘した。捜査全体にとっては大切な情報だが、今はプロファイリングだ。もしかしたらいずれ、重要な要素として浮かび上がって来ないとは限らない。だが今は、先に知っておくべき情報がある。「それよりも把握しておきたいのは、犯行現場の特性だ。犯人が何故、その場所を最初の犯行現場として選定したのか。考察することはプロファイリングにおいて、極めて重要な意味を持つ」

「ああ、成程」秦帆は頷いた。周囲の様子が分かるような写真を素早く取り出して、示した。「犯行現場は住宅街のど真ん中です。ただしその点は第一事件に限った話ではなく、この一連の犯行において常に変わってはいません」

「まぁ、放火ですからな」砥部教授が口を挟んだ。「夜には人目のなくなる場所を選ぶ。その辺りはこうした性格の事件において、基本のようなものでしょう」

「ふむ」

現場となった民家と、その周辺の家並みの写真を何枚も見てみた。「ちょっとした高級住宅街のようですな」

「そうですね」教授は頷いた。「それは、言ってよいと思います」

「見たところ、かなり入り組んだ家並みのようだ。しかも現場となった家は、その奥に位置する」

「あぁ、これも」秦帆が別の写真を取り出した。同じ現場を撮ったものだが、周囲が暗くなっていた。「犯行推定時刻に撮り直したものです。これがあれば犯行時、現場周辺がどんな感じだったか、より分かり易いかと思いまして」

さすが、至れり尽くせり、だった。こちらが何を求めているか、瞬時に摑む。またそれが、ちゃんと事前に揃えて用意されている。改めて感心したが、称賛の言葉はもう止《や》めておいた。優秀と分かっている者に何度も同じ賛辞を繰り返しても、さして喜んではもらえない。むしろこちらが愚かに映るだけだ。

「ふむぅ」腕を組んだ。「夜になると更に、周囲の見通しが悪くなるようですな」一拍、措いて秦帆を向いた。「周囲に、防犯カメラは」

「あ、それを記した地図もあります。おぃ」

教授が合図すると、秦帆が「あ、はい」と反応して別な地図を広げた。これまで見ていたよりずっと縮尺の大きなものだった。

「商店街などと違って、殆ど設置されてはいません。マンションや屋敷の玄関口など、あっても街全体で数個、といった程度ですね」秦帆が地図を指差した。「この印が、そうです。カメラのある箇所です」

「ふぅむ」

「個人宅だと設置されてるのは、家人が用心深いところとか、何らかの理由のある家なんでしょうね。家の前に何度もゴミを不法投棄されたので、その対処法として付けている、とか」

「現に犯行現場は、これらのカメラから完全に死角になってます」教授の指摘する通りだった。現場の周辺には、カメラの位置を示す印は一つもつけられてはいなかった。「ですから犯行の模様を、映像で見ることは叶いません。どれにも映ってはいません」

「うむ、しかし」田所は地図を指し示した。「現場へ行き着くには、ルートは限られている。ここから路地へ入るのと、ここからの二通りだけだ」

「ははぁ、そうですな」教授が屈み込んで、田所の指した箇所を確認した。「そしてどちらのルートを選ぼうと、その入り口の近くにはカメラがある。いずれかに映ってしまうリスクは、避けられない」

「ただしこちらのルートの場合は細い路地であるため、カメラの直近を通らねばならないのに対して、こちらの場合は、そうではない。道が比較的、広いためカメラの視線を避けながら入り込むことができる」

「知っていた、ということでしょうか。犯人は、そのことを」

「何度も足を運んでみて、事前調査をしたんでしょうか」

秦帆の言葉の方に田所は「いや」と首を振った。「土地勘のないところに何度も通っては、その過程でどれかのカメラに捉えられてしまうリスクがつき纏う。勿論、たまたま捉えられなかっただけ、という可能性もないとは言わないが」ただ、とつけ加えた。「ただ、知らずにこちらの狭い方から入ってしまえば、映っていた可能性はかなり高いと思われる。事前調査の時には当然、カメラの位置を探して歩くから辺りを見回す不審な行動になってしまうだろうからな」

「あ、そうか」秦帆が手を叩いた。「キョロキョロしながら路地に入ろうとしたら、そこにはカメラがあった。映ってしまった、と犯人は悟るでしょう。そうなった後で犯人は、それでもなおそこを犯行現場として強行するか、ということですね」

「その通り」田所は大きく頷いた。「現場を選ぶ際の、心理的問題だ。恐らく何度も通って確かめたのではない。犯人は最初から把握していたのだ。こちらの広い方から入れば安心だ、ということを」

「つまり、犯人は以前からこの場所をよく知っていた。カメラの位置まで把握していた人間だった」

至った結論を教授が口にすると、周囲から感嘆の吐息が漏れた。尊敬の眼差しがこちらに向けられるのを、感じた。

いい気になってはいけない。分かっている。それは、幼児性の表れに過ぎない。

それでも人間、やはり気持ちには勝てないものだ。研究室の空気と相俟《あいま》って、田所は素直な心地よさを味わっていた。

だが、そこまでだった。

あの男が、遅刻して到着したのだった。

4

あぁ、やっぱり嫌なものだ。オダケンはしみじみ、思った。研究室の空気なんぞ最悪だ。できれば金輪際、吸いたくもない。

自分が遅刻して来た、という後ろめたさもないではない。お陰で入室した途端、刺々しい視線が一斉にこちらを向いた。だから尚更、嫌な感じを抱いたという面もないわけではなかろう。

だがやはり、原因の大半はそちらにはない。そもそも大学という敷地に足を踏み入れた時から、嫌悪感に包まれた。俺は子供《ガキ》の時分から学校なんてところが、大嫌いだったのだ。そいつは今も一貫して変わらない。学び舎になんぞ余程の用でもない限り、入るどころか近寄るものではない。

「いやぁ、済まねぇ済まねぇ」とは言え、悪いのはこっちだ。遅刻した、という弱みが最初からある。卑屈な笑みを浮かべ、頭を掻き掻き腰を屈めた。「道が思いの外、渋滞してて、よ。思ってたよりずっと、時間を食っちまった」

「都会の道路が渋滞する可能性の高いことは、常に想定しておくべき事象だろう」田所は言った。激昂することなく淡々と窘められるのが、逆に腹立たしかった。「言い訳としてはあまりに説得力に乏しい」

「まぁ、そうだな」だが繰り返すが弱みは完全に、こちらにある。何の抗弁もできる立場にはない。「謝ることしかできねぇよ」

「互いの紹介はとうに終わり、既に事件の具体的な説明に入っている最中だ」田所は続けた。変わらず、淡々とした口調だった。「せっかくの流れを途切れさせたくない。改めて君のことを紹介する手間は、掛けたくない」

「あぁ。俺もそれで構わねぇぜ」

「それでは」周囲を見渡した。「失礼ですが、そうさせて下さい。彼の紹介は事件についての説明が一段落ついた後に、ということで」

全員、了承したように頷いたので話は再開された。

オダケンは五人からちょっと離れたところに立ち、壁に背を凭《もた》せ掛けて全体を見渡した。放ったらかされたようなものだが、却ってそいつが有難かった。

それに見りゃぁ、どれがどいつか大方の見当はつく。

まずは、田所と同年輩の男。あれがこの研究室の主人、砥部教授だろう。それから資料を指し示して一番、説明に精出してる若いのがここの助手。そしてちょっと離れた位置で観察している二人が警視庁科捜研の研究員、といったところだ。

こちとら、当局の人間の匂いは簡単に嗅ぎ分けられる。名前が分かるのは最初の教授だけだが、それで構わない。そもそも連中の名前なんか、どうだっていい。


交わされる話をぼんやりと聞き流しながら、別なことに思いを馳せた。

まずは何と言っても、昨晩だ。田所とゆげ福が帰った後、梨花が店にやって来た。いつになくいい雰囲気になった。酒を酌み交わした。翌日、ここに来なければならない用があるのは百も承知だが。それより彼女との時間の方がずっと大切なのは、言うまでもない。

閉店時間になると梨花から自分のマンションに来ないか、と誘われた。時折、こんな素敵な展開がある。彼女の気分のいい時だ。逃す、という手はない。あり得ない。有難くお誘いに乗って、マンションへ同行した。翌日のことなんかもう頭の隅にも残ってはいなかった。

朝、目覚めると一人だった。梨花は取材があるとかで、出掛けた後だった。主に雑誌に記事を書いて仕事している彼女は、生活時間が不規則だ。何の用もない時はいつまでも家にいるが、アポが入っているなど用事があれば、さっさと出掛けて行く。いつものことだ。こっちだって、慣れている。

目覚ましのコーヒーも自分で淹れた。どこに何があるかはとうに知っている。昨日の機嫌のよさならば、勝手にコーヒーを飲んだと言って怒られることなんて、まずない。それどころか今夜も、連チャンで誘ってくれる展開だって、あるのでは。

そろそろ出掛けなければならない時刻になっていたが、昨夜の余韻に浸ることを優先した。ソファに腰を下ろしてうんと足を伸ばし、ゆったりとコーヒーを味わった。

窓の外の空に目を休めた。満喫して漸く、梨花のマンションを出た。合鍵も持っているので、しっかりと施錠した。

店のある新宿ゴールデン街の近く、花園《はなぞの》神社に行った。新宿区歌舞伎町《かぶきちょう》、という日本最大の繁華街の直ぐ横に、でんと腰を据えてる神社だ。境内はかなり広い。テント芝居の興行があるので有名なくらいだ。直ぐ近くに呑み屋街と風俗街が広がっている、というのに。鳥居を潜れば、都会の喧騒はぱたっと途絶える。もっとも周囲が活況を呈するのは夜だから、こんな時刻では街の騒がしさも大したことはないのは確かだが。

神楽殿《かぐらでん》の裏手に回り込んだ。ここに愛車、ヤマハ SEROW250 が駐めてあるのだ。ずっと前、この神主のトラブルを解決してやったことがあり以来、駐輪場として使わせてもらっていた。車の運転がどうにも好きになれないオダケンは、バイク以外に乗る気にはどうしてもなれない。

２２５ccの頃から何代かに亘って乗り続けているが、このオフロード・バイクは最高だ。街中でも、山の中でも走り易い。こないだ、発売されたファイナルモデルを最後に生産中止が発表されたが、こいつが壊れてしまったら次はいったいどのバイクを選べばいいのか。将来に暗雲の掛かった心地だった。自分がSEROW以外に乗っている姿など、全く想像がつかない。

境内から走り出て明治通りから甲州《こうしゅう》街道に右折し、「初台《はつだい》」の交差点で山手《やまて》通りに左折した。後はこいつを南下して、富ケ谷《とみがや》で右斜めに切り込む道に入れば、東勢大学前に至る。田所に言い訳したのとは裏腹に、実は途中さして渋滞などしてはいなかった。おまけにこっちはバイクだから多少、混んでいたとしたって擦り抜けるのは別に難しくもない。

そうではなく妨害があったのだった。梨花のマンションでのんびりしたのと、もう一つ。こいつが本日の遅刻、最大の原因だった。

目的の曲がり角が近づくのと同時に丁度、対向車が途切れた。やった、ラッキー。ハンドルを右に切って、望む分かれ道へ入り込もうとした。

途端に警笛が鳴らされた。しまった！　舌打ちしたが、もう遅い。

「ちょっとちょっと、貴方」警官が駆け寄って来た。「ここは、右折禁止ですよ」

「あ、あぁ。そうかぃ」しらを切った。「そいつは、知らなかったな」

「知らなかった、も何も……。そもそもこんな大通りの真ん中で、右折なんかできるわけがないじゃないですか」

「構わねぇかな、と思ったんだ。丁度、対向車線も空いてたし」

「どこへ行こうとしてたんですか」

訊かれたので指差すと、相手の鼻息は更に荒くなった。

「あの道は一方通行ですよ。こちらからは進入できない」

くそっ！　もう一度、舌打ちした。今日はついてねぇ。最悪のとこで見つかっちまったモンだ。

いや、考えてみりゃぁこの辺りにはここ数年、ずっと警官が張りついている。大物政治家の自宅が近くにあるせいだ。だからこんなところで右折すれば、見咎《みとが》められるのは自然の流れだった。政治の偉いさんなんか、俺達には何の恩恵も齎《もたら》さない。むしろこうして、害悪を垂れ流すばかりだ。

うっかりしてたのは昨夜の、梨花との余韻にまだ身体中、浸ってたせいもあるだろう。昨日のラッキーと引き換えに、今日の巡り合わせがある、ってことか。おまけにこの後、最悪の野郎と会わなきゃならねぇと来てる。

「とにかくこんなとこじゃ話はできない。ちょっと、こっちへ」

路肩に移動させられた。

ぶん殴ってトンズラしちまうか。誘惑に一瞬、駆られた。だが今ではそこら中にカメラがあり、バイクのナンバーもとうに撮られてしまっていよう。逃げたところでこっちが何者か、あっという間に摑まれてしまう。誘惑は振り払うしかなかった。

免許証を求められたので大人しく手渡した。ヘルメットを脱ぎ、天を仰いでふぅと息を吐いた。こんな局面にあっても外の風は心地よかった。

「小田健、さんですね。前に違反歴はないようだ」意外そうな声だった。それはそうだろう。今日のような運転をしている輩《やから》はどうせ、常習犯と相場は決まってる。事実、いつもやっている。「だからと言って、見逃すわけにはいきません」

「なぁ」警官はまだ若かった。警察学校の期で言えば、こいつは俺のどれだけ後輩に当たるのだろう。頭の片隅で思いながら、話し掛けた。「急いでたんだよ。警察への、捜査協力の用があって。交通規則を多少、曲げてでも急行するべきと判断した。何とか見逃しちゃくれめぇか」

「捜査協力、だって!?　いい加減なことを言うんじゃない！」

「本当だ、って」

「それじゃぁ何の捜査協力だ。説明してもらいましょうか」

「なぁ」もう一度、優しい目を向けた。「あんたはまだ若い。純な正義感に燃えてるんだろう。いいことだよ、そいつは、基本的に。ただ一方それだけじゃ世の中、長く泳ぎ抜いては行けねぇぜ。時に合わせて融通を利かす、柔軟性も兼ね備えしかねぇと」

「偉そうなことを言うな。違反ライダーが」

「どうした」わぁわぁ揉めていたので放ってはおけなかったのだろう。先輩らしき警官が、駆け寄って来た。「何か、トラブルか」

「えぇ、こいつが」

駆け寄って来たのは見覚えのある顔だった。ラッキー。胸を撫で下ろした。大物政治家宅の警備に複数がついていたお陰で、このような展開にもなってくれた。張りついていたのがこの若手だけだったら、もっと長引いてしまっていたことだろう。とんだ災厄と天を恨んだが実は、昨夜の幸運はまだ引き続いているのかも知れない。

「小田、健」免許証を見た先輩の方は、直ぐに気がついたらしい。俺の目の前からサッサと消えてくれ、と言わんばかりに手を振った。「あぁ、分かった。もういいもういい。行ってもらって、結構ですよ」

「え、で、でも、先輩」

「いいんだ。ここは俺を信じろ。さぁあんた、もう行って下さい。頼むから今後、あんまりこんなことは」

「あぁ、済まなかったな」突き出された免許証を受け取り、ヘルメットをかぶり直してオダケンは言った。「手間、取らせちまった。あんたらも達者で、な。警備の任務、ご苦労さん」

手を挙げてバイクを発進させた。

交番に赴任した初日、上司を殴り倒してその場で馘《くび》になったオダケンだが同期の友人、土器手《どきて》貢《みつぐ》警部補は違う。今も新宿西署に勤務しつつ、独自の地位の確保に努めてる。署長その他、偉いさんのスキャンダル集めに余念がない。お陰で彼の手元には今や、膨大な幹部の弱みが蓄積されている。組織内では誰も手を出すことのできない、アンタッチャブルな存在となっているのだ。今もつき合いを保つオダケンもそのお零《こぼ》れに与《あずか》っている、というわけだった。運転の違反歴がゼロなのも、その一環である。

見るとまた丁度、対向車線が空いていたのでこれ見よがしに、山手通りを強引に突っ切り一方通行に反対側から入り込んでやった。警官二人の舌打ちが、背中から聞こえて来るようだった。

こんなことがあったため、大学に到着するのがますます遅れてしまったのだった。だがまぁそんなこと一々、説明したって仕方がない。渋滞のせいにして放り投げた。

彼らだって遅刻の理由なんて最初から気にしてはいない。それどころかこっちの存在さえ半ば、頭から消え失せてしまっているようだった。連続放火事件の分析に没頭していた。こちらからすれば、願ったりだった。

「これが、発火の仕掛けですか」

第一事件の話が続いていたが、今は犯人がいかにしてその現場を選んだのか、の推理から遺留品の話題に移っていた。

「燃えているため当然、最初の形は残されてはいません」田所に、教授が答えて言った。「ただ、完全に燃え尽きてしまっているわけでもない。灰その他、残留物を調べれば材質も分かります。また、燃焼が不完全で半分方、元の形が類推できるケースもあった。それらを総合して、犯人が発火に使用しているのはこのような仕掛け、と我々は見ています」

類推に従って模型が作られていた。現場の遺留品がビニール袋に入れられ、これが何々、と細かく記されていたがそんなものはどうでもいい。ただ、発火装置そのものには確かに、興味が湧いた。

「どれどれ」歩み寄った。「ほほぅ、これかぃ」

単純な仕組みだった。導火線が燃料の入った容器に繋がっている。中身は火薬とガソリンらしい。火がつけば爆発し、同時に一気に燃え広がる。両者の量を調整すれば、破壊の規模もどうとでもできる。

ただ、面白いのが導火線の先端だった。何と、蚊取り線香の折端がついているのだ。導火線と蚊取り線香とは割り箸に結びつけられ、固定されている。火薬と燃料の入った容器もそうで、ちょっと動かしたくらいではそれぞれの位置関係が変わることはないように工夫されていた。

「こいつは上手いことを考えたな」ついつい、感想が口に出た。「導火線は燃えるのが早《はえ》ぇ。一度、火をつけたら一気に、燃焼物に向かっちまう。現場を立ち去る時間を稼ぐにゃぁ、相当な長さにしとかなきゃならねぇ。だが蚊取り線香なら、燃え進むのが遅い。折端の長さを調節することで、時間の調整ができるわけだ。そして線香が燃え尽き、導火線に火が移ったら後は着火まであっという間。こいつぁ上手いこと考えた、時限発火装置だぜ」

「分かり切ったことを言うな」途端に田所から遮られた。「それに、邪魔をするな。誰も君に発言していいとは、言っておらん」

「まぁまぁ」教授が間に入って宥《なだ》めてくれた。そうでなければついつい、走り寄ってぶん殴ってしまっていたろう。「それに確かに一つ一つ言葉にしてみる、というのは悪いことではないですよ。頭の整理ができる。またそこから何か、気づくことも出て来るかも知れない」

分かりました、というように田所は両手を挙げた。思わず憎まれ口を叩いてしまったが、場の雰囲気を悪くすることがないよう取り成してくれたのに感謝する、との意思表明とも見えた。

「まぁ、いい」小さく首を振った。「続けましょう」

オダケンは手持ち無沙汰に再び、五人から引いた。壁に背を凭せ掛けて、ふーっと息をついた。無性に煙草が吸いたかった。が、そいつは叶わぬ夢という奴だ。今やこの国で煙草の吸える場所というのは、ツシマヤマネコ並みに希少な存在となり果てている。研究室内どころか大学の構内のどこにも、喫煙場所などありはしないだろう。

その内ニホンオオカミよろしく、本当にこの世から消え失せてしまうのかも知れない。

5

ああ、やっぱり嫌なものだ。弓削匠はしみじみ、思った。

張り込みという仕事は探偵をやっている限り、避けては通れない。事実これまで依頼を遂行する中で、そいつに費やした時間が大半を占める。九割九分方そうだった、と称して過言ではないだろう。おまけに延々、張り込んだ挙句に何の成果にも繋げられなかった、徒労の経験もまた数知れない。それが探偵という仕事だと諦めている。

それでも、なのだった。やはり、慣れない。好きになれ、とまでは言わないがせめて、気にならない域に達してくれたらどんなにいいか。自分なりに願うが、なかなかに難しい。今も張り込みの時間は苦痛、以外の何物でもない。

車の中だった。場所は目黒《めぐろ》区碑文谷《ひもんや》。有名なサレジオ教会にも程近い、瀟洒《しょうしゃ》なマンションの前に停めてあった。

運転席の背凭れは最大限に倒してある。寝そべるのとさして変わらない体勢で、両手を頭の後ろで組んだ。

まぁ、対象《ターゲット》から見られては困る、という条件でないだけまだいいじゃないか。自分に言い聞かせる。もしそうだったらこんな風に、堂々と張り込んではいられないんだから。目立たないように裏道に位置を定め、ひっそりと潜んでいなければならない。これも目立たないように時折、場所を変えて移動を繰り返す必要もある。とてもこんな風にのんびりと寝そべってなどいられないのだ。

だからまだ、ましじゃないか。自分を宥めようと、努めた。ゆっくりと目を閉じた。

「なぁ、頼むばぃ」あいつの顔と声とが、脳裡に浮かんだ。柱谷豊之《はしらたにとよゆき》。今回の依頼人だ。古い知り合いである上に、屋台〈ゆげ福〉の常連でもある。由緒ある醤油醸造所の何代目かで最近、再開発の動きで何かと喧《かまびす》しい福岡市長浜《ながはま》地区の中心部に不動産を有す、地主サマだ。豊富な財力を背景に、これまで経済的に助けてもらったことも何度かあった。だから無下にすることなどできるわけもなかった。「大切な娘なんよ。男が三人、続いた後で最後に授かった一人娘で、くさ。やけん文字通り、目ん中に入れても痛ぅなかくらい」

遅くに産まれた子供ほど可愛い、と聞く。ましてや漸く授かった待望の女の子、と来れば一入《ひとしお》ではあるだろう。それまで実際に見たことはなかったが、柱谷が末っ子の娘にメロメロだ、という噂は既にあちこちで耳にしていた。おまけにそれが、どうしようもない不良娘だ、とも。

「育て方が悪かったんやろうなぁ」遠い目をして、言った。「可愛さのあまり、何でも言うことは聞いてやった。贅沢、三昧。あれが欲しい、と望まれればほぃほぃ買《こ》ぅてやった。逆に叱った覚えやら、一度もなか。そらそげな甘やかされ方したら、おかしゅぅもなるくさ、ね。すっかりこっちの言うことやら、聞きもせん娘に育ってしもぅて」

写真を見せてもらった。成程、可愛い。目がぱっちり、鼻筋もすっと通っていて所謂《いわゆる》、美形という顔立ち。スタイルもよく、腰はキュッとくびれ脚はスラリと伸びている。街を闊歩していれば誰もが振り返って見るだろう。ただし、別な意味でも――

「こりゃぁ、やり過ぎだな」思わず匠は、率直な感想を漏らした。「こんな格好なんかしなくったって充分、可愛い顔立ちしてるのに」

まず目に飛び込んで来るのは、中日ドラゴンズのユニフォームのように真っ青に染められたセミロングの髪だった。そこを大胆に横断するように、斜めに太い白のラインが走っていた。

睫毛は不自然に長過ぎ、所謂「まつエク」という奴なのだろう。瞳も渦巻状に様々な色に分かれて光っていた。こっちは「カラコン」という奴だ。口紅もあまりにも濃い赤色だった。鼻と耳にはピアスがつけられているが、特に左耳などは、耳朶が見えないくらいびっしりと並んでいた。

服も奇怪としか映らなかった。匠はファッションについてはとんと門外漢だし、特に若者の流行《はや》りなんて知る由もないがそれでも、一般の娘がこんな物を着ることなどまずなかろう、くらいは分かる。黒に近いワンピースで、あちこちにラメが入っており、周りの光を反射させていた。キャバクラの天井で回るミラーボールを思わせた。コスプレをしているのだ、と言われた方がずっと納得のいく出立ちだった。靴底も奇妙としか映らないくらい分厚かった。

「まぁ、そげん言わんで」

「おまけにこの娘、まだ高校生なんだろ。なのに、こりゃぁ」

「まぁ、そげん言わんで」繰り返しながら、消え入りたそうな素振りだった。「それに、まぁ、高校も」

「学校にまともに通ってなんか、とてもいなそうだな」

「ま、まぁ」

全く登校しようとしないので、今は休学扱い中とのことだった。いつかは心を入れ替えて、ちゃんと通うようになってくれる日の来ることを期待して。まぁそんなの、永久に来ないんじゃないのと言いそうになって慌てて飲み込んだ。彼だって本心では分かっている。傷口に一々、塩を擦り込むことはない。

「家にもなかなか帰って来ん。ふらっ、と出て行ったらそれっ切り。何日も何十日も外、泊まり歩いとる。こっちにはどげんもできん」

強く言って戒めることもできないのだろう。もっともここまで育ってしまっては今更、咎めたところで何にもならないだろうが。逆効果を呼ぶだけだ。怒らせればぷぃと出た切り、本当に帰って来なくなってしまう。もっと小さい頃からちゃんと躾けていれば、と言いたいところだが指摘したって仕方がない。彼だって本心では分かっているのであり、そもそもできていればこんな娘にはなっていない。

溜息が出た。「家出娘、というわけか」

「ま、まぁ」認め掛けて、慌ててつけ加えた。「ば、ばってん、その辺の家出娘とは違う。今、どこにおるか。ちゃんと、連絡は寄越しよる」

家を飛び出たら全くの音信不通、というわけではないのだそうだった。時々、電話が掛かって来る。

「あぁ、パパぁ。私わたし。今、○○ちゃんのとこにおるんよ。やけん、心配せんでよかけんねっ。それじゃ」

「ちょっ、ちょっと待って。○○ちゃん、て誰ね」

「友達〜」

「どげな友達ね。そもそも、女ね。そ、それとも」

「そんなん、パパには関係なかろ。とにかく、心配せんでよかけん。私は私で、ちゃんとやりよるけん。それじゃ、ね〜」

「あ、ちょっと待って。玲美《れいみ》。もしもし。もしもし。もしも〜し」

完全に舐められている。大の大人が小娘に、掌の上で弄ばれている。

これでも柱谷は普段は、相手が誰であろうと物怖じ一つすることなく対峙する。常に自分の正しいと信じる道を突き進む、侠気《おとこぎ》のある男として知られているのだ。それが……。小さな頃から腫れ物に触るように育ててしまっては、こんな親娘関係になってしまうのは当然の帰結でもあるのだろう。まぁ、指摘したって仕方がない。

もう一度、溜息が出た。「それで、今回も、というわけか」

「何日も音沙汰なしである日、連絡があった。ちょっと俺、電話に気づかんやったけん留守電になっとったとばってん」

「娘の番号くらい登録しといて」ついつい、詰《なじ》るような口調になっていた。「その番号から掛かって来たら別な呼び出し音が鳴るよう設定しといて、何が何でも出るようにしとかないと」

いやそれが、と頭を掻いた。「娘の電話番号、いつも違うんよ」

追及されるのが煩わしいのだろう。毎回、掛かって来る電話番号が違っているというのだった。そうすれば家出娘として警察に届け出られても、追い掛けられ難くなる。番号が分かっていれば当局がその気になれば、電話を使用した途端どこにいるのか突き止めるのは、簡単だ。だが毎回、変えられていたのでは手間が掛かる。当局としても二の足を踏む。

「プリペイド携帯だな」匠は言った。「それで毎回、端末は入れ替えてるわけか」

プリペイド式携帯電話とはその名の通り、予め料金を先払いしておく携帯電話のサービスだ。当初、購入時の身元確認も不要だったためその匿名性が重宝《ちょうほう》され、麻薬の売買や振り込め詐欺など犯罪に利用されるケースが頻発した。このことが問題視され、端末の購入時に本人確認の強化がなされたがそれでも未だネット上で売買されるなど、違法行為に使われる事態が後を絶たない。犯罪者に重宝される実態は変わらない。即ち身を隠すには便利というわけでこの娘、案外その辺りの知恵は持ち合わせているものと見える。

留守電を聞かせてもらった。

「もしもし、パパ。あたし～。今、橋爪《はしづめ》君とこおるけんね。心配、要らんけんね。じゃぁね～」

考えてみればちゃんと電話に出て会話ができていたとしても、結果は何も変わらない。強く出て場所を言わせることなど、どうせできはしないからだ。ならば録音が残っている分、まだこっちの方がましなのかも知れなかった。いざとなったら背景の音を拾うなどして、居場所を突き止めるなんて局面もあり得ないではないのだから。

「まぁ、今は」匠は言った。溜息が出過ぎて、うんざりし掛けていた。「この番号を使っていることは、間違いないわけだ」

「あぁ」

そこで友人の福岡県警刑事部捜査一課、宮本堅太郎《けんたろう》警部を頼ることにした。行方不明者捜索を名目に使えば、電話会社の協力も得られる。この番号を使っている者の、位置情報が手に入る。

「そりゃ父親から正式に捜索依頼があれば、こちらとしても動ける」だが宮本は言うのだった。「ばってん〈ゆげ福〉、お前じゃ駄目ぜ。ちゃんと父親、本人に来てもらわな」

ところが柱谷は、警察が正式な捜査として動くのは避けたいのだという。「それじゃまるであの娘《こ》が、犯罪者のごたるやん。警察の捜査を受けた娘として、経歴に傷がついてしまうやん」

今さら何を言う!? と思ったが、こういう時の柱谷は頑固だ。一度、横に振った首を縦に転じさせるのは相当に難しい。その態度を娘に対して示してくれよ、と言いたいが胸に仕舞っておくしかなかった。

何とか上手いこと、こっそりやってくれないか。宮本を説得するしかなかった。予想外に時間を食った。最終的に、電話の持ち主は東京の目黒区碑文谷付近にいる、と突き止めた頃には娘の失踪から既に二ヵ月、以上が経過していた。

「行ってくれっ」強く頼まれた。「経費はいくらでも払う。謝礼も、勿論。とにかく娘がどげなところにおって、どげな奴らと一緒なんか。行って、確認して来てくれっ」

かくして今、匠はここにいる。碑文谷の界隈を数日間に亘って歩き回り、「橋爪君」こと橋爪智《とも》哉《や》の住んでいるマンションを探り当てた。

経費はいくら掛かってもいい。とにかく最善を尽くしてくれ。柱谷が許したと言ってもそのままお言葉に甘え、高いホテルに泊まるなど浪費する気は更々ない。ただお陰で必要経費として、レンタカーを借り出すのにはさして罪悪感を覚えずに済んだ。そういう意味でも今回の張り込みは、恵まれたケースではあるのだ。

実はその橋爪君、当人とも既に会っていた。面と向かって話もした。想像していたのとは全く違う、落ち着いた、紳士風の雰囲気すら漂わせる若者だった。

本格的に張り込みを始めて早々、対象《ターゲット》の玲美当人がマンションから出て来たのだ。それも、数人の男女と連れ立って。いかにもグループのリーダー、と思《おぼ》しきその中では年長らしい男の姿があった。あれが「橋爪君」だな、と瞬時に分かった。歳は二十代の後半くらい、と見受けられた。

迷った、一瞬。ここは、やり過ごしておくべきか。父親の知り合いから監視されている、と娘に知られるのは得策ではない可能性の方が高かろう。警戒して以降、行動を控えるかも知れないし何より、怒らせてしまう展開は大いにあり得る。ぷいと拗《す》ねてどこかへ移られてしまえば、また一から居場所を探すやり直しだ。そして警戒されている以上、探し出すのもこれまでより困難になってしまう恐れも高くなる。何よりもう一度、宮本を説得できる自信もない。

仲間にも知られてしまう。特にリーダーたる、あの橋爪君だ。父親の追及から逃げたいから手を貸して、と玲美が頼めば彼が逃がしてしまうだろう。明晰そうに映るあの男が知恵を貸せば、娘の隠れ先は更に摑み難くなるかも知れない。

だが一方、楽観もあった。こいつら俺の存在を認知しても、さして動揺しないのではなかろうか。何より、マンションから出て来た際の様子だ。いかにも開けっ広げなままだった。周囲に対する警戒など欠片《かけら》も感じられはしなかった。自分達は何も悪いことなんかしていない。だから咎められることなどあり得ない。信じ込んでいるようにしか見えなかった。

咄嗟に腹を決めた。車から滑り出て、彼らに歩み寄った。「柱谷玲美さんだね」当人に話し掛けた。

「あらぁ」驚いた風でもなかった。いつかはこんな奴がやって来る、と分かっていた物腰だった。

「オジサン、何。もしかして私のパパから頼まれて来たと」

「そうだ」

「もしかして、探偵さん。うわぁ、初めて見たぁ。おまけに思ってたより、来るの、早かったね。優秀な探偵さんばぃ。うん、スゴいスゴい」

ラリってるのか。ヘンな薬でもやってるか、と訝《いぶか》ったがどうもそうではなさそうだった。このあっけらかん振りはきっと天然のものだ。お嬢様として浮世離れした育ち方をした、帰結なのだろう。

「用件は分かってるね」冷静さを崩さず、続けた。「お父さんが心配してる。こんなことを続けてちゃいけない。それを、告げに来たんだ」

「心配せんで、て電話で言ぅといたとに、なぁ」

「そんなことを言ったって、するに決まってるだろ。あんたはまだ未成年なんだぞ。親元を離れて勝手に、こんなとこに来てていいわけがない」

「だって私、悪いことしとらんモン」

「未成年者の家出はいいことじゃない。警察に知られれば、連れ戻される」

「ちょっと待って下さい」ここで漸く、橋爪君が割り込んで来た。口を出して来るのが遅いな。実は内心、思ってたくらいだったのだ。本来ならもっとずっと早く、彼女の邪魔はするな、などと嘴《くちばし》を挟んで来ておかしくはない展開だった。やはりこいつら、罪悪感など微塵《みじん》も覚えてはいない。さっさと正体を明かす戦略も的外れではなかったようだ。胸の中では安堵を覚えている、自分がいた。「彼女には彼女の言い分がある。一方的に詰め寄るのはどうか、とは思いますよ」

「あんたが橋爪君だな。こんなことをしているとあんたも、ヘタすると誘拐の罪に問われることになるんだぞ」

「玲美さんは自分の意思でここに来たのです。誘拐、などというご指摘は当たりません」

「年長者であるあんたが上手いことたらし込んで、ここに誘い出したんじゃないのか。そうだとしたら本当に本人の意思によるものだったのか、攫われても仕方がない」

「確かに、未成年者拐取罪は保護者の監護権も保護法益に含まれますね」未成年者拐取、なんて持ち出して来やがる。はっきり言ってそんな詳細まで、俺だって押さえてはいない。こいつ相当なタマだ。手強《てごわ》いと見なければならない、と肝に銘じた。「未成年者、本人の同意があったとしても保護者の了解がなければ、その監護権を侵害していると見做される、と。確かにその点は、ご指摘の通りです」

「あぁ。ま、まぁな」

「その点については確かにこちらに非がある。認めざるを得ません。ただ一方、私らも悪いことをしているわけでは決してない。ご覧になってお分かりとは思いますが、我々は違法な薬物はおろか、お酒すら一滴も嗜《たしな》んだりはしておりません」

　酒すらやってはいないことは、分かっていた。こちとら素面《しらふ》で張り込み中だったのだ。そもそも車の運転席に着いているのだから、呑めるわけがない。そしてこちらが素面であれば、相手の酒臭さには敏感になる。一滴でも呑んでいれば瞬時に嗅ぎ取れる。

「そもそもあんたら、何を」

「それをこれから、ご説明しようと思っていたんですよ。今、我々は私の部屋で共同生活を送っています。食料その他、必要品の買い出しをしようとこうして出て来たところだったんですが。丁度いい。買い物が終わったら一度、部屋の中を覗いて行かれませんか」

そうして、招じ入れられた。瀟洒な外観から予想がついた通り、豪勢な造りのマンションだった。部屋数も多く、何家族もが同居できそうだった。事実、彼らはここで共同生活を送っているのだ。

男と女とで寝室は分けられていた。それぞれの部屋に二段ベッドが並び、昔のユースホステルさながらの設《しつら》えだった。後はキッチンとダイニングに、バス・トイレ。寝泊まりするだけならこれで充分、快適に過ごすことができるだろう。

淫らな行為をしているわけではない、と抗弁するための小細工でもなさそうだった。事実そんなことをしてはいないことは、見るだけで分かった。誤魔化そうとしているわけではないのは、一目瞭然だった。

では、彼らはここで何をしているのか。キーになるのが広いリビングだった。フローリングの床にふかふかのカーペットを敷き詰め、空調を整えて静かな音楽が流されていた。壁には宇宙を写した巨大な衛星写真か何かが額に入れて掲げられており、他にも曼荼羅《まんだら》や、トーテムポールのようなものが飾られたりしていた。逆にテレビやコンピュータのような、外からの雑音の媒介になりそうなものは一切、置いていない。まるで新旧の原始宗教のごった混ぜのように映った。

「私達はここで座禅を組み、瞑想《めいそう》して心を無にするんです」橋爪は言った。「宇宙に意識を届かせることで自らの内なる霊性が解放される。精神が研ぎ澄まされて自然と一体化できる。世界の真実が身体に入って来るのを実感できるのです」

目眩がした。

所謂《いわゆる》〝スピリチュアル〟とかいう類いだ。

仏教やキリスト教のような組織的な伝統宗教ではない。若者を中心にそこから離れて、個々人が霊性を解放させる文化運動や宗教現象が求められるようになった。そこに旧来の占いや超常現象、更に原始宗教の要素などが混じり込んで多様な広がりを見せた。個々人を尊重するものだから主張もそれぞれ違ったりする。とても一筋縄《ひとすじなわ》で総括できるものではない。

　宗教的なことを口にする一派があると思えば、はっきりそれとは一線を画す連中もいる。ただし言えるのは、信じることによって癒される者が実際にいる、という点だった。昔から星を見て心を無にする者もいれば、波の音に聞き惚れる者もいる。それと何が違うのか。ストレスの多い現代、自分なりの方法で癒されるのが何がいけないのか、と問われれば、言い返すのはなかなかに難しい。

「学校じゃ大切なことは何も教えてくれん」玲美が近づいて来て、耳元で言った。「でもここに来れば、真実が分かる。ねっオジサン、言ったやろ。悪いことやらしとらん、て。やけんパパにも言ぅといて。何も心配することなかよ、て。玲美はここで幸せに過ごしとる、て。あっ、そうだ。オジサンも何日か、ここで一緒に過ごしてみたらよかよ。そしたら分かるけん。宇宙と一体化できるけん。ねっ」

目眩がした。

確かに厳密に言えば、罪に問える行為かも知れない。当局も未成年者拐取と認めてくれるかも知れない。

だがここで共同生活することで、ストレスに晒された現代っ子が癒しを感じているのも、事実なのだ。それを、何と言って説得するのか。どう納得させて家に連れ帰るのか。限りなく不可能としか思えなかった。

今、車の中で匠は、もう数え切れないくらい何度目かの重い重い溜息をついていた。

煙草が吸いたかった。以前は多少、嗜《たしな》んだりもしていたがもう止《や》めて随分になる。結婚を機にすっぱりと縁を切った。紫煙が恋しくなることなんて、なくなって久しい。

だが今、無性に吸いたい思いが蘇っていた。何の躊躇《ためら》いもなく喫煙を続けている、オダケンを羨ましく感じた。

目の前のマンションから視線を逸らし、そっと瞼を閉じた。すると突然、柱谷の泣きそうな顔が脳裡に浮かんだ。

慌てて振り払った。

6

ヤマハ SEROW250 に跨《また》がるとオダケンは、東勢大学のキャンパスから走り出た。解放感に胸が躍った。

田所達は延々、現場に残された証拠物件について意見を戦わし続ける。こちらとしては退屈で仕方がない。いかにもつまらなそうに欠伸《あくび》を繰り返した。態度が、研究室の面々の気に障ったのだろう。

「おぃ、小田君」とうとう堪り兼ねたように、川所がこちらを向いた。「君がこの部屋にいたところで、何の益もない。むしろこちらの注意力が殺《そ》がれるばかりだ。君だって不本意だろう。さっさと現場踏査へ、行って来たまえ」

厄介払いだった。願ったり叶ったり、だ。あぁ、そうさせてもらうぜ。素早く用意を済ませると、研究室から飛び出した。

ただしそこから即、バイクに飛び乗ったわけではない。まずは建物を出ると懐から煙草を取り出した。口に銜《くわ》えて、火をつけた。心地よい紫煙を胸一杯に吸い込んだ。あぁ、美味《うめ》ぇ……キャンパス内は禁煙なのかも知れないが、構やしない。研究室の嫌な空気をさんざ、吸わされたのだ。煙で胸の中を洗浄しなければ、そろそろ窒息でもしてしまい兼ねないところだった。

一本を吹かし尽くして漸く満足すると、吸い殻を携帯用灰皿に放り込んだ。最低限のエチケットは守っているのだ。門のところにいた守衛がチラリとこちらを覗き見たが、何も言って来はしなかった。彼だって同じように、一服くらいしたいのが本音なのかも知れない。

来た道を引き返すように、バイクで山手通りに出た。大通りの向かい側では未だ、警備中の警官の姿が認められた。さっき俺を呼び止めた若造の姿もまだ、あった。先方もこっちに気がついたようだった。

左手でクラッチを握り締め、惰性で走らせながらアクセルから右手を離した。よっ、と手を振って挨拶した。敬礼だって右手でやらなきゃ失礼になる。ちゃんと礼を尽くしたわけだ。つまりはそれくらい、爽快な気分だった。

そのまま山手通りを北上し、甲州街道も突っ切って青梅《おうめ》街道に出た。右折すると一番、左の車線を走り小さな橋を渡った先で、左へ分岐する道に入った。橋は淀橋《よどばし》。下を流れているのは神田《かんだ》川だ。分岐した道は通称〝税務署通り〟。その名の通り新宿税務署の前を抜ける。

小滝橋《おたきばし》通りを渡ると〝職安通り〟になり、ＪＲや西武線のガードを潜ってその名の通り「ハローワーク新宿歌舞伎町庁舎」の前を通る。リトルコリアとも称される、韓国系の食堂や食材屋の並ぶ真ん中を走り抜ける。未だ続く韓流ブームで、ここの一帯には若い娘の姿がやたら見られるようになった。一昔前は怪し気な外国人の姿ばかりが目立ち、一般人は足も踏み入れないような街だったというのに。変われば変わるものだ。

明治通りを渡って坂道を駆け上がり、抜弁天《ぬけべんてん》の前を通って大久保《おおくぼ》通りに突き当たった。こいつを右に行っても目的地には向かえる。距離的にはむしろ、そうした方が近かろう。

だがオダケンは交差点の正面の道に入った。夏目《なつめ》坂を駆け降り、早稲田《わせだ》に出た。こっちの方が道が空いている。そもそも〝税務署通り〟などを通るルートを採ったのも、新宿駅周辺の混雑を避けたいがためだ。東京を走るなら距離より、なるべく空いていると思われるコースを優先するに限る。

早稲田通りを渡り、早稲田大学の前を突っ切って新目白《しんめじろ》通りを右折した。通りを走っている限りは見えはしないがこの左手には、寄り添うように神田川が流れている。淀橋で渡った川とまた合流した形なわけだ。江戸川橋《えどがわばし》の交差点に出て、左折した。またも神田川を渡った。後はこの通りの、どこかから右へ入れば目的地に向かえる、筈。

が、この音羽《おとわ》通りには基本的に真ん中に、中央分離帯が設けられていた。なかなか好きなところで右折させてはくれなかった。ちっ、と舌打ちが出る。この辺りは実際に走ったことはあまりない。何となく位置関係は分かってはいても、来てみたら思っていたのとは勝手が違い目的地に辿り着けない、というのはよくあることだ。

仕方なく路肩にバイクを停め、ヘルメットを脱いでスマホを取り出した。ガラケーの頃からそもそも、携帯電話など使いたくはなかったが時代には抗《あらが》えない。田所に掛けた。

「目的地の近くには着いた」報告した。「ここまではスムーズだったが今後、どう行けばいいのかよく分からねぇ。この辺りには不案内なんでな。ちょっと時間が掛かるかも知れねぇ」

「こちらはまだ、現場に残された予告状の分析を進めているところだ」突き放すような口調が返って来た。「だから特段、急いでもらうには及ばない」あぁそれから、とつけ加えた。「あぁそれから、スマートフォンのＧＰＳ機能は常にオンにしておいてくれ。君の現在位置がこちらにも摑めるからな。現場の模様をトレースする際、重要な情報になる」

スマホのＧＰＳ機能なんてのも、基本的には切っている。自分の今いる位置くらい分かってるし、人工衛星と電波を交わし合ってる、ってのも何となく気に食わない。こんなのオンにしてたら、どこに情報が漏れていないとも限らないではないか。他人に自分の居場所を把握されるなんて、それこそ願い下げである。

だが今は仕事の一環だった。報酬をもらおうというのだから、こっちの言い分ばかり通そうとしても始まらない。あぁ分かったよ。素直に答えていったん、通話は切った。ＧＰＳをオンにしてスマホをポケットに戻し、再びバイクを発進させた。

結局、大塚《おおつか》警察署の前の交差点まで来なければならなかった。信号を右折して、坂を駆け上がった。跡見《あとみ》学園の前を抜け、春日《かすが》通りに出た。この辺りはお茶の水女子大に拓殖《たくしょく》大学、筑波《つくば》大学附属高など学校が多く立ち並び、文教地区になっているのだ。

春日通りに出て右折した。後は東京メトロ茗荷谷《みょうがだに》駅のところで右折すれば、目的地の一画に入り込める筈だった。

ところがこの通りにも中央分離帯があり、望む箇所での右折が難しかった。

こりゃ駄目だ。諦めるしかなかった。目的地の周辺をバイクで走ってみ、大まかな土地勘を得た上で徒歩の踏査を開始しようと思っていたのだが。これではバイクでのアプローチを探っているだけで、時間ばかりが過ぎてしまう。

仕方なく来た道を引き返し、「教育の森公園」でバイクを停めた。茗荷谷駅へ歩いて達し、スマホを取り出して田所に状況を説明した。

「そこから徒歩で目的地へ行ってもらう、というのは最初から望んでいたことだ」彼は言った。「犯人がどこから現場に向かったか。現在の段階で予測はできない。また勝手な予断を抱いていると、その後の推理が誤った方向に向かい兼ねない。ただし現場の最寄駅が茗荷谷であるのは、確かだ。よってまずは、犯人はそこから向かったと仮定してみる。位置関係を把握するためにも、最も蓋然性《がいぜんせい》の高い場所からアプローチするのは意味のないことでは全くない」

一々、言い方が持って回ったようで気に入らないが、何を言いたいかは分かる。駅前の雑踏《ざっとう》の中でバイクから持って来たリュックを下ろし、必要なものを取り出した。

まずはワイヤレスマイクと、イヤホンのヘッドセット。スマホとBluetoothで繋がる。これで、手ぶらで通話ができるのだ。

次いで、小型のデジタルビデオカメラ。録画しながら同時に、その映像を大学の研究室に無線で送信することができる。

田所はオダケンの撮っている映像をリアルタイムで見ながら、「もっとあっちを撮ってみろ」「その建物の裏手はどうなってる。回り込んでみろ」などと具体的に指示を飛ばす。研究室にいながら、現場を歩いているのとほぼ変わらない体験が可能なのだ。つまりはバーチャル・リアリティ、って奴。おまけに映像は残るから、後から好きなだけ繰り返しチェックすればいい。もっとあそこの映像が必要だなと判断すれば、再びオダケンに行かせればいい。

いやはや、大変な時代になったものだ。ちょっと前には想像もつかなかったような高度技術が、一般人でも簡単に使えるようになってしまった。

奇妙な生き物だ、人間なんて。オダケンはしみじみ思う。こんな技術を編み出す能力を持っていながらどうして、政治の世界ではあんな連中ばかり選ぶことしかできないのだろう。

「よし、準備完了。じゃぁ、歩き出すぞ」

「了解した。まずは駅の裏手だ。そちらの路地に入ってくれ」

田所はスマホのGPS情報を得ているから、現在どの位置にオダケンがいるか把握できる。地図を見ながら、「右へ行け左に曲がれ」と指示できるわけだ。操り人形になったみたいで気に食わないが、お陰で道に迷うことはない。これも仕事だ、と割り切るしかない。

春日通りから、茗荷谷の駅舎の向こう側に入る路地を歩いた。緩やかに下っており、道沿いには小さな店が点在していた。

「へえぇ」思わず、言葉が漏れた。坂を降り切ったところに説明板が掲げられていたのだ。「この道、『茗荷坂』っていうらしいな」

「余計なことを口にする必要はない」途端に制された。「黙って歩け」

腹が立ったが仕方がない。これも仕事の一環だ、と自分に言い聞かせ続けた。途中、「しばられ地蔵」の表示がありちょっと興味を引かれたが、そんなことも口にしないでよかった、と思った。

これまた「そんなところで道草を食っている余裕はない」などと一喝されていただけだろう。叱られてしょげるわけではないが、腹が立っていいことは何もない。

右手を見ると拓殖大学の門があった。脇の茂みの中に、「茗荷谷」と書かれた看板が立っていた。説明板もついており、この辺りには茗荷を栽培する畑が広がっていたことが名前の由来、とされていた。

谷だ、確かに。見渡して、思った。ここは周りから最も、低い位置に当たる。擂り鉢の底のような場所だ。周囲に茗荷畑が広がっていたのなら、「茗荷谷」と名付けたくなる気持ちはよく分かった。

それにしても。思った。この一帯はとにかく、道が入り組んでいる。土地の高低差が激しく、それを縫うように道が敷かれているせいだろう。一方通行も多く、知らずにバイクで入り込んでいれば身動きがとれなくなっていたに違いない。徒歩で来てよかったな、としみじみ感じた。

「その道を、左だ」

指示された通りに歩いた。目の前に高架があり、頭上に停車中の列車が見えた。地下鉄丸ノ内線だ。この辺りでは地上を走る。線路が分岐し、留置線になっているのだった。

「へえぇ」ついつい口にしてしまった。「ここの辺りでは丸ノ内線、こんな高台を走ってたのか。乗ってる分にゃ分からねぇからな。ちっとも知らなかった」

幸い、咎められることはなかった。「そこのガードは潜るな」と制されただけだった。「稲荷大明神のある方へ、右だ」

そこからは急な上り坂になっていた。凸凹した地形で道もあちこち曲がりくねっているため、歩いていると方向感覚が失せてしまう。周りは閑静な住宅街だった。

「こりゃ複雑な地形だな。一度や二度、来たくらいじゃ土地勘は掴めそうもないぜ」

「そのようだな」田所も同意した。「地図を見て見当はついていたが、実際に踏査してみるとその感が増す。現地に行ってみる意義もそこにある」自分は現地に来てるわけじゃねぇじゃねぇか、と思ったが、口には出さなかった。

左手に「切支丹屋敷跡」と書かれた石碑と、説明板が立っていた。江戸時代、転びバテレンを収容していた施設だ。屋久《やく》島に潜入し、捕まったヨハン・シドッチもここに収容され、新井白石《あらいはくせき》の尋問を受けた。江戸幕府としては西洋の最新事情を知るための施設でもあったらしい。

「その先。いや、そこではなくもう一つ先の道だ。右折。路地に入ってくれ」

路地がぐるりと取り囲んでいる一画だった。中に入るには入り口が二つ。どちらからアプローチしても結局は、一回りして同じところに戻ることになる。

「そこの奥。突き当たりの家だ」

綺麗な屋敷だった。この辺りは高級住宅街らしく、豪華な邸宅が並んでいるが、その中にあっても思わず見惚れてしまうくらいの秀麗《しゅうれい》さだった。

この玄関前に、例の仕掛けが施されていた。つまりは第一の現場。爆発はそれなりの大きさだったらしく、例の予告状まで吹き飛んだくらいだった。下手をしたらどこかへ飛んでしまって、見つからなかった可能性だってあった、という。

ただし、門だって豪壮だった。造りがしっかりしており、少々の爆発くらいではびくともしなかった。よく見ると焦げたような跡が残ってはいる。しかしそれだけだった。事件直後はもっと被害はあったのかも知れないが、今では聞かなければ何かあったと気づかないくらいの状態に収まっていた。

まぁ、ここの様子をじっくり観察していても仕方がない。玄関前の写真は既に、警察が大量に撮っているのだ。研究室に持ち込まれていた。だから今回は、ここを撮影するのが主目的ではない。ここに至るまでの道がどんな感じか、を掴むためだった。

「ふむ、やはり、だ」田所の声が耳に飛び込んで来た。「現場はかなり入り組んだ奥にある。ちょっと周辺を調べたくらいで選ぶような場所ではない。犯人は事前にここを知っていた。土地勘を持っていた人間だった、と見てまず間違いはなかろう」

「そいつを確認できただけでも、ここに来た意味はあった、ってものだな」

「うむ、その通りだ」

こちらの言うことを素直に認めるなんて、こいつにはなかなかないことに違いない。それくらいこの踏査が満足の行くものだった証拠だろう。腐されないだけ、有難かった。気分を悪くさせられて、いいことなど何もない。

「ただし犯人が本当に、今のルートを通って現場に至ったかどうか確定したわけではない。今度は別の方向へ向かってみよう。最初の道に戻って、左だ。地下鉄江戸川橋駅の方へ行ってみよう」

人遣いの荒い野郎だ。少し休ませようなんて心遣いは微塵もないらしい。有難いなんてほんの僅かでも思って、損した。へっと鼻を鳴らして、オダケンは再び歩き出した。

「あら、まぁ何？」途端に素っ頓狂な声に出迎えられた。地元のオバチャンだった。ビデオカメラを回しながら歩いていたので、珍妙に映ったのだろう。

「あ。あぁ、いや。別に怪しい者じゃありませんよ」不審者、なんて騒がれたのでは堪らない。オダケンはビデオカメラを下ろして、頭を掻いた。「警察の捜査に協力してるとこなんです。ほら、あそこの家でこの前、不審火騒ぎがあったでしょう」

「あぁ、あれねぇ。怖いわよねぇ、本当に」

「近所でも、噂になった」

「ええ、もう、そりゃ。またあそこのお宅、町内でも一番のお屋敷でしょう。きっと嫌がらせされたのよ、なぁんて話になったわ。やっぱりお家《うち》を綺麗にするのも良し悪しだわよ。知らない内にどこかに反感を買われたら、何にもならないわよねぇ、って」

心の底にはほんの僅か、「ザマァ見ろ」という本音もなきにしもあらず、と見た。こういう噂好きのオバチャンは、有難い。ご近所の話からひょい、と期せずして貴重な情報を仕入れられることだってまま、ある。

「住んでる人も、近所からやっかまれてるような感じなのかな」

「いえ、そんなことはありませんよ。奥様はとっても素敵な方だし。でもねぇ。やっぱりお宅が、ねぇ。あんまり飾り立てると中には、反感を抱く人だっているんじゃないの」

「それじゃ住んでる人の性格とかは、関係ないんだ。単に豪勢な屋敷がやっかまれた。つまりは犯人は、住人と顔見知りってわけではないのかな」

「そんなの分からないわよ。まぁここだけの話、奥様は素敵な方だけど息子さんが、ねぇ。いつも派手な格好して、大きな車を乗り回して。あれには眉を顰《ひそ》めてる人も、中にはいるんじゃない」それこそ誰あろう、あんたなんじゃないのかぃ？

「じゃぁやっぱり、うちを飾り立てたのと息子への反感とで、放火なんて目にも遭ったのかな」

「そんなの分からないわよ。ただねぇ。お屋敷が豪勢だと、やっかまれる恐れが高くなるのは確かなんじゃないのかしら。ほら、あっちの。江戸川橋の向こうの方でも放火騒ぎがあったでしょう。私はよくは知らないけどそちらのお屋敷も、古い造りだって話に聞いたわ。ほら、そこに見えるあのお宅。あそこの奥さんが、ご実家あちらの方なのよ。だからよくご存知のお屋敷らしいんですけどね」

「いったい何をやっている」イヤホンに田所の声が飛び込んで来た。「そんなところで下らん立ち話などしている場合か。早く踏査を再開しないか」

えぇい、やかましい。オダケンはヘッドセットのボタンを押して、通話を切った。こちとら大切な、情報収集の真っ最中だぜ。

7

松戸《まつど》まで往復するのには、やはりそれなりの時間が掛かった。樋野永理の家からだと地下鉄有楽《ゆうらく》町《ちょう》線でいったん池袋《いけぶくろ》に出、ＪＲ山手線の外回り、日暮里《にっぽり》でＪＲ常磐《じょうばん》線、と乗り継いで行くのが一番、早い。乗り換えは二度で済む。

それでもやっぱり、千葉県。県境を跨いだと思えば遠くへ行って来た実感も湧く。

家に着くと思わず、ふぅと息が出た。背負っていたリュックをぽん、と床に放り出した。中には今日の戦利品、大量のロケット花火が詰まっていた。

「お疲れ様でしたーっ」シモベが言った。「隣の県までなんスから。遠いっスよねぇ、やっぱ」

「しゃぁねぇさ。これも、用心のためだ」

放火のための爆破装置、〝マシン〟をこさえるには火薬は欠かせない。花火を買って来て解《ほぐ》せば手には入るが、量が問題なのだった。お上が余計な法律を作って、制限している。ロケット花火は一個につき火薬の量は二グラムまで、なんて決まってる。だから必要な量の火薬を手に入れるには、かなりの数のロケット花火を買って来なければならないのだった。
なのに同じ店であんまり大量に買い込んでると、これまた目立つ。「先日、凄い本数のロケット花火を買ってったお客がいましたよ」怪しいと目をつけられ、警察に通報でもされたら、コトだ。だからなるべく、あちこちの店を回って少しずつ買い集めて来るしかない。

通販で買うなんて、話にもならない。記録に残って、後からいくらでも辿られるし、何より送り先としてこっちの住所まで分かってしまう。地道にコツコツ、足で店を回るしかないのだった。

台東《たいとう》区の蔵前《くらまえ》には玩具問屋が並んでいて、素人向けに小売りしてくれるところも多い。こないだはリュックを背負って、そこに行った。あっちの店で少しだけ、こっちでもこれだけ、という風に花火を買って回った。

買い集めてる、と店側に気づかれるのもマズい。コソコソ少量ずつ買って回ってると分かれば、それこそ怪しまれてしまう。

だから店を出るまでリュックは背負ったままだ。花火を持っていったん外へ出、店内から見えないところまで来てから、初めてリュックを下ろす。花火を入れてからまた背負い直し、次の店に向かう。面倒だが仕方がなかった。

それでもそうまでして掻き集めた火薬も、そろそろ尽き掛けて来た。補充しなければ足りないが、またも蔵前に行けば、俺の顔を覚えている店主もいないとも限らない。あれ、あいつこないだも来たんじゃなかったっけ？　おまけにまた、買ってったのはロケット花火だぞ!?　気づかれたら、上手くない。

そこで松戸まで足を延ばして来たのだった。ネットで調べたら、歩き回れる範囲内に花火を売っている店がいくつかありそうだ、と分かったからだ。

　ただし実際に行ってみたら、店と店の間はやはりそれなりの距離があった。それなりの時間、歩き続けなければならなかった。だから県境を跨いだ、というだけではない。歩いた距離も相当になった。くたびれるのも、当然だった。

「まぁ、しゃぁねぇさ」シモベに繰り返した。「用心には用心を重ねねぇとな」

「同感、っスー」

　こうして会話を交わしていると、疲れも取れて来た。さて、次の作業に移るか。樋野は立ち上がった。駅から帰る途中、コンビニで買って来たスポーツ新聞をリュックから取り出した。

「え、もう始めちまうんスか」シモベが驚いていた。「もうちょっと、休んだ方がよかねーですか。その方が」

「余計なこと言うな。〝仕事〟のためと思やぁ、疲れも吹っ飛んじまわぁ」

「いやぁ、実際ヤベっス、アニキは。どこからそんな力が湧いて来んだろう。バイタリティとかゆう奴の、塊っスよね」

「俺はこいつに懸けてんだ。分かるだろ」

「えぇ。見てて伝わって来ます。かっけーっス、アニキは、マジで」

　現場に残す次の犯行予告文の作成に取り掛かった。新聞の中から求める字を探し出して、切り取る。貼りつけて文章にする。

　その点、スポーツ新聞は、いい。署名「不死鳥」を作るのに、「不」と「死」の字を探す手間が掛からない。野球の記事の中にまず間違いなく、いくつも見つかるからだ。

「死」の字は特に、多い。イニング中の状況説明の中で「無死満塁」だの「二死走者なし」などのようにしょっちゅう使われる。「アウト」のことを「死」と表現するお陰だった。こんな使い方を発明してくれた、昔の野球関係者に感謝したいくらいだった。

「不」の方は「死」程ではないが、やはり記事の中によく出て来る。チームの強打者のことを「不動の四番打者」といったように表現してくれる。「打撃不振」「判定に不服」といったような記述もよく現われる。

特に心が浮き立ったのは、「不死身の男」なんて表現を見つけた時だった。二文字が一気に手に入った。おまけに連続して、だ。切り取って貼る手間が大いに省ける。大怪我をして一年を棒に振った投手が、奇跡の復活を遂げた記事だった。「不死身の男、マウンドに帰還」なんて見出しには、思わず笑いを抑えることができなかった。

「鳥」についてはさすがにそういうわけにはいかない。スポーツ新聞を読むのは歳を食ったオッサンである場合が多いのだから、その趣味に合わせてバード・ウォッチングのコーナーでもあってくれればいいのだが。釣りのコーナーなら必ずあるのだが、「魚」の字を見つけたところで何にもならない。

鳥《とり》谷《たに》敬《たかし》選手が阪神にいた頃なら、デイリースポーツを買って来れば大抵どこかで彼の名前が出て来たことだろう。が、引退してしまった今ではどうにもならない。日刊スポーツで野球評論家を務めているので、署名記事を待つばかりだった。

また、そうしても「不」と「死」に比べて「鳥」だけ文字が小さくなってしまうが、これも仕方がない。別に大きさを揃えなければならない、という決まりはない。

今回は、福岡ソフトバンク・ホークスのファンが集う焼き鳥屋の記事が、程なく見つかった。その名も『野球鳥』という店名らしい。有難く使わせてもらった。

「いやぁ、いつもながら見事なモン、っスねぇ」こちらの手つきを見ながら、シモベが言った。

「こんだけの記事の中から、要る字をパッと見つけ出す。俺だったら何時間、掛けたってまず見つけ切れね、っスよ」

「集中だよ、集中」樋野は言った。「この文章の流れだと、この辺りに探す字はあるんじゃねぇか、って見当をつける」

「あったって見過ごしちめーますよ。俺だったら、絶っ対《ぜて》ぇそうだ」

「だからそこが、集中だよ。気合を入れて新聞に目ぇ通してりゃ、字が向こうの方から目に飛び込んで来てくれらぁ」

集中。いや、執念、かな。答えながら樋野は、胸の中で訂正した。

多くの店を回って花火を買い集める。スポーツ新聞の中から求める文字を見つけ出す。どちらも苦労は多い。だがその分、やり遂げた時の満足感は大きい。これまでの労が報われたようで、何とも言えない達成感を覚える。

そもそも、始まりからがそうだった。ガキの頃、小学生の時分から長年、溜めに溜め捲った恨み。二十年以上に亘ってずぅっと残っていた、イラつき。そいつをある時、遂に晴らすことに決めた。そこから全てが始まった。

そして、やってみたら、胸がスーッとしたのだ。これまでのモヤモヤが一瞬で消え失せていた。信じられないくらい晴れ晴れした気分になれた。こんなの生まれて初めてだった。

罪悪感？　そんなのない。あるわけがない。

俺の気分を害するから悪いんだ。何十年、前のことであろうと関係ない。お前らが悪い。社会が悪い。だからその、罪の報いを受けるんだ。当然のことだ。

満足感。達成感。この時、初めて実感した。以来、クセになった。まだ、あいつもいる。それからあいつにも、仕返ししなきゃぁ、な。

目標《ターゲット》は次々、浮かんだ。もう、止《や》められなくなった。こうなったら、社会全体に復讐してやる。お前ら全員、当然の目に遭うがいい。

「いやぁ、ヤベぇなぁ。やっぱかっけーっスよねぇ、アニキは」

作業に没頭すると、疲れもどこかへ消えてしまう。シセベの声も、どこか遠くから響いて来るようだった。

予告文を作り終えれば、次はいよいよ〝マシン〟の製作だ。こないだも視察して来た、次の爆破現場の様子が思い出された。あそこにこいつを仕掛ける。派手に爆発し、被害を出す。またも警察が、出し抜かれてオロオロする。その模様を思い浮かべるだけで、充分だった。

この快感の前には、疲れなんて最初からあってないようなものなのだ。

8

「スポーツ新聞から切り取った文字だな」予告文を見詰めながら、田所は口にした。「まず、間違いない」

新聞の字体は会社ごとに、違う。一九五〇～六〇年代に各社の活版部が一文字ずつ書いた、「原《げん》字《じ》」が基になっているためだ。明朝体、ゴシック体など合わせて五万文字以上が作られた、という。活版印刷の時代はこの原字から、金属活字を鋳造していた。

それがCTS（コンピュータライズド・タイプセッティング・システム＝コンピュータ組版・印

刷）に移行する際、電子データ化が進められた。原字を一字一字、撮影して白黒ドットのデータとしてコンピュータに取り込み、カスレなどは手作業で消していた、とか。現在ではビットマップフォントからアウトラインフォントへと技術が進み、拡大しても滑らかな文字が印刷できるようになっている。それはともかく――

新聞社ごとにフォントは違うから、調べればどの新聞から切り取ったものか、は突き止めることはできる。ただ、やってもまず意味はない。日本全国で販売されているものなのだ。どの新聞か分かったところでそこから犯人に結びつく可能性は、限りなくゼロに近いと言っていい。

だからそんな余計な労は掛けない。ただ、スポーツ新聞と見当がついたのは署名「不死鳥」の「死」の字が不自然に華やかだったお陰だった。黄色く染め抜かれたりしており、題字か何かに使われたものだろうと推測された。

普通の新聞では「死」の文字などに、装飾を施すケースは稀だろう。ただしスポーツ新聞なら、話は別だ。野球の用語で「アウト」を「死」と表現することが多いためである。「無死満塁から三者連続三振」なんて展開でもあれば、記事としても大きく扱うであろう。題字も人目を引く、華やかなものになる。これは、そんなところから切り抜かれたのだろうと思われた。

「成程、私もそう思います」砥部教授が同意して頷いた。「まぁあまり、発展性のある分析と期待はできませんが」

「まぁ、そうですな」田所も賛同した。「犯人はスポーツ観戦が趣味なのか、どうか。その点が絞り込みに役立つ展開となるとは、あまり期待できない。おまけにスポーツ新聞を使っているからといって、理由が観戦好きなためとも限らない」

「単に『不死』という文字が得易いから、なのかも知れませんからな」

「全く。その通りです」

中には「不死」がそのまま切り抜かれ、貼られていたものまであった。「ノーアウト」であれば「無死」になってしまうが、「不死身」などの表現なら存在する。大方、その辺りの記述に使われていたものなのだろうと予測された。スポーツ新聞は劇的な表現を好む。長年の怪我や病気から復帰した選手、という意味で使われていたとしてもいかにもありそうな話だった。

逆に「鳥」の字を探すのには難渋《なんじゅう》させられている様子が窺え、「不」や「死」に比べてフォントどころかサイズまで極端にズレているケースも見受けられた。探し出すのに苦労したようですな。思わず口に出すと、研究室で失笑が漏れた。

現場に残された次の犯行の予告状。犯人のプロファイリングを行うに当たっては、大きな判断材料となる。

予告文はスポーツ新聞（これも今の時点ではあくまで「恐らく」）の文字を切り抜き、大判の紙に貼り付けて作成してある。昔ながらのやり方だが自分の筆跡を残さない、それなりの防御策であることは確かだ。新聞のようなどこにでもあるものを利用していれば追及も難しい。古臭いながらも効果があるのは間違いない。

つまり新聞から文字を切り抜いた犯人像、という方向にあまり力を注いでも時間が勿体ない。プロファイリングは分析の方向を誤れば、その後の推察に齟齬《そご》を来してしまう展開は大いにあり得る。

「まぁ結局、今の段階で明確に言えることは、一つだけです」田所はスポーツ新聞、云々のセンにいったん節目をつけるために、言った。「この犯人は、自己顕示欲が強い。毎回、犯行現場にこんなものを残すくらいだ。それだけは犯人像の特質として、明記しておいていいのでは」

「するとやはり、最も注目すべきはこちらの方ですな」砥部教授が言った。「予告状に使われている、この文章」

「私もそう思います」

第一の現場に残されていた予告状には、署名に続いてこうあった。「団子坂《だんござか》　二階の欄干に彳《たたず》むと遥に海が見えるとやら」

実はこれは、永井荷風《ながいかふう》の随筆『日和下駄《ひよりげた》』に出て来る文章なのだという。そしてその後においても、予告状に使われているのは全て『日和下駄』からの引用文だったのである。

「しかしよく、気づかれましたな」世辞ではなく、正直に感嘆していた。「これが、どこから引用されたものか、などと」何度も続けば気づかないではないかも知れないが、砥部教授は最初のものだけで『日和下駄』、と即座に見抜いたのだという。

「いやぁ、ははは」頭を掻いた。言葉は謙遜しているが内心、満更でもないことは表情から明らかだった。「たまたま、ですよ、たまたま。私、以前から永井荷風の大ファンでしてな。それで一目見て、あれ、これはどこかで読んだ覚えがあるような、と思い至ったのです」

こちらは文学の素養など、ない。芸術なんてものにも一切、興味はない。そんなものにうつつを抜かしている暇があったら、犯罪研究の論文を一つでも多く読んでおけばいい、というのが本音である。

ただし実際、今回は砥部教授のこの趣味が役に立った。犯人は永井荷風の文章から予告状を作っている、と見抜いた。いずれ、誰かが気づいたかも知れないがやはり、こういうことは早ければ早い程、いい。こちらの対処も迅速化する。そういう意味では田所の密かに侮蔑する、風流な趣味なるものが功を奏した形だった。

ただやはり、これは教授も言った通りたまたま、に過ぎない。未知の犯人が誰の文章を引用して来るかなど、予測のできるようなことではないのだから。どの文章にも対応できるよう、全ての作家の書物を読み尽くしておく、なんて冗談にもなりはしない。

即ち事前の準備など、不可能。今回は幸い、犯人の使った文章が教授の趣味と合致していた、というに過ぎない。もっともこんなこと、口に出して指摘などするわけもないが。

「教授に文学の趣味があって、ラッキーだったことは確かです」秦帆が言った。「ただし今回は、運に恵まれていたことが更にあったわけで」

「あぁ、そりゃそうだ」教授も手を打って賛同した。「まずは、坂牧《さかまき》さんのお手柄を忘れないようにしとかなくちゃ」

同席している、警視庁科捜研の担当官二人のうち若い方のことだった。名指しされて、照れたように頭を掻いた。「いやぁ、それを言うならまず最初に、現場からこれを持ち帰った鑑識の慧眼を認めなければ」

実は第一の犯行時、それなりの爆発で現場はそこそこ荒れていたらしい。犯人も初めてということともあり、火薬の量を誤ったのかも知れない。例の発火装置は粉々に砕けて飛び散っており、原型は全く留めてはいなかった。破片を拾い集めるだけで一苦労だった、と聞く。

お陰で予告状も、遠くに吹き飛んでいた。最初はどこかにテープで貼り付けてあったのだろうが、爆風で剝がれたものと思われる。隣の家の庭木に引っ掛かっていた。塀の外にまで枝を伸ばしていた、大きな松の木だった。

「破片が飛び散っていたお陰で、鑑識としても広い範囲を捜索することになった」坂牧研究員は言った。「それでたまたま、隣家の木に引っ掛かってたこいつを見つけることができた、ということらしいです。いやぁ風が強くない日で、よかったですよ。遠くに飛ばされてしまってたら、私らがこれを見ることは永久になかったでしょうから」

「ラッキーが重なったわけですね」秦帆が言った。「まずは風が強くなかったこと。現場に駆けつけた鑑識員が優れた人だったこと。そしてこの証拠の重要性を、的確に見抜く坂牧さんのような研究員が科捜研にいて下さったこと」

「私のことはもういいです、って」坂牧が苦笑いして手を振った。

だが確かに、彼のお手柄は素直に認めるべきだろう。何かの活字を貼り付けた、怪しい紙切れであることは間違いない。ただし一目、見て犯行を匂わすような文章が綴られているわけでもないのだ。事件とは全くの無関係であることだって、あり得ないではない。

それでも坂牧は臭い、と踏んだ。犯人の残して行ったものである可能性は高い、と睨《にら》んだ。新聞の切り抜きを貼り合わせた怪しさが、何より大きかった。

このような思わせぶりな犯行に及ぶ、愉快犯なのかも知れない。ならばこの放火事件は今後も、連続して発生するかも知れない。上司（つまりは彼の横にいる年配の方）に相談し、このような犯罪の研究で協働している砥部教授の元に持ち込むことにした。

かくして、今のこの場がある。

事件が連続すればいずれは、ここに協同研究が持ち込まれたかも知れないがやはり、繰り返すがこういうことは早ければ早い方がいいのだ。現に教授は文章を見て即座に、『日和下駄』からの引用だと喝破した。果たして、次の犯行はこの文章から示唆される場所で実際に行われた。

「この文章は『日和下駄』の第九章、『崖』をテーマに書かれた中に出て来ます」砥部教授が解説して言った。「荷風は欧米の風景に比べて、東京の街の景色は興趣に欠ける、と何度もこき下ろしてますが。崖については閑地や路地など、散歩に興味を湧かしめてくれる数少ない例外だ、と褒めている」

『日和下駄』は荷風が趣味で東京のあちこちを散策する、その思いを綴ったものらしい。崖や樹や寺など、テーマごとに「ここからあぁ歩くとこのような風景に出会える」「ここは昔はこうだったらしいが今ではそのよさも台無しにされてしまった」などと解説している。読むと本当によく歩き回っているものだと感心させられる、のだそうだ、教授によると。東京の実に広い範囲が網羅されている。だから次の犯行地を示唆するのには成程、適切な書であることは間違いないようだ。

「この文章で紹介されているのは、団子坂。現在の文京区に当たります。本郷《ほんごう》通りの尾根筋から、地下鉄千駄木《せんだぎ》駅の方へ降りて来る坂ですな」

「本郷通り」と言えば東京大学の有名な赤門や、正門の前を走る通りの名だ。田所も行ったことがあるため、それなりの土地勘はあった。そこから千駄木駅の方へ降りる、というのであればあの辺りだろう、と大方の予測はつけることができた。

「この文章では、荷風は森鷗外《もりおうがい》の居宅を訪ねた時のことを綴っています」教授の説明は続いていた。「この辺りは崖が連なっていて、荷風は根津《ねづ》権現の裏から団子坂の上へと通じる道が、東京の往来の中でも最も興味ある処、とまで絶賛している。この道で団子坂の頂きに至るところに、鷗外は自宅を構えていた。崖の上に立つので眺めがよく、二階に上がると彼方に海を望むことができた、とか。予告文に抜粋された文章の通りですな。故に鷗外は我が家を、海を鑑賞できるという意味で『観潮楼《かんちょうろう》』と呼称していた、と」

ちなみに本文の全体像を正確に再現すると、こうである。

「当代の碩学森鷗外先生の居邸はこの道のほとり、団子坂の頂に出ようとするところにある。二階の欄干に彳むと市中の屋根を越して遥に海が見えるとやら、然るが故に先生はこの楼を観潮楼と名付けられたのだと私は聞伝えている。」

二文に亘る文章を、予告状では特徴的な部分だけ抜粋して纏めていたわけだ。

「森鷗外くらいの歴史的文豪だ」田所は言った。さすがにその名前くらいは承知していた、読んだことは一切なかったけれど。「その旧居跡くらい、現在でも保存されてあるんでしょうな」

勿論です、と教授は頷いた。「文京区が施設を立てています。『森鷗外記念館』として、関連の資料が展示されイベントが開催されたりもしていますよ」

「すると」再び、予告状にチラリと目を遣った。もっとも現物は警察の証拠物件管理室に保存されてあり、ここにあるのはそのコピーに過ぎないが。「ここに示唆されている通り第二の犯行現場は、その鷗外記念館の近所に相当したわけですね」

その通りです、と教授はもう一度、大きく頷いた。「これは犯行予告ではないか。鷗外旧居跡の付近で次の放火を行う、と宣言しているのではないか、と我々が見做した直後でした。まさに鷗外記念館の目と鼻の先で、次の放火事件が発生したのです。お陰でまぁ、これが犯人の残したものであることが確認されたようなものでしたが」

秦帆の用意してくれた地図の方へと戻った。「2」の数字の附された赤点に注目した。東京の地理にはあまり詳しくない。ただし東京大学がここだから、事件現場はあの辺りということなのだろう、と大まかな位置関係は把握できた。

最寄駅は先述の、千駄木。あるいは東京メトロ南北線の本駒込《ほんこまごめ》駅。いずれかから犯人は歩いて犯行現場に向かったと見做して、実際に踏査してもらう必要がある。途上の映像を全て、こちらへ送ってもらわなければならない。なのに……

〝あの男〟との通信は途切れたままだった。通話のスイッチは先方で切られたまま、機器は虚しく沈黙を続けていた。

9

近所のオバチャンの噂話は、事件捜査の参考になり得る。経験からよく分かっていた。だからオバチャンの噂好きを煽り、近所の話題を次々持ち出すよう仕向けてみた。

が、やはり限界がある。地域の情報と言ったって大半は無意味なものばかりだ。話が四方八方へ飛び回り、どう見ても関係ないだろうという話題が続いた。立ち話をするのにだって、体力が要る。何の興味もない話であれば尚更、だ。さすがにもう潮時だな。オダケンは腹を決めた。

「それがこないだ、あっちのスーパーに行ってみたら、さぁ」オバチャンは捲し立て続けていた。「同じシャケなのに、そっちの方がずっと安いのよ。長いこと贔屓《ひいき》にしてたお魚屋さんだから、優先してあげたいんだけど、ねぇ。値段がこれだけ違うんじゃ、スーパーの方を選ぶのもしょうがないじゃない。だから私、言ってやったのよ。悪いけどさぁお魚屋さん、って……」

「あぁっ、しまった」遮るようにオダケンは、素っ頓狂な声を発した。頭の天辺《てっぺん》から出たみたいな声になるよう、心した。「もう、こんな時間だ。奥さんの話があんまり面白いんで、ついつい聞き入っちゃってたけど。そろそろ切り上げないと」

「まだ、いいじゃない。そこのスーパー、お魚だけじゃなくてお肉もとっても安いのよ。それに美味しくって」

「奥さんだって、そろそろ夕飯の支度とか用があるんじゃないの」

「いいの。いいのよ、そんなの。もう子供はどちらも独立しちゃって、家にいないんだし。旦那にはお腹が空いたらホカ弁でも買って来て、って言ってやればいい」

「いや、でもこれ、警察の捜査なんだし。次の犯行現場についても、調べとかないと」

「あぁそうか」漸く、思い至ったようだった。納得したように顔を伏せた。が、それも一瞬、だった。「でもまだ、いいじゃない。ここの近所の情報が、捜査にどこで役立つか分からなくてよ」

近所のスーパーの安値情報が、捜査に役立ってなんぞくれるモンか!? 勿論、口に出しはしない。胸の中でだけ吐き捨てた。「いや、でも、しかし」

「いいじゃないのよ、って」相当、気に入られてしまったらしい。聞き上手というのはこういう手合いにとって、重宝な存在なのだろう。普段の生活では余程、話し相手に事欠いているのだろうか。「もう、ちょっとだけ」

「しかしこの放火は、まだまだ続きそうなんですよ。モタモタしてたらまた、次の事件が起こってしまうかも」

「何なに、そんなに続いてる放火事件なの」

「そうそう。だから早目に捜査を進めとかないと、ヤバいんですよ。逆に上手いこと進められればそれだけ、犯人逮捕も早まるかも」

「逮捕かぁ！　そしたら私にも、教えてもらえる？」

勿論ですよ、と請け合うと漸く解放してくれそうな雲行きになった。犯人を捕まえたらイの一番に、奥さんにも伝えますから。報道なんかでは分からない、裏情報も添えて。

「そう、じゃぁ許してあげる。頑張ってね。ただし今の約束、忘れちゃぁイヤよ」

「分かってます、って。絶対ですよ」

携帯番号を教えられ、何とかオバチャンから解き放たれた。歩き出してからヘッドセットのスイッチを入れた。途端にイヤホンに、黒板を爪で引っ掻くようなあの不快な声が飛び込んで来た。予想がついていたからいいものの、不意を突かれてたらその場で足が萎えていたかも知れない。それくらい、気分のささくれ立つ声だった。「いったい、何をやっているんだ。仕事のルールを踏み外すんじゃない」

「近所の噂を収集してたんだよ。こういうの結構、役に立つんだぜ。現に興味深い話、仕入れてさ。実はここの、現場の前に……」

「愚にもつかぬ庶民の噂話など、聞いている暇はない。お陰で他方向から犯人の来た可能性を、精査する時間がなくなってしまったではないか。そろそろ、第二の犯行現場に移らねば」

「あぁそこで、訊いときたいことがあったんだけど、よぉ」一息、ついて続けた。「今日は何時まで、こいつにつき合わなきゃならねぇんだろうかな。夜は俺、店があるから」

「客などどうせ来はしないだろうに」思わずヘッドセットを毟《むし》り取り、地面に叩きつけてしまうところだった。「そんな突発的とも評すべき事態に備えるより、こちらを優先する方がずっと合理的だ」

「こんなの」声が震えないよう、抑えるだけで精一杯だった。いやそれでも、震えてしまっていた。「この場限りで止《や》めちまってもいいんだぜ」

「それでは君のここまでの労力が、無駄足と終わるだけだ。途中放棄されたのでは、報酬を支払うわけにはいかないからな」

歯がギリッ、と音を立てた。こいつとつき合ってるとその内、奥歯が擦り切れなくなってしまいそうだ。

「ただ、まぁ、そうか」だが怒鳴り返す前に、先方が考え直したようにつけ加えた。「犯行時に近い時間帯の映像も欲しいが、それよりはまず現場周辺の様子を詳しく押さえておくことが肝要だ。犯人がどのような現場を好むか。傾向が摑めるからな。そのためには明るい状態での、鮮明な映像が先に欲しい」一息、ついて更につけ加えた。「つまり今の段階では、君に動き回ってもらうのは明るい時間帯の内だ。陽が落ちたら、店の営業の方に戻ってもらって構わない」

そんならさっきの嫌味は何だよ⁉　俺を腹立たしくさせるだけの意味しかねぇじゃねぇか。悪態をついてやりたかった。

が、やったって意味はない。口は向こうのほうがずっと達者なのだ。言い負かされ、更に苛立ちが募る結果しか招かないのは目に見えている。

おまけにこっちは、外にいるのだ。ヘッドセットに向かって一人がなり立てている姿は、傍《はた》から見ればバカにしか映らないことだろう。近くにいるのでなければぶん殴ることもできやしない。電波を介して映像や音を送ることは叶っても、拳は届きはしない。

深呼吸を何度も繰り返した。漸く、声が震えないようになった。「それじゃ次は、第二の現場に移動、でいいんだな」

「そうだな」田所は言った。「東京メトロ千代田線の千駄木駅へ行ってくれ」

愛車ヤマハ SEROW250 を駐めたのは、「教育の森公園」の近くだった。結構、坂を上がり降りしてここまで歩いた。そいつを逆に辿って、あそこまで戻らなきゃならない。

もしかしたら近道だってあるのかも知れない。が、こちとら他所者《よそもの》だ。おまけに往路で分かったが、この辺りは道が不規則に折れ曲がってる。坂も多い。こっちの方だろうと見当をつけて歩いてみても、妙なところに出てしまう恐れは大きかった。結局、遠回りになってしまう可能性の方が高かった。

まぁ、仕方がない。オダケンは来た道を引き返し始めた。登って来た坂を降り、降りて来た道を登った。

途中、「茗荷谷」と書かれた例の看板の前を通った。あぁ、ここだ。やっぱり道を間違ってはいない。こう見えて方向感覚はいい方なのだ。一度、来たところには基本、ちゃんと戻ることができる。

茗荷谷駅の前で春日通りを渡り、バイクを駐めていたところまで戻った。田所に報告した。

「今、駐輪地点まで来た。これから第二の現場へ走る」

「こちらはＧＰＳでそちらの動きは逐一、把握していると告げたではないか」即、嫌味が返って来た。「だからそれくらいわざわざ、言われなくとも分かる。余計なことは口にせず、必要なことだけ報告しろ」

本当にあいつは、俺の奥歯を摩耗させてしまうのが目的なのではないんだろうか。オダケンはもう反応するのも諦め、ヘッドセットとビデオカメラをリュックに戻してヘルメットをかぶった。口論を吹っ掛けたところで何にもならない。イライラが積み重なるだけだ。ヘッドセットを外したお陰で暫くは、あの声を聞くことから解放される。そいつだけが救いだった。

バイクのエンジンを掛けてから改めて、さぁどう行くか、迷った。方角的には概ね、東の方へ行けばいいと分かってはいる。ただこの辺りは、南北方向に走る大通りは並んでいるが、東西はそうではないのだ。

まぁ、何とかなるだろう。見当をつけて走り出した。ドッドッ、と脈打つ、エンジンの鼓動が快感だった。こいつを味わっている間は不快なことを思い出さなくて済む。このままずっと走っていたい誘惑にふと駆られた。

走っていると「小石川植物園」の広大な敷地にぶつかった。目的地に至るには、こいつの向こう側に回り込まなきゃならない。ところが敷地を縁取るように走る路地がまた、一方通行だったりした。どちらへ行った方がいいのか、よく分からない。

くそっ、しょうがない。何とか見当をつけて行ってみるだけだ。

住宅街の真ん中を曲がりくねって走っている内に、やがて大通りに出た。こいつは都道三〇一号線、通称「白山《はくさん》通り」の筈だ。その名の由来にもなった、白山神社の参道入り口も見えた。お陰で今いる場所の、だいたいの位置関係が摑めた。

ここに神社があるってことは、都営地下鉄三田《みた》線の白山駅はあっちの筈だ。するとこの道をこう行けば、本郷通りに出られる……

思った通りだった。「白山上」の交差点で国道一七号を渡ると、次の大通りが本郷通りだった。突っ切ると坂道に繫がった。やっぱりここだ。これが目的の「団子坂」だ。坂を降り切ると不忍《しのばず》通りに出、東京メトロ千駄木駅の入り口も見えた。

ところが今度は、バイクを駐めるところが見当たらない。不忍通りは交差点以外は片側一車線しかなく、車は引っ切りなしに通る。歩道も狭く、バイクでも長時間の駐輪は難しい。通行人の迷惑になるし何より、店の人から苦情が出るだろう。それくらいこの通り沿いには、店舗がずらりと並んでいるのだ。

結局、根津神社の境内に駐めることにした。団子坂まで戻るのにはちょっと歩かなければならないが、仕方がない。

ヘルメットを取ると、嫌だがヘッドセットをつけた。ちょっとぐるぐる走り回ってしまったため、嫌味の一つでも言われるかと思ったがそいつはなかった。

「駐車場でも探していたのか」こちらの動きを見ていればそれくらい、見当がついたのだろう。

「目的地付近に着いてからが、難渋していたようだが」

「あぁ、まぁ、そうなんだ」素直に認めた。「結局、神社のところまで来ちまった。どうする。千駄木駅まで戻って、そこから坂を上がればいいか」

「田所さん」イヤホンに砥部教授の声が飛び込んで来た。このように先方が議論している中身も聞けるので、向こうが何を考えて指示を出しているか摑めるのもこちらとしては都合がいい。「せっかく根津権現まで行ったんだ。荷風が本の中で述べていた通りのルートで、まずは鷗外記念館まで行ってみる、というのも一つのテなのでは」

犯人の予告状が永井荷風の『日和下駄』からの引用で綴られていることは、研究室での遣り取りを聞いて分かっていた。荷風はここ根津神社の裏から、団子坂上に抜ける道を絶賛しているらしい。そしてその道を抜けた先に森鷗外の家があった、というのだ。荷風ファンだという教授はこの際、本の中で書かれたルートを実際に見てみたい本音もあったのだろう。

「ふむ」田所も迷っているようだった。「犯人がどのルートを辿って現場に行ったのか。推察するのは確かに重要ですが。さて」

「犯人は常に荷風の文章から引用している。それは単純にファンだから、という理由なのかも知れませんぞ。その辺りを類推する材料が、手に入るかも知れない」

「ファンであれば荷風の絶賛したルートを歩いてみたい、と思うでしょうからな。成程」田所も納得したようだった。「小田君、聞いての通りだ。犯人のプロファイリングに役立つかも知れん。まずは可能性の高い千駄木駅から歩いてもらう積もりだったが、方針を変える。我々の指示する通りのルートを辿ってみてもらいたい」

「へぇへぇ。俺はどうせ歩くだけだ。ルートがどっちであろうと、構わねぇよ」

「まずは、そちらだ。目の前の坂道を渡ってくれ」

根津神社を背にするようにして、歩き出した。日本医科大学付属病院の、二つの敷地の間を抜ける路地に入った。二つの病棟には中空に渡り廊下が架けられており、それを潜るような形になった。

「この道か」

「そうだ。そのまま道沿いに進んでくれ」

右手に、コインパーキングが見えて来た。あると分かってたのなら、ここにバイクを駐めるというテもあった、か。

が、まぁ車専用のパークにバイクを駐める気にもなれない。やっぱりあそこでよかったのだ、と思い直した。

「昔は興趣ある道だったかも知れないが」田所の声がヘッドセットに飛び込んで来た。ビデオカメラから送られて来る映像をリアルタイムで見ているのだ。こちらがこんな風だ、と口頭でわざわざ報告するまでもない。「今ではどこにでもあるただの路地に過ぎないようですな」

「崖の上の側は木が生い茂って薄暗く、下の側は足元が崩れ落ちそうで危なっかしい」砥部教授が応じて言った。「荷風はそんな風に綴っている。崖下の方を見ると谷底のような低いところにある人家の屋根が小さく見える、と。しかし今では、ここに書かれているような景色はすっかり失われてしまっているようですな」落胆している風だった。ファンとしては荷風の絶賛する眺望の、面影くらい残ってはいないものかと期待していたのだろう。

「今では崖下側にも高い建物が立っていますからな」田所が返した。こちらは淡々としたものだった。「急坂は基礎部分としては危険だから、盛土が施されたかも知れないし。民家だって当時とは違い、高層化している。これではとても……あっ、ちょっと待て」こちらに指示が飛んで来た。「そこに、右手に降りる分かれ道があるな。立ち止まって、下方を撮ってみてくれ」

坂道を見下ろすように眺めてみたが、とても絶景とは言えなかった。そもそもが大した高さではないのだ。精々が、右手はちょっと低くなっている、くらいの落差でしかない。眺望云々、の話では最初からない。

「こりゃダメだ」オダケンも言った。「人家の屋根が小さく見える、どころの高さじゃとてもねぇよ。そもそも道が、ここじゃなかったんじゃねえのかい」いくら建物が高くなったり、急坂が均《なら》されたりはあったとしても、高低差そのものが消え失せることはあまりなかろう。

「いやしかし、鷗外記念館に至る道はやはりそれのようだが」

「あっ、ちょっと待て」道が途中から、急に上り坂に転じていた。「ここを上がったら、少しは眺めがよくなるのかも知れないぜ」

高台に上がった。右手にあるのは小学校のようだ。その敷地を、見下ろすような格好になった。

「それは文京区立の、汐見《しおみ》小学校のようだな。同じく区立の第八中学校と、敷地が並んでいるようだ」

「ここに、説明板があったぞ。どうやらこの道は、『藪下通り』っていうらしい」ここは鷗外の散歩道で、小説の中にも登場すると書かれてあった。多くの文人がここを通って〝観潮楼〟を訪れた、とも。「やっぱりこの道で間違ってなかったようだな。あっ、もうそこか」

見るともう、鷗外記念館の前に達していた。建物は団子坂にも面しているが元々、邸宅の入り口はこちら側であったらしい。それくらい海への眺めを大切にしていた、ということか。

「おぉ、これだこれだ。確かに大した高さではあるな」

入り口の前に立って海の方を向くと、坂下へ降りる細い階段が設けられていた。つまりはそれくらい急、ということだ。「しろへび坂」と呼ばれているらしい。今は遠方にまで建物が立ち並んでいるが、昔なら海が見えた、と言われればそうかもなという気にもなる。

「『左手には上野谷中《うえのやなか》に連る森黒く、右手には神田下谷浅草《かんだしたやあさくさ》へかけての市街が一目に見晴され』とあったのに、なぁ。その面影は今や、最早なし、か」教授は残念そうだった。「ヴェルレエヌの詩にまで擬《なぞら》えてあったのに、あぁ」

「その代わり」オダケンは言った。「今だとビルの間に、東京スカイツリーが見えるじゃねぇか」

「あぁあぁ」

気の毒に思えて来たのは事実だった。こいつ、それくらいファンなのだろう。

「これで、はっきりしましたな」田所が締め括るように、言った。「今ではこの道は大した眺めではない。従って犯人がもし荷風ファンであったとしても、好んで何度も通るような道ではない」

「仰る通りです」教授が認めた。「犯行の前に何度か下見に来ている筈ですから。もしファンであったとしても一度、来たらもう充分だったでしょう。いざ犯行時にわざわざ、改めてここを通ったとは思えない」

「聞いた通りだ、小田君」田所が言った。「やはり犯人は駅から直接、現場に向かった可能性の方が高い。いったん『団子坂』を下って、千駄木駅前に行ってくれ。そこから改めて坂を上がって、その場所へ戻って来て欲しい。過程を、映像で見てみたい」

急坂を上がったり降りたりの苦労も、そっちには関係ないんだからな。これまでも俺は充分、何度も登り降りをさせられて来てる、ってのに。「俺みたいにバイクで来た、って可能性は考えなくていいのか」

「それは、完全に排除したわけではない。だが君が期せずして証明してくれた通り、その近辺はオートバイを駐めるに適した場所が少ないようだ。車の可能性も考えられないではないが、何度も下見に来てそのたびコインパーキングに駐めたというのも、不自然に思える。やはりここは、最も蓋然性の高い公共交通機関を使った仮説に立って動くべきだろう。さ、小田君、坂だ。まずは、いったん下って」

へぇへぇ、仰せの通りに。オダケンは団子坂をいったん、下り始めた。谷底に着いたら即、また上がって来なければならない。アホらしさに思わず、へっと鼻が鳴った。

10

坂の上がり降りを何度もやらされた挙句、この後は深川《ふかがわ》まで行け、と来た。最後、五番目の犯行現場に残されていた予告状には、次はそこで放火事件を起こす旨、示唆されていたそうなのだ。

「見ておかなければならない第三から五までの現場は、まだ残っているが」田所は言った。「そろそろ夕刻も迫っている。犯行を予防する手立てを考える上でも、次の予告現場は是非とも明るい内に見ておきたい」

へぇへぇ、仰せの通りに。

江東区《こうとう》深川は森鷗外記念館のある場所から見ると、かなり南東に当たる。一方、オダケンの帰るべき新宿区歌舞伎町は、かなり南西だ。皇居を中心として見ればそれぞれ東と西に位置する場所を、往復させられるような形となった。

バイクを走らす際、ギアは左足で切り替える。左手でクラッチを握り締めると同時に、ローに入れる時はニュートラルからペダルを踏み込み、それからはセカンド、サードと爪先を引っ掛けてペダルを上げて行く。脹脛《ふくらはぎ》の筋肉を使うのだ。普段なら何てことはない動作だが、坂を登り降りしてくたびれた脚には、結構な苦行だった。

おまけに東京は道が混んでいる。夕刻になれば尚更だ。信号も多く停止、発進を繰り返すたびギアチェンジが必要となる。お陰で最終的に、歌舞伎町まで帰り着いた時にはかなり疲れ果てていた。

花園神社の既定の場所にヤマハSEROW250を駐め、オダケンは我が店を目指した。新宿ゴールデン街は神社の境内から見ると裏手に当たる。本殿横の階段を降りるだけで、足がふらついた。まぁ、急ぐ必要はない。悔しいが田所も言っていた通り、店に客なんて来やしない。カウンターの中で椅子に座り込み、バーボンを呷ってりゃいいや、と苦笑した。その内、脚の疲れも消えてくれる。

ところが店の前まで来てみると、人影が立っていた。若い女性の二人連れだった。おまけに、黒髪と金髪のペア。薄暗い中、街の灯りに照らされた女性二人の立ち姿は、それだけで一枚の名画のようだった。

「うちの店に用でもあるのかぃ」

話し掛けると、パッと振り向いた。どちらも、眺めているだけで気分の明るくなるような美人だった。

「私達、この街に来てみるの初めてなんです」黒髪の方が言った。「でもお友達が、日本に来たらゼヒ行ってみたい、っていうので。ただ来てみたはいいけど、お店がたくさんあり過ぎてどれに入ればいいか、迷ってしまって」

「外国から、わざわざ？　そりゃ光栄だね。街に代わって、お礼を述べるよ」

「ドイツです」黒髪が答えた。金髪の方は、日本語は上手く喋れないようだ。「あちらでもこの街、とても有名なんですって。インスタグラムで目にしてとても興味を持ったので、連れてって、って彼女に頼まれて」

「とにかく光栄だ。ちょっと待ってね。こんなお嬢さんをいつまでも立たしとくわけにゃいかねえ。男の名折れだ。直ぐに、用意するから」

脚の疲れなど、どこかへ吹っ飛んでいた。頭の中からも一瞬で消え失せていた。あっという間に準備を済ませ、美女二人をカウンターに誘《いざな》った。スツールに腰掛けた二人は、不思議そうに店内を見回していた。

「済まねぇね、汚ぇだろ」

「いえ、そんなことはないです。でも、古いお店のようですね」

「あぁ、年季だけは一人前《め》ぇさ。ところで何、呑む」

「あぁ、ごめんなさい。あまり詳しくないので。カクテル、何か作ってもらえます」

「甘目のがいいかな」

お任せします、と言うのでシェーカーにドライ・ジン、コアントローとレモンジュースを詰めた。蓋を閉めると指でしっかりと押さえ、強くシェイクした。予め冷やしておいたカクテルグラスに中身を注ぎ、カウンターに置いた。

普段ならこの店でカクテルなんて、作りはしない。勝手にバーボン呑んでろ、と客を突き放す。だが、今日は話は別だった。頼まれればノン・アルコールだって、喜んで出したろう。

「美味しい！」表情を見れば、お世辞ではなかろうと自惚れてよさそうだった。「酸っぱさの中に甘味があって。これ、何ていうカクテルなんですか」

「それが、ねぇ。『ホワイト・レディ』っていうんだよ」薄く笑って、つけ加えた。「世界で初めて白いウェディング・ドレスを着たという、イギリスのヴィクトリア女王に由来する、って説もあって。彼女、実はドイツの血が濃いんだよね。親独派の女王として知られてた。そんなこともあって、こいつを選んでみたんだ」

黒髪が通訳すると、金髪も嬉しそうに声を出して笑った。聞いているだけで気分がよくなるような声だった。

「実はちょっと強い酒なんで、ね。お嬢さん達がどれだけアルコールが好きか分からないんで、レモンジュースを少しだけ多目にした。お陰で酸っぱ過ぎたかも知れねぇ」

「いいえ。とっても美味しい。酸味と甘味のバランスが丁度いいですよ」

「ますます光栄だね」

自分にはボトルからアーリー・タイムズをグラスに注ぎ、炭酸で割った。若い頃はバーボン・ストレート一本槍だったが、な。昨日〝ゆげ福〟と、同席した時と同じ感懐が胸に湧いた。今じゃそんなの呷ったら翌日、起き上がれなくなってしまう。

CDプレイヤーにデクスター・ゴードンの『アワ・マン・イン・パリ』を入れた。直ぐにバド・パウエルのピアノに乗せた、重厚なテナーの響きが店内に広がった。ドイツとフランスは昔から複雑な関係にあるが、こんなことで彼女が怒り出しはすまい。それより酒とジャズが合う、というのは世界共通の定理だ。

「どこの国に来たのか分からないくらい、って彼女が喜んでます」黒髪が通訳してくれた。「とってもいい気持ちだ、って」

「無国籍、って性格はこの街にはあるのかも知れねぇな。それは多分、各店主が国籍よりも自分の嗜好を優先してるからなんだよ」

「そもそも新宿ゴールデン街、ってどうして出来たんですか」

「そりゃぁ、ねぇ。話すと長くなるが、いいか」いい、と言うので続けた。「途中、売春なんて話題も出て来るけど、いいかね」これもいい、と言うので説明を始めた。

元々の歴史は戦後、間もない時期にまで遡る。新宿駅の周辺にはいくつもの闇市が出来、賑わっていた。東口は関東尾《お》津《づ》組による「竜宮《りゅうぐう》マーケット」と野原《のはら》組、西口は安田《やすだ》組、南口は和田《わだ》組、というようにテキ屋がそれぞれの縄張《シマ》りを管理し、闇市を取り仕切っていた。

ちなみに戦後初の首相を務め、後に臣籍降下した東久邇宮稔彦《ひがしくにのみやなるひこ》氏も一時、西口で露天の乾物屋を開いていたことが知られている。また安田組の安田朝信《とものぶ》は旧淀橋区時代から区議会議員として政治に参画。尾津組の尾津喜之助《きのすけ》も昭和二十二年の衆院選に立候補したが、こちらは落選の憂き目を見ている。

戦後の一時期、活況を呈した闇市だったがＧＨＱが駅前にこのようなものがあると治安が乱れる、と問題視し撤退を命じた。そこで昭和二十五年、マーケットの店舗は駅前を離れ現在のゴールデン街の一帯に移転して来た。駅からは一定の距離があるため、ここならＧＨＱも目溢ししてくれたのだ。

「闇市の屋台の呑み屋が移って来たんだから、そりゃ適当なモンだよ。木造の掘建小屋を並べて、営業を再開した。ここの雰囲気は、その頃からちっとも変わっちゃいねぇんだ」

当時は飲食店の名目で、売春を始める店も多かった。一階や二階で酒を呑ませ、気分が乗れば三階のほんの僅かな空間で、女を抱かせる。所謂〝ちょんの間〟である。以前は公認で売春が行われていたところを「赤線」、非公認のところを「青線」と呼び分けていた。

「こっちは言うまでもなく、〝青線〟さ。ところが昭和三十三年、売春防止法が全面的に施行されてそんなこともできなくなった。お上も見て見ぬ振りをしてたのが、許されなくなったんだな。それで身体、売ってた奴は出て行って、呑み屋だけは残った。だから見てみな。外に出てよく見ると、小さな三階のある建物が点在してる。昔の〝ちょんの間〟の名残、ってぇわけなんだよ」

「へえぇ」売春の話題だが、特に嫌がられはしないようだった。「やっぱり色んな歴史があるんですね」

「似たような歴史を辿った街で、あっちの〝新宿二丁目〟がある。知ってるかぃ」

「あぁ、ＬＧＢＴタウンで有名な。聞いたことはあります」

「あそこも以前は、売春をやってたんだよ。あっちは公認の〝赤線〟でね。ところが同じく売防法の適用で、商売が成り立たなくなった。向こうはなまじ公認だから、そっちに寄り掛かる店が多かったんだ。お陰で禁止となると、撤退するしかなくなった。空き店舗がずらり発生したんだ。そこに、ゲイが集まって営業を始めた」

「ＬＧＢＴタウンが出来たのも、そんな経緯があったんですね」

「ここは〝青線〟で売春は元から非合法だったから、表向きは呑み屋街だった。だから禁止となっても、そのまま呑み屋を続けて行けたわけさ。こっちも〝赤線〟だったら今頃、ＬＧＢＴタウンはこちらに出来ていたかも知れねぇな」

黒髪が通訳して説明すると、金髪は興味深そうに聞いていた。「とっても面白い、って彼女が言ってます。色んな歴史があって、それでそれぞれ街ごとの性格が生まれるんだとよく分かった、って」

感心したような表情を向けられれば、満更でもなかった。これだけの美女二人からなのだから、尚更だ。「ご静聴、感謝するよ」

「こちらこそ。興味深いお話を聞かせて頂いて、嬉しいです。やっぱり来てみてよかったわ。お酒も美味しいし。ここに行こうと言ってくれた、彼女に感謝、です。勿論、マスターにはもっと、ずっと」


せっかくだから他の店も回ってみたい、と言うので快く送り出した。本音では名残惜しかったが、仕方がない。こんな場面でウジウジしたところを見せれば男を下げるだけだ。これまでの全てが台無しになってしまう。「以前はボッタクるようなタチの悪い店もあったけど、今は大丈夫だ。面白そうだな、と感じた店を選んで入ってみるといい。あんたらと同世代の、若い店主のやっている店も多いから、話も合うんじゃないかな」

「有難うございます。ご馳走様でした」

「アリガトウゴザイマシタ。ダンケ・シェーン!」

金髪はカタコトの日本語の後、感謝の印にハグしてくれた。

何て素晴らしい夜だ。

天に感謝した。

あんな黒板の爪野郎に一日、我慢してつき合ったご褒美《ほうび》、ってわけか。神はやはり、慈悲深い御心の持ち主と見える。もっともアイヌの母から産まれたオダケンからすれば、神は基本的に荒ぶる「カムイ」なのだが。

店の外まで出て見送った。普段はこんなことは、しない。今日は特別だ。店の看板がいくつも宵闇に浮かぶ中、立ち去って行く美女二人の背中へ手を振った。

あぁ、やれやれ。お陰で気分は爽快だぜ。未だ名残惜しさを覚えながら、店内に戻ろうとした。

途端に背筋に殺気を感じた。

視線――

突き刺すような視線が、こちらへ向けて放たれている。俺を貫いている。

慌てて振り向いた。

ゴールデン街の入り口に、立っている人影があった。梨花だった。

見られた。ヤバい！

今度は冷気が、背筋を流れ落ちて行った。致命的な瞬間を、悟っていた。

梨花はくるりと踵《きびす》を返した。そのまま立ち去ってしまった。

この後、どうなるか。運命がどう転じたのか、考えるまでもなく明らかだった。

11

煙草を吸っていた。紫煙を胸、一杯に吸い込み肺腑の収縮する快感を味わっていた。

身体が小刻みに震えた。あぁ、美味い。荒れ果てた心が洗われるようだ。こんな素晴らしいものを新大陸から、文明社会に持ち帰ってくれたコロンブスに感謝……

……待てよ。俺はとうの昔に、禁煙したのではなかったか。なのに何故、今になって煙草なんか吸ってる。新大陸を発見してくれた、イタリア生まれの海洋探検家に感謝なんかしている⁉

はっ、と目が覚めた。車の中。張り込んでいる最中に、うたた寝してしまっていたようだ。そう言えば何もすることのない時間が延々と過ぎる中、煙草が吸いたいな、とぼんやり考えていた。願望が、夢として表出してしまったらしい。

ふと見ると寝そべった腹の上で、スマホが振動していた。こいつのお陰で、紫煙の快感に身を震わせている、なんて夢になってしまったのだろう。

画面を見ると、しのぶからだった。通話アイコンをタップし、耳に当てた。「あぁ、もしもし」

「あぁ、匠さん。今、えぇか」

「あんまり退屈で、居眠りしとったくらいたぃ」カミさんが相手だと、自然と方言が出る。関西弁と九州弁の会話というのも、傍から見たら奇妙なものなのかも知れないけども。「やけん、よかも悪かもなかよ。大歓迎たぃ、人と話のできて」

ぷっ、と吹き出した。「居眠りしてまうくらい、暇やねんね」

「そげんそげん」寝そべっていた状態から、背凭れを持ち上げた。「お嬢ちゃんのおるマンションの前で張り込んどって、な〜んも変化のなか。な〜んもすることもなか」時計を見た。屋台はまだ営業中の筈の時刻だ。「客足の、引いたとか」

「うぅん」しのぶは言った。不本意なのが、声からだけでよく伝わった。「今日は休み」

「……親父、か」

「うん。せやねん」

妊娠している嫁に仕事をさせるな。予《かね》てから親父は、反意を隠さなかった。匠が傍についているならまだしも、一人で屋台を出すなど、論外。まぁ、言いたい気持ちはよく分かった。

匠だって心配ではある。できれば休ませたいのが本音である。だが、しのぶが聞いてくれない。

「つわりが酷かった頃ならまだしも、今は安定しとるやん」抗弁して、言うのだった。「お客さんも待っててくれてはる。しやのに何で、やったらあかんのん」

「やっぱり、心配やけん」内心では匠も、親父と同意見ではある。「もし万が一、何かあったら、て考えてしまうけん」

「あれへんよ、何も」更に言い返す。「屋台の出し入れは、マトさんがやってくれはるし」

〝脱兎《だっと》のマトさん〟は屋台の引き屋だ。本名、黛《まゆずみ》真斗郎《まとろう》。屋台は昼間、畳んで契約の駐車場などに置いておく。夕刻になると引き屋が引いて来て、所定の営業地に着いて開く。マトさんはそのプロ中のプロで、〝脱兎のごとき〟スピードで仕事を済ませてしまうためこの呼び名がついた。今は匠がいないので、屋台の牽引から開閉のみならず、材料の運搬まで引き受けてくれている。彼がいてくれるお陰でかなり安心なのは、間違いなかった。

「力仕事はみんな、マトさんがやってくれはんねんモン」しのぶは言った。「あたしはただ麺を茹でて、丼に入れてお客さんに出すだけ。また常連さんが何かと気ぃ遣《つこ》ぅて、手伝《てつど》ぅてくれて。外のテーブルに他のお客さんの分まで丼、上げ下げしてくれたり。しやからホンマ、あたしがするんは最低限のことだけやねん。有難いわぁ。しやさかぃ逆に、そなぃなお客さんの思いに応えな。楽しみにしてくれはる常連さんがおるんなら、できるだけお店は開けな」

しのぶの言うこともまた、よく分かった。思いは同じだった。自分が身重になることはあり得ないが、もし何かの病気で具合が悪くなったとしても、身体に鞭打ってでもできる限り屋台を出そうとすることだろう。だから強く説得することなどできなかった。

「店は、俺のしよる固定店舗のある」だが一方、親父は言い放つ。「〈ゆげ福〉のラーメン食おぅごたったら（食べたかったら）、俺の店に来ればよか。お客さんだって分かってくれとる。匠の嫁が大事な身体、てことくらいな。そげな事情のあって今は屋台の方は閉めとります、て言やぁ納得してくれる。逆に事情ば知っとる同業さんから、笑われるぞ。あそこは身重の嫁、コキ使いよる。そげんまでして稼ぎたかとか、てな」

板挟み、という奴だった。しのぶの気持ちも、親父の言い分もよく分かる。どっちを説き伏せようにも力が入らない。結果、中途半端なままずるずると長引いてしまう。

麺を茹でたり丼を整えたり、は今やしのぶにも任せられる。たださすがに豚骨のダシを取ったり、スープの元ダレを作るのは無理だった。匠がいればいいが今は、そこだけは親父に頼るしかない。親父が店で取ったダシと元ダレを頂いて、屋台に運ぶ。しのぶは今そうして、営業を続けている。

だから反対する親父からすれば、対抗手段は簡単だった。屋台は休め。ダシも元ダレもやらん。拒絶されれば、営業はできない。今日はいよいよそうして、親父が強硬策に打って出た、ということだろう。いつかはそう来るだろうと予測はできていた。Xデーが今日だった、というに過ぎない。

「なぁ、匠さん。お義父《とう》さんに言ぅたってぇな。しのぶはまだまだ大丈夫や、て。ホンマに身体がしんどぅなったら、止《や》めさせるさかぃ。それまでは好きにさしたって、て」

「うん、まぁな」既にこれまで、親父には繰り返し言っていたセリフだった。またも言ったところで、今さら翻すわけがない。諦めはあったが、この場で彼女に告げたところでどうにもならない。

「マトさんは、どげん言いよる」だから、逃げた。他にも反対している人がいる、となればしのぶだって折れる気になり易いのではないか。

「そら、な。お義父さんがどない言いよるか、マトさんも分かっとるんやさかい。そら、やり難《にく》ぅはしてはるわ。こっちからしても、申し訳のぅて。しやから、な。お義父さんさえ納得してくれはったら、えぇねん。万事が上手《うも》ぅいくねん。な、匠さん。何とかしたって。何とかお義父さん、説得したって」

そう来たか。マトさんが反対しているのではなく、親父との板挟みに苦しんでいるという論法だ。同じ立場にいるのは俺も、なんだけどな。言ってやりたいが勿論、できるわけもない。

「天神《てんじん》の再開発で、あっちの屋台には営業できんとこも出て来よるんや」しのぶが言った。「しやからますます、こっちに流れて来はるお客さんが増えよる。想いに応えるんは、あたしらの使命やで」

福岡のみならず九州全体においても最大の繁華街、天神の再開発は今が真っ最中だ。老朽化してしまったビルも多いことから、丸々十年を費やしての大規模な建て替えプロジェクトが進行中である。完成したらどうなるのか。素人には想像もつかないが、以前とは全く違う光景が広がっていることだけは間違いなかろう。昔を知る中には、かつてを懐かしがる向きも多く出て来ることだろう。

実はこのプロジェクトには匠の〝天敵〟「博多の影のドン」安路《やすみち》徳一郎《とくいちろう》も深く噛んでいた。お陰で匠も、この件にまつわるトラブルに巻き込まれたこともあった。個人的にも因縁のある再開発、と言えた。

「なぁ、匠さん」しのぶの声にはっ、と我に返った。「これ、博多の街の屋台文化にまで関わる話なんやで。あたしらが頑張らんでどないすんねん。せやろ」

天神では現在、大規模な工事であちこちが立ち入り禁止になっている。歩道の一部を使って営業している屋台には、臨時休業を余儀なくされている店も多い。屋台にもそれぞれ、店を開く場所は決まっているのだ。そこが立ち入り禁止となれば、開店などできない。また工事が遅れ気味で夜間にも及べば、うるさくてゆっくり酒も呑めない、と敬遠する客だっているだろう。

そんなわけで天神地区に行っていたお客が、〈ゆげ福〉も出店する中洲《なかす》の清流《せいりゅう》公園にも流れて来ているわけだ。中洲だってついこないだまで春吉《はるよし》橋の架け替え工事が行われ、槌音が鳴り響き騒々しい期間が長く続いた。騒がしい、と足の遠のく客もいた。今は天神が似たような目に遭っている、というだけだ。

街の一部に溶け込んで営業する屋台だから、その変化には敏感にならざるを得ない。客の流れ、増減にだって大きく影響する。

また、再開発で生まれ変わった街は、屋台のような存在を疎ましく感じるところも出て来るだろう。せっかく綺麗に造り変えられたのに、古臭い屋台なんか並んでいたら景観が台無しだ、なんて言い出す輩も出て来るだろう。博多の屋台はこれまでも、何度も存亡の危機に立たされて来たのだ。そのたび何とか乗り越えて来たのだ。

今回の再開発もまた、大きな転機の一つになるのは間違いない。屋台にまたも逆風の吹き始める事態が、出来《しゅったい》しないとも限らない。だからこちらはできるだけ営業を続けて、灯を守って行かなければならないのだ。お客さんの心を繋ぎ止め、世論をこちらへ引き寄せなければならないのだ。

博多の街の屋台文化にまで関わる話。しのぶの言葉は誇張でも何でもない。気を引き締めておかないといつ、逆境の襲来があるか知れやしない。

そう言えば、と更に思いは飛んだ。今の件の依頼主、杜谷が不動産を有す長浜でも、大規模な区画整理が始まっている。所有する物件は再開発計画のど真ん中であり、工事には正面から反対していた。この街は先祖代々、我々庶民が築いて来たものだ。今の風景は先人達の努力が積み上がった結晶だ。それを安易な再開発で、日本のどこにでもあるような街並みに造り替えられて堪るか!?

実は、キナ臭い事件も起こっていた。政治的な立場から同じように反対していた市議会議員が、変死を遂げたのだ。趣味のクルーザーで港を出た切り帰って来ず、捜索の結果、溺死体となって無人の船の近くに浮いているのが発見された。

目撃者は当然、いないが周囲の状況から見て、他殺の痕跡はあまり認められなかったらしい。誤って海に落ちた、事故死だろうと判断された。

だが、背景が背景である。こちらの再開発にもあの、「博多の影のドン」が絡んでいる。反対者を見せしめのために暗殺させたのだ、との噂が蔓延《はびこ》った。

杜谷にも、「危ないからあまり頑なにならない方がいいよ」と制止する知り合いが複数、現われたと聞く。実は、匠もその一人だった。

「おぉ、上等やなかか」だが杜谷とは逆境になればなる程、熱く燃える男なのである。止《や》めた方が、などという慎重論は、逆効果しか招かない。「やれるモンならやってみぃ。殺せるモンなら殺してみぃ、ちゅぅんじゃ。俺は断固として反対やけんな。絶対にここを動かんけんな」

怪しい人影も見掛けていた。杜谷と、彼の土地の近くで立ち話していた時のこと。視線を感じて素早く振り返った。さっ、と顔を背けその場から足早に立ち去った男がいた。

まだ若い男だった。だが、間違いない。痛烈な殺気を感じた。奴はこちらを監視していた。探偵稼業に身を投じて、長いのだ。そうした気を見る術《すべ》には、長《た》けている自信はある。敵の手の者だ、間違いない。

「おぉ、やってもらおうやなかか」だが柱谷に指摘しても、いつもの反応だった。「俺を殺せるモンなら、やりゃぁよか。二人も死にゃぁさすがに、捜査も始まるやろ。疑惑の広がって、工事もストップせざるを得んごとなる。俺の身ば犠牲にすることで再開発ば止められるなら、本望《ほんもう》たぃ！」

あの気骨を娘を育てる局面でも、発揮してくれてたらよかったのに。柱谷玲美が今も、スピリチュアルとやらに没頭している橋爪智哉のマンションを車の中から見上げた。思わず苦笑が浮いた。

「頼むで、匠さん」しのぶの声に再び、我に返った。「博多の屋台のためや。気張って」

「あぁ、そうやな」

長浜ラーメン。柱谷が再開発騒動に巻き込まれている、件《くだん》の地区。かつては福岡の屋台ラーメンの代名詞的存在だったあの街も、世間の流れに翻弄された。固定店舗に切り替える店が相次ぎ、屋台を開いているのは一時、僅か二軒にまで減った。最近、若い有志や有名焼肉店などが相次いで屋台を出し、十軒近くにまで増えたが。以前は天神からタクシーを飛ばして食べに来るファンも大勢いた、その状態に戻れるのはいつの日か。期待を抱くと同時に、どこか悲観を否定できない自分がいる。

環境の変化に、屋台ほど弱い営業形態もない。長浜の辿る路は、明日の我が運命かも知れないのだ。

ただ――

「まぁ、何とかやってみるたぃ」お前と両手を携えて突き進もう、と共闘宣言をするわけにもいかなかった。できれば休んで欲しい本音は、繰り返すが親父と一緒なのだ。「明日また、親父と話してみる。そげんこつで今夜は、何とか我慢しとってくれ」

「うん、分かった。匠さんも、気ぃつけてな。張り込み、頑張って」

「あぁ。有難う」

通話を切り、ほっと息をついた。ままならんモンだ、いずこの家庭においても。

橋爪のマンションを再び見上げた。

なぁ、玲美ちゃん。窓の灯りを眺めながら、胸の中で呼び掛けた。

あんたら今、精神を解放してこの世の真理とやらを知ろうとしてるんだろ。宇宙と一体化してるんだろ。そんならまずはお父さんも当事者の、長浜の再開発問題を何とか解決しちゃくれんかね。

そして願わくは個人的なことながら、我が家の陥っている家族問題も。博多の屋台の運命も、改善の流れに向けちゃぁくれんモンかね。

12

「お疲れ様でした」砥部教授らと握手を交わした。「大変、有意義な時間を過ごすことができました。明日もまた、よろしくお願いします」

「えぇ。こちらこそ」

やるべきことはまだまだある。無限に残されていると言っていい。結論と言えるようなものは未だ、一つも出てはいない。

ただ初日から気合を入れ過ぎて、くたびれてもしょうがない。いざという時に気に緩みが生じ、致命的なミスを仕出かしてしまうリスクを招く。焦りを抑え込み、じっくり向き合うのが最終的にはいい結果を呼ぶのだ。少なくとも今の段階では、そう思うしかない。

「どうです」誘われた。「帰りにちょっと、一緒に食事でも。今日の経緯を振り返りながら、軽く会食すれば思わぬアイディアも浮かぶかも知れない」

「ふむ」ちょっと考えた。確かに仰る通りではある。研究室とはまた違った環境で、リラックスして食事でもしながら言葉を交わせば、煮詰まった状態では出て来ない案がポンと飛び出すことは往々にして、ある。その可能性を否定はできない。また、会食して打ち解け合えれば気脈をより深く通じる効果も期待できるだろう。

だが田所は結局、「いや」と首を振った。「今日は初日でさすがに、ちょっと疲れた。一人で冷静に振り返ってみたいこともある。会食は、次の機会ということにさせて頂けませんか。勿論、次の事件が発生するなど急展開が起こらなければ、という前提の下で、ですが」

「そうですか」あっさり解放してくれた。賛同できる部分もあったのだろう。「ではまた、明日」

教授と助手の秦帆とは、研究室の後片づけをしてから帰るという。科捜研から来ていた二人は車ということで、宿まで送ろうかと提案してくれた。

「いや」とこれにも首を振った。「有難いお申し出だが、ちょっと一人になって歩きたい。今日、詰め込まれた情報を頭の中で整理しておきたいですからな。それには、散歩が何より効果的だ」

こちらもあっさり解放してくれた。研究室を出るところで教授・秦帆と別れ、外の駐車場で科捜研の二人にも手を振った。

東勢大学のキャンパスから歩み出、ふぅと息をついた。のんびり歩いて東京都道三一七号環状六号線（「山手通り」という通称もあるらしいが、そんなものを使うつもりは更々ない）に出た。坂を下って都道四一三号赤坂杉並線《あかさかすぎなみ》（これも「井ノ頭《かしら》通り」というらしいが、同じく）との交差点で、歩道橋に上がった。

歩道橋を利用する際はいつもながら、非合理的と感じる。人に上下動を強いておいて、車の方が地面を走る、というのは。動力で走る車こそ上下するべきだろう、との本音が拭い難いからだ。だが一方、経済的な理由も分からないではない。車道を立体交差させるには、大規模な道路工事が必要となる。それよりは歩道橋で対処する方が、確かに遥かに安上がりで済む。地震で倒れれば大規模な交通渋滞を引き起こすではないか、との反対派の意見にも大いに頷けるが、いつ発生するか分からない災害より目の前の経済原理が優先される、というのもこの世の常道ではある。

ここの歩道橋はちょっと変わった構造をしていた。交差点に至る四つの車道の、それぞれを跨ぐように四角形を形成して繋がっていた。これで、対角線上にも橋を渡してくれていれば、斜め向かいの角にも直行できて便利なのに、との不満が湧く。実際、自分はまさにその角まで行かねばならないのだ。

が、これも仕方がないのだろうと諦めるしかなかった。対角線上に橋を渡せば、その交叉部分にも柱を設けないと構造上、強度が落ちよう。何より地震に対して、より脆弱になる。

しかして眼下の通りを見下ろしてみると、車は引っ切りなしに行き交っているのだ。この交通量で真ん中に柱を立てれば、通行の妨げになってしまうのは避けられない。よくよく車優先の思想の上に造られた橋のようだ、と苦笑するしかなかった。まぁこれも、全てが経済優先の故であろう。

歩道橋下の、横断歩道も興味深かった。交差点に至る四つの車道の内、一本にしか横断歩道は設けられていないのだ。他の三本にあるのは、自転車専用の横断レーンのみ。恐らくこの三本は、右左折する車の量が多いのだろうと推察された。そこをのんびり歩かれたのでは、渋滞が発生してしまう。だからスピードのある自転車のみの横断を許して、歩行者は基本的に歩道橋を登り降りするよう求められているわけだ。

このように交差点の構造を一つ見るだけで、道路の特性が想像できる。人や車の動きがどうなっているのか、読み取れる。考察の材料は身がどこにあっても、いずこかに転がっているものなのだ。世の中、頭の体操の素材に事欠くことはない。

四角形の二辺を縁取るように橋を渡り、下の歩道へ降りた。今度は、登り坂を上がらねばならなかった。都道三一七号線が小田急《おだきゅう》電鉄の線路を跨いでいる、跨線橋だった。

こちらでは車が鉄路を跨ぐ。鉄道を上下させるよりは、車道を上下させた方が経済的だからだ。人、車、列車。誰が偉いか、優先させるかではない。いずれにおいてもどちらが安くつくか、の判断に基づく。

跨線橋を登り切ったところに、小田急線代々木八幡《よよぎはちまん》駅のコンコースへと繋がる連絡橋があった。来たのは今朝が初めてだったが、この駅はまだ完成したばかりらしく、真新しい。この連絡橋も新駅の完成と共に造られたものだろう、と推察できた。

九州でも利用しているｎｉｍｏｃａのＩＣカードで自動改札を抜け、地上のホームに降りた。新宿行きの鈍行列車に乗り込み、二つ目の南新宿駅で降りた。

この地のホテルに宿を取ったのは、何より便利なのと、安いからだ。こうして研究室のある東勢大学まで、たった二駅で至ることができる。

もう一つ先の新宿まで出れば、宿はいくらでもあるが、料金がどうしても割高になる。経費は出るのだからあまりケチケチする必要はないが、逆に贅沢しなければならない理由もない。安く便利なのであれば他を検討する必然性もない。

駅からホテルまでも大した距離ではない。が、途中で田所は大衆食堂に立ち寄った。昨日も入ったところだった。この辺りは予備校や専門学校が多く、お陰で良心的な値段設定の飲食店に事欠かない。こちらも有難く利用させてもらうだけだった。

福岡にいる時は三食とも妻、公子《きみこ》の手作りである。昼は弁当を持たせてくれる。栄養について考慮した上での献立なので、こちらは助かる。食事の中身、云々に煩わされることなく研究に没頭ができる。

こちらに出て来てはさすがにそれはできない相談だった。注文は自分で選ぶしかない。ただしこの店は、「日替わり定食」があるので便利だった。どれを頼むか、悩む手間が省ける。昨夜は鯵の開きだったが、今夜は鯖の味噌煮、と魚を中心の献立としているらしいのも、好ましかった。獣肉の脂は摂り過ぎると身体に悪影響を及ぼす。魚であれば食べる量、云々をさして気にしなくて済む。

塩分は多少、濃い目の味付けだったが付け合わせの生野菜もあるし、白米もそこそこの量なのでまぁ安心してよかろうと判断した。一品だけの塩分は多くても、全体でバランスがとれていればよいのだ。野菜はなるべく摂った方がよかろうと思ったが、漬物とて塩味だから追加注文は止《や》めにしておいた。栄養に関しては無難であるに越したことはない。

食事を終えてホテルに帰った。

自室に腰を落ち着けると、鞄から今日の資料を取り出した。帰途、全く違う方面に思考を遊ばせたお陰で気分転換となり、頭はいい具合に澄んでいた。ノートに記した自らのメモなどを眺めながら、本日の成果を反芻した。

捉え処のない犯人だ。

全体的に、受けた感想だった。まだ人となりまで、推察できるような状況ではない。そこまでの材料はまだまだない。そして足りない情報に基づいて勝手な予断を抱けば、今後の過ちに繫がり兼ねない。人間はいつも過ちを犯してしまいがちな生き物なのだ。常々、自制しておかねば危険である。

それでも、だった。この犯人は捉え処がない。それくらいは、見做してもよかろうと思えた。多面性がある。複雑で、一筋縄では行きそうにない。そのように捉えておけば油断することもなかろうから、リスクも少なかろう。

と、スマートフォンが振動した。あぁ、いかんいかん。時計を見て、頭を振った。資料の読み込みに没頭し過ぎて、時刻について失念していたのだ。二十一時。公子と一日一回、連絡を取り合うと決めてあった。

「あぁ、済まない」通話アイコンをタップし、耳に当てた。「つい、時刻を」

「いいのよ、分かってるわ」研究に身を入れていたことくらい、彼女ならとうに察しているのだろう。「興味深い事案なのね」

「あぁ、そうなんだ。なかなか、面白い。今後の展開も、読み辛い」

面白い、などという言葉が自然に口を衝いて出た。それくらい実際、私はこの犯人に興味を抱いている。自己分析した。自らを時に冷静に振り返るのは、悪いことでは決してない。むしろ研究者にとって、有意義だ。

「あなたがそんなことを言うなんて、あまりないことね」公子も同意見のようだった。「そんな事案に巡り会えて、幸せなんじゃないの」

「対象は犯罪行為だ。対外的には、喜んでいるなどと聞かれれば不謹慎の誹《そし》りを招いてしまうだろう。だがしかし、あぁお前の指摘する通りだよ。久しぶりに興味深い事案に巡り会った。幸運だという本音は、胸の中に拭い難くあるな」

夕食の中身について尋ねられた。事件の内容については詳しくは話せない。だから勢い、話題はこちらの健康問題に向かう。離れているので栄養管理ができない。公子にとっては最大の関心事なのだ。

「昨日と同じ大衆食堂に行った」田所は答えて言った。「今夜も日替わり定食を選んだ。魚が中心に据えてあるらしいから、こちらとしても助かる」

「あぁ、それはとてもいいことね」

「ただ味付けがちょっと、塩分が濃かったように感じたかな」

「そこは、気をつけておいた方がいいわね。基本的に研究室に籠りっ切りで身体は動かしてないから。汗は掻いていないんだから、余計な塩分は必要ない」

「あぁ、それはその通りだ。自分としても気にはしている積もりだよ」

「一方、頭を使うのはエネルギーを消費するから、炭水化物は摂っておかないと」

「白米はそれなりの量、あったよ」

「そう。まぁ大丈夫そうね。そんなに長いことそちらに留まるわけでもないんでしょうから。多少、塩分が高かったとしてもさして悪影響を恐れるまではないでしょう」

そんなに長いこと留まるわけでもない、か。あぁそうなって欲しいものだ。いくら捉え処のない犯人だからとて、いつまでも振り回されっ放しというわけにはいかない。程なくプロファイリングを固め、追い詰めてやる。またそうできなければ、自分がこんなところに来た甲斐はない。砥部教授を始めこちらの面々に対して、恥を掻いてしまう。

「正仁《まさひと》はどうしてる」話題を換えた。

「研究が忙しいらしいわ。まだ帰って来ない。ここのところ連日、そうよ」

長男、正仁は九州大学文学部で、心理学を研究している。別に私の跡を継げ、などと口にしたわけではない。息子は息子の好きな勉強をすればいいと思っている。だがこれも、血なのだろうか。自然と同じ分野に興味を抱いてしまうのだろうか。犯罪心理学を専攻しているらしかった。いずれは田所のように、捜査関係の路に進みたいと希望しているようだった。

跡を継げ、などと言ってはいないが息子が、自分と同じ路を歩もうとしていると知って嬉しくないわけがなかった。こればかりは親として、当然の心理であろう。そう。心理学は自然、自分をも考察の対象とせざるを得ないのだ。

次男、公仁《きみひと》については訊くまでもなかった。高校三年生。受験勉強の真っ最中である。既に模擬試験の成績などから九大合格はほぼ確実と目されているが、油断するような息子ではない。対策を疎《おろそ》かにすることなどあり得ない。我が息子は二人ともそうなのだ。身内贔屓でも過信でもなく、事実だった。

公子はもう少ししたら、公仁の夜食の用意をして、就寝する。健康管理で言うならば、受験生に対してのそれほど大切なケースはない。夫のことなど、蔑《ないがし》ろにしておいてもよいくらいだ。まぁ彼女がそんなことをできる女性ではないとは、百も承知だが。

「まぁお前も言った通り、そう長く家を空けることにはならないと思う」留守の間、家をよろしくなどと無駄なことも口にしない。言われるまでもなくちゃんとやる女性であることは、分かり切っている。むしろそんなことを口にされたら、彼女にとって侮辱にしか聞こえまい。「ただだからと言って、今日明日で終わる話でもない」

「まぁ、そうでしょうね。気にしないで。こちらはこちらで、やってるから」あなたは研究に専念して、などと余計なことも口にしない。言われなくともやるだけなのは、彼女も百も承知だからだ。

「あぁ。じゃぁまた、明日。明日こそは時刻を失念しないよう、心しておくよ」

「そちらも別に、気にしないで」

余計なことに気を遣わず、研究を最優先しろと言っているのだ。「あぁ、有難う。お休み」

「お休みなさい」

通話を切り、スマートフォンをテーブルに置いた。

あぁ、自分は幸せ者だ。しみじみ、感じた。家族に恵まれ、好きな仕事に没頭できる。また、今回のような極めて興味深い事案にも出会えた。望めば叶う、というようなものではない。幸運だからこそ、なのだ。

あの、粗野な男の顔がまたも脳裡を過った。直ぐに振り払った。そう、自分は恵まれている。あの程度の障害に一々、心掻き乱されてもしょうがない。

田所は再び、資料を広げた。今日、得られた押さえておくべき点。明日、留意して話し合うべき点を具体的に箇条書きして行った。

三日目｜五月二十三日

13

昨夜（いや、今朝、か）は呑み過ぎた。

梨花にあんなところを見られたのだ。これからどうなるか、は分かってる。分かり切っている。酒に逃げる以外の選択肢など、あるわけはなかった。

途中、入って来る客もいなかった。昨夜の来客は結局、あの美女二人連れだけだった、ってわけだ。あそこで終わっていたならそんなに素晴らしい夜はなかった。祝杯に連なるだけだった。

だが直後、梨花に目撃される展開が待っていた。祝杯はヤケ酒へと一変するのみだった。いくらでも口に入った。身体はいくらでもアルコールを欲し続けた。

途中、酔った勢いで一度だけ彼女のスマホに掛けた。言うまでもなく、何の反応もなかった。分かっていた。分かり切っていた。

おまけにもし、出ていたらどうなったか。へべれけに酔っている声を聞かれ、更に軽蔑される度合いが増しただけのことだ。だから無反応でよかった。出ていたらますます、修復の道が閉ざされていただけのことだった。却ってよかった、のだ。

気がついたらカウンターに突っ伏して寝ていた。普段、オダケンは夜はカウンターの上で横になる。寝袋に包《くる》まって寝に就く。家がない以上、横になる場所はここしかないのだ、梨花のマンションに泊めてもらえない限り。

おまけに生まれつき、寝相はいいのだろう。長年こうしているが、寝返りを打って落っこちたことは一度もない。

起きるとカウンターの中の流しで顔を洗い、歯を磨いた。頭を振って滴《したた》る水を振り落とし、くそっ、と毒づいた。一晩前は梨花のマンションで天国の時を過ごしたというのに。それがたったの一日で、この変わり様とは何たることだ。運命なんてどこまで、脆いものなんだろう。だからこそ大切にせよ、とのカムイの教えなのかも知れないが。

と、店の入り口が音を立てた。ノックではない。何かが戸板を擦るような音。それも、ずっと下の方だ。直ぐに分かった。

ガチャリ、とドアを開けた。「よぉ、ケンペー」足元に声を掛けた。

よぉ。尻尾を立てて挨拶を返しながら、大型犬がのっそり、と店内に歩み入って来た。新宿ゴールデン街の主《あるじ》。この街でこいつに逆らえる者など、誰もいない。

もっとも正確にはそれは、こいつの親父に冠された称号だった。シェパードに柴犬にその他、多種多様な血が混じっているらしき野犬の中の野犬。とにかく眼光が凄まじい。辺りを斬り裂くように睥睨《へいげい》しながら、のっしのっしと練り歩く。その姿が戦前の憲兵のようだ、と名がついた。違和感を抱く者など一人もいなかった。

先代ケンペーにはオダケンも何かと世話になった。命を助けられたことだってある。

死線に何度も身を投じたあいつはある時、銃で狙われた人を助けようとして、片目を失った。だがそいつで逆に、凄みが増した面もある。男の中の男、の言葉が誰より似合う犬だった。

それでもやはり、寄る年波には勝てなかったのだろう。ある時、ふっつりとこの街から姿を消した。誰一人、見たと言う者はいなくなった。年老いて行く姿を見られたくなかったのだろう。最後まで男の中の男だったぜ、と街の皆んなで噂し合った。

そうしたら数年後、ふらりと現われたのがこいつだった。一目で分かった。あいつの息子だ。ケンペーⅡ世だ。どこか生まれた地からここに帰って来る途中で、大きな喧嘩でもしたのだろう。右頬を走る深い裂傷が、妙に似合っていた。

さすがにまだ、父親ほどの貫禄はない。身体もまだ一回り、小さいように映る。だがそいつも年季を積むまでだ。いずれ父親と同じくらいの威圧感を漂わせるようになる、と確信できた。しかもそう、先のことでもなかろう。

オダケンはカウンターから灰皿を取り出し、ビールを注いで床に置いた。おぉ、いつも済まねぇな。尻尾を立てて礼を述べると、ケンペーⅡ世はペチャペチャと音を立てて美味そうに呑み始めた。

くそっ。見ていると、羨ましくなって来た。だが今日もバイクに乗らなきゃならない。アルコールはご法度だ。だが……

どうせ酷い二日酔い。検知器を当てられたら所詮、吐息からは濃いアルコール濃度が検出されるに決まってる。つまり、同じことじゃねぇか。ネズミ捕りに捕まったらいずれにせよ、結果は一緒なんじゃねぇか。

腹を固めた。オダケンもグラスを出し、ビールを注いだ。乾杯。小さく持ち上げると、ケンペーも尻尾を立てて応じた。こんな仕種までこいつ、親父の生き写しと来てやがる。

有難う、ご馳走様。挨拶してケンペーが帰って行く。

感謝するのはこちらの方だ。こっちも迎え酒で、すっかり気分がよくなった。行動に移る気力も湧いた。

まずは、最も嫌なことからだ。が、まぁ避けるわけにはいかない。

スマホの電源を入れた。田所に掛けた。

「遅過ぎるな」声を限りに罵倒されるかと思っていた。聞き流す腹も据えていた。なのに先方から返って来たのは、意外なくらいに静かな言葉だった。最早こいつに何を言ってもしょうがない。とうに諦められているのかも知れない。それならこっちは、有難い。「出発は、今からか。それでは各地を動き回る時間は、もうさして取れそうもないいな」

「あぁ、面目ねぇ」素直に謝った。昨日は客が押し寄せて大変だったんだ。お陰で疲れてついつい、寝込んじまった。何をしていた!?　と誹《そし》られれば言い訳しようかと思っていた。ところがそいつも、要らぬ〝先の杖〟らしい。「それで、今日はどこに行こうか」

「時間がないのであれば最優先すべきは、次の予告地だろうな」田所は言った。「次にいつ何時《なんどき》、犯人が犯行に及ぶか知れやせぬ。だからできるだけ早い内に、候補地を絞り込んでおく必要がある」

次の予告地。つまり最後の犯行現場、牛込払方町に残されていた予告状に示唆された、深川ということだ。昨日も最後に、行った。だが時間があまりなかったため、大して回ることができなかった。だから今日こそは、明るい内にじっくり回ってより深く土地勘を得ておきたい、ということだろう。

「分かった」オダケンは言った。「これから店を出て、深川に向かう。着いたらまた連絡する」

「うむ」

最後まで、お前にはもう期待していない、という声だった。


花園神社でヤマハSEROW250に跨ると、境内を出た。靖国通りを東に向かって走り始めた。

新宿から深川まで、距離は多少あるが道順は単純と言っていい。ひたすらこの靖国通りに沿って、東を目指せばいい。市ヶ谷《いちがや》や神保町《じんぼうちょう》といった繁華街では道も混雑するが、完全に止まってしまうまでの渋滞にはなかなか至らない。おまけにこっちは、バイクなのだ。

馬喰町《ばくろちょう》を越えると国道一四号線、京葉道路《けいよう》に合流して、更に東進。両国橋《りょうごく》で隅田川《すみだ》を渡る。大きな緑道を跨いだところで右折し、今度は南進すれば目的地はもう間もなくだ。小名木川《おなぎ》と大横川《おおよこ》とが直角に交わる水の交差点、扇橋《おうぎばし》。

昨日も来てみたがこの二つの川、自然であればこうも綺麗に直角に交わるわけがない。こんなに真っ直ぐ流れるわけもない。どちらも運河なのだ。と、言うよりこの辺りはかつて、一帯が海だった。埋め立てで造成された土地なのだった。ちなみに先程、跨いで右折した大きな緑道は、大横川の跡である。元々が運河なのだから埋めてしまってもさして問題はない、と言えるのかも知れない。

江戸がまだ町造りを始めたばかりの頃、摂津国《せっつ》（現在の大阪府）から来た深川八郎右衛門《はちろうえもん》が小名木川北側の干拓を行い、出来た土地を「深川村」と名づけた。「深川」は時代劇などを観ているとしょっちゅう出て来る地名だが、そんな名の川が流れていたわけではなく人名だったのだ。昨日、大学の研究室で教授らが話していたのを聞いて、初めて知った。

『長い堀割が互に交叉して十字形をなす処』これは、深川扇橋のことを指しているのは間違いない」砥部教授が言っていた。犯行予告は毎回、永井荷風の『日和下駄』からの引用で示唆されている。この文章は、扇橋について述べた箇所に出て来る、というのだった。「第六章『水（附渡船）』の中の記述です。『凡て溝渠運河の眺望の最も変化に富みかつ活気を帯びる処は（中略）深川の扇橋の如く、長い堀割が互に交叉して十字形をなす処である』つまりこの文章が示すのは、扇橋の川の交差点、ということです」

昔、物流の中心は水運だった。ましてや運河の交わる地点である。ここをかつて、無数の荷船が行き交っていたであろうことは想像に難くない。

新扇橋の袂には、「民営機械製粉業発祥の地」という碑も立っている。明治を代表する実業家、雨宮敬次郎《あめのみやけいじろう》が水運の便のいいこの地に、蒸気機関による製粉所（それまでは水車で粉にしていた）を建てた。現在の株式会社ニップン（二〇二〇年までは日本製粉）である。どれくらいここが物流の中心だったたか、を表すエピソードであろう。まさに荷風の言う通り「溝渠運河の眺望の最も変化に富みかつ活気を帯びる処」だったわけだ。

物流が陸や空にまで舞台を移した今となっては、ここを行き交う船の数はかつてに比べればずっと少ない。水の流れも穏やかで、橋の上から川面《かわも》を眺め渡すと満々と湛えられた水が、静かに揺蕩《たゆた》っている様が望まれる。長閑《のどか》な景色である。

ただこれは、人工の川だから流れがない、わけではない。小名木川の新扇橋の直ぐ東側、「扇橋閘門《こうもん》」が設けられているためだった。

「閘門」とは水位の異なる河川や運河などで、水門を設けて間を堰き止め、水位を上下させて船を通す装置のことだ。

この仕組みを採用していることで、世界で最も有名なところはパナマ運河であろう。太平洋と大西洋とでは水位が違うため、パナマ運河では閘門を利用して船を上下させ、二つの海を繋いでいる。

近くの説明板を昨日、眺めた。それによると、門の西側は東京湾の干満の影響で二メートル近くも水位が上下するのに対して、東側は排水作業によって常に低水位に保たれている、という。二メートルも水位が揺れ動いたのでは流れが激しくもなろう、というもの。閘門が必要なのも道理、なわけだった。

この施設がなかった時代、潮の満ち引きで川の流れも変わり、交差点であるここには大量の水が流れ込んで大きく波打っていたことだろう。とてもこんな静かな水面ではなかった。

おまけにそこを大量の荷物を積んだ船が行き交うわけだから、まさにてんやわんや。「最も変化に富みかつ活気を帯び」ていると荷風が表現したのも当然だったのだ。

まぁ、ファンである砥部教授の癖が感染《うつ》ったのか。ついつい、往時に想いを馳せてしまっていた。いつまでもこんなことはしていられない。

オダケンはバイクを停めると、跨ったままヘルメットを取った。エンジンも掛けっ放しだった。結果的には、そいつが幸いした。

スマホを取り出した。田所に掛けて到着したことを告げた。「これから、どっちへ行ってみようか」

こちらの位置はＧＰＳで向こうにも知られている。「そうだな」田所は言った。「取り敢えず左の方へ行ってもらおうか。運河の交差点に近い辺りの、路地をまずは詳細に見てみたい」

この辺りは埋立地だから、道は綺麗に整備されている。車道も路地も東西南北に真っ直ぐに伸び、それぞれが直角に交わっている。小名木川と大横川、それぞれと並行している。まずは、左。田所の指示に従おうとして、ハンドルをそちらへ向けた。ギアをニュートラルからローに入れ、半クラッチにして発進させようとした。

と、右側から鋭い擦過音《さっかおん》が轟《とどろ》いた。金属の強く擦り合わされる甲高い音。そして、猛烈に吹かしたエンジン音だ。

反射的に視線をそちらへ向けた。一台のワンボックス・カーが、凄まじい勢いでこちらへ向け爆走して来ていた。フロントが、見る見る巨大になってこちらへ迫って来ていた。

＊

最後の下見。決行は、これまで通りの間隔でやるとすれば、四、五日後か。またもあれをやる。他人の家の前で盛大に火を燃え上がらせる。何度、やっても飽きることはなかった。いつも胸が高鳴った。

樋野永理は前回と同様に都営地下鉄、新宿線の菊川《きくかわ》駅で降りた。新宿線は自宅マンションの近く、江戸川橋駅から東京メトロ有楽町線に乗れば、市ヶ谷で乗り換えることができる。比較的、来易い場所と言えた。

地下駅から地上に出ると、のんびり歩いた。

前にも下見に来ているから、防犯カメラがどこにあるかは分かってる。駅前の商店街にはいくつか頭上に設置されてるが、そこを離れて住宅街に入れば、殆どなくなる。

面白いのはこの辺り、大通りから一歩、裏に入ると小さな町工場が立っていたりするのだった。何かを積んだフォークリフトが行き交っている。普通の道をこんなのが走り回ってる。なかなか見られない光景ではないか。

ただしお陰で、裏道に入っても人目がなかなかなくならない。カメラに残った映像を誤魔化すため、それまで着ていた上っ張りと帽子とを取り替えなければならないが、なかなかいい場所が見つからない。この辺りでやろうか、とリュックを下ろそうとすると、途端に建物の中からフォークリフトが飛び出して来たりするのだった。

更に人目のないところまで入り込んで漸く、上っ張りと帽子を替えた。

今日は、シモベはいない。「これから、最後の下見に行こうと思う」家を出る時LINEを送ったが、「済んません、アニキ。ちょっと用事があるんですよ」と返って来たのだ。まぁ、しょうがない。こいつがいなかったら行ってはいけない、なんて決まりはない。

「じゃぁ、しゃぁねぇな。一人で行ってくらぁ」

「済んません、アニキ。でも今日は、止《や》めた方がよくね、っスか」

「何でだよ。お前がいなきゃダメだ、ってのかよ」

「い、いえ。そういうわけじゃ」

「指図は受けねぇ」そこまで書くと、LINEを切った。レスがあったかも知れないが、見る気はなかった。行くと言ったら、行く。俺に命令できる者など、どこにもいない。

リュックを再び背負うと、目的地《ターゲット》に向かった。

この辺りはどの道も真っ直ぐで、どれも直角に交わっている。だからこれまでの場所に比べたら、見晴らしがいい。真っ直ぐな道、ってことは、ずっと先まで見通せるってことだ。特に交差点に立てば、四方をかなり向こうの方まで見渡すことができる。

ただ、だからと言って入り組んだ道がないってわけでもない。特に、川の近くがこちらの望みに向いていた。川にぶつかる道は、そこに橋がない限り行き止まりになっている。川っ縁は土手のように高くなっているし、近くまで寄れば周りからはかなり見え難くなる。

ここがよかろう、と予め決めていた場所に辿り着いた。立ち止まって、周りを見回した。

細目の路地だ。奥まで入り込んでしまえば、人がいるってことにもなかなか気づかれない。

ここに来る途中、学校から帰って来る小学生と何人もすれ違った。丁度、下校時間だったんだろう。ちょっと表に出ればあの子供らがまだ大勢、歩いている。だがここまで入って来るガキは多くはない。おまけに夜になれば、人通りはもっと少なくなってくれる。

よし、いいな。目的地《ターゲット》はここと最終決定だ。後は、いつやるかを決めるだけだ。

気分をよくして、樋野は表通りに戻った。

今までいた路地からすれば広いが、それでも車一台、通れば幅一杯になるくらいの道だった。基本は歩行者用だ。

来た時とは違う駅から帰る。こいつも鉄則だった。だから同じ地下鉄新宿線の、住吉《すみよし》駅の方へ歩き出そうとした。

と、デカい音がした。振り返った。

途端に立ち竦んだ。思わず息を飲んだ。身体が凍りついた。

一台のワンボックス・カーが、スゴい勢いでこちらへ走って来ようとしていた。

14

朝からあの男と連絡がつかない。何度、スマートフォンに掛けても反応がない。お客様がお掛けになった番号は電波の届かないところにおられるか……。同じ録音が返って来るばかりだった。

「まぁ、仕方がない」諦めたように両手を振って見せた。内心の苛立ちが表に出ないよう、留意しなければならなかった。私はあの程度の男に本気で動揺するような、小物ではない。態度で示す必要がある。「あのような男を待って、時間を無駄にするくらいの愚はない。こちらでできることを先に始めておきましょう」

「そうですな」

本日、砥部教授の研究室に集まったのは三人だった。警視庁科捜研の二人は来ていなかった。昨日は初日、顔見せだから来ていただけなのだ。今日からはいよいよ、本格的な分析に取り掛かる。まずは秦帆が例の、犯行現場の位置を示した大きな地図をデスクに広げた。こうでなければ気分が出ない。事件の全体像を我々は俯瞰している、という感覚が増す。犯人像に思いを馳せようというのだ。気を研ぎ澄ますのは何より重要だった。

「事件の発生順に、じっくりと見て考察して行きましょう」

まずは第一回。文京区の小日向だ。昨日、あの男に行かせた。東京メトロ丸ノ内線、茗荷谷駅から程近い高級住宅街。入り組んだ路地の奥に立つ屋敷前で、例の仕掛けが爆発した。予告状が吹っ飛び、危うく見失ってしまい兼ねなかった程の威力だった。

幸い、隣の庭の木に引っ掛かっていたのを鑑識が発見した。科捜研の坂牧研究員が重大性に気づき、この研究室に委ねた。書かれていたのは永井荷風の『日和下駄』から引用された文章。「団子坂　二階の欄干に彳むと遥に海が見えるとやら」

荷風ファンだった砥部教授には直ぐに思い当たった。これは、森鷗外の自宅について書かれた箇所ではないか。するとこの文章は、次の犯行は現在の森鷗外記念館の付近で起こす、という宣言なのではないか。

だが、遅かった。鑑識から科捜研、更にこの研究室に回されて来るまでにそれなりの時間を要していた。これは犯行予告では。教授が仮説を立てた直後に、第二の事件が発生した。思った通り、現場は鷗外記念館から歩いて程ない場所だった。

今回の発火は前回とは打って変わって、小規模なものだった。家の者も放火に気づかず、翌朝になって初めてやられたと分かったくらいだった。予告状の放り込まれていた郵便受けも、何の被害にも遭ってはいなかった。

「事件から事件の間隔は極めて重要です」田所は言った。口にするまでもないことではあったが、言葉にする重要性もなくはなかろうという思いもあった。「第一の発生が四月二十二日で、第二は二十九日。間隔は七日間。丁度、一週間」

第二の予告状に綴られていた文章は、次の通り。「溝川の流れに沿うて曲がって行く横町など即ち一例」

「これも、見て『日和下駄』だ、と即座に気づいたのです」教授は語った。「ただ、どこに出て来る記述かまではさすがに思い出せなくて」

ところが現代は驚くべき時代だ。

インターネットの検索サイトでこの文章を打ち込んでみたところ、立ち処に判明した。

「やっぱり世間に荷風ファンというものは、多いんですね」教授は笑った。期せずして同好の士に巡り会うというのは、なかなか快感であるものらしい、田所には想像もつかないが。「荷風の書いた文章を掲載して、感想を述べたり実際にその地に足を運んでみたり、というページがいくつもある。まぁ研究と言うより個人的趣味。ブログの範疇ですね。とにかく検索サイトに文章を入れてみると、そのどれかにヒットしてくれるんですよ。お陰で一々、本を引っ繰り返してみずともどこにあった記述か、直ぐに突き止めることができました」

教授によるとこれは、『日和下駄』第一章に出て来る記述であるという。

「あぁあれか、と思い出しましたね。東京市中の廃址、つまり『廃れた建物』について書かれている箇所で、荷風は何ということもなくそういうものに惹かれる、と綴っている。まぁ、分かるような気がしますね」

田所にはさっぱり、賛同はできないがまぁここでそんなことを口にしても仕方がない。ともあれ文章の全体像は、こうなる。

「小石川の富坂《とみざか》をばもう降尽そうという左側に、一筋の溝川がある。その流れに沿うて蒟蒻閻魔《こんにゃくえんま》の方へと曲って行く横町なぞ即その一例である」

横町に沿って廃れた建物が並んでおり、荷風としてはその眺めに魅力を感じるのだが、どこにでもあるその平凡な光景の何がよいのか、上手く説明できないと語っているのだという。下らない、の言葉が思わず飛び出掛けたが、何とか飲み込んだ。

ともあれここに出て来る「蒟蒻閻魔」とは、文京区小石川にある「源覚寺《げんかくじ》」を指す。

江戸時代、目を患った老婆がこの寺の閻魔堂にお参りしたところ、夢の中に閻魔大王が現われ、「私の両眼の内、一つを貴女に差し上げよう」とのお告げがあった。満願の日に本当に目が治ったので、老婆は感謝して好物の蒟蒻を断ち、お供えを続けた。だからここの閻魔様は本当に、右目部分が割れて黄色く光っているのだという。

迷信などどうでもいい。ただ、昔から有名な寺だったことはよく分かった。そして第三の事件も案の定、境内の裏手で実行に移された。五月七日。第二の事件から、八日後。

「今回は場所が早い内に判明したので、直ちに地元の交番に連絡をとりました」教授が言った。「次の放火事件の現場となる可能性がある。源覚寺の周辺を重点的にパトロールして欲しい、と」

ただし一言、「この寺の周り」と言っても範囲はかなり曖昧だ。いくらでも広く、また逆に狭くも受け取れる。それに、交番の巡査だって忙しい。巡回にばかり注力してもいられないのだ。精々がパトロール中、付近を怪しい人物が彷徨《うろつ》いていないか目を光らせる程度である。

「この間、雨も続きましたからね」秦帆が指摘して言った。彼は事件と事件の間の天候までちゃんと押さえ、記録に残している。天気は犯人にとって、心理的に重要だ。今日、やる積もりだったが雨が降ったから延ばそう、という気持ちになるのも自然ではある。「それもあるんでしょうか。第二と第三の間隔はこれまでの中で一番、長い」

「まぁしかし、七日か八日かの違いでしかないからな」田所は小さく首を振った。「天候が影響を及ぼした可能性は勿論あるが、逆にたまたまそうなっただけ、ということも充分にあり得る」

「まぁ、そうですな」砥部教授が頷いた。「ともあれ、前回が七日だったからそろそろではないか、と警戒はしていたんです。雨も続いたから、これが上がったタイミング辺りが特に怪しいぞ、と。しかしダメでした。パトロールが行き過ぎてしまった隙を突いたように、事件は起こされてしまいました」

犯行は夜なのだ。パトロールは自転車で行われるから、ライトが灯る。周囲を警戒していれば、警官が来ているな、と分かる。だから犯人からすれば、行ってしまうまで隠れてやり過ごせばいいだけの話なわけだ。通り過ぎてしまえば、安心してじっくりと取り組むことができる。

「しょうがないでしょう」田所も認めるしかなかった。「警官だって四六時中、張りついているわけにもいかない。しかもそれをどの地点でやるべきか、もはっきりはしない」

この時、予告状に残されていた文章は次の通りだった。「歴史上の大発見でもしたようにむやみと嬉しくなる」

「これも、見覚えがありました」教授が言った。「ただ、直ぐには思い出せない。どうにも情けない限りですな。歳をとると記憶の引き出しがなかなか開かなくって」

そこで今回もインターネットに頼った。直ちにヒットした。あぁあれだ、と思い出しましたよ、と教授は笑った。

『日和下駄』の第四章「地図」に出て来る記述だという。全体はこうなる。

「牛込弁天町辺は道路取りひろげのため近頃全く面目を異《こと》にしたが、その裏通なる小流《こながれ》に今なおその名を残す根来《ねごろ》橋という名前なぞから、これを江戸切図に引合せて、私は歩きながらこの辺に根来組同心の屋敷のあった事を知る時なぞ、歴史上の大発見でもしたように訳もなくむやみと嬉しくなるのである。」

「荷風は古地図を手に散歩するのが好きだ、と書いています」教授が解説した。「江戸時代の切絵図、という奴ですな。古地図を参照しながら散歩すれば、江戸の昔と東京の今とを比較対照することができる、と」

「それがこの、『根来橋』というわけですな」

教授は大きく頷いた。「現代で言えば、都営大江戸線の牛込柳町《やなぎちょう》駅の近くに相当します。外苑《がいえん》東通りから一歩、裏に入った路地ですね。荷風の時代まではここに川が流れていたんでしょう。『根来橋』という橋もあった。荷風はこの名前の由来を、古地図から見出した、というわけです」

実際に当の切絵図まで持ち出して来た。田所としては江戸時代の話など何の興味もないのだが。まぁ、つき合うしかない。

教授の指差すところを見ると成程、「根来百人組」と書かれていた。ここに彼らの屋敷があった、ということらしい。

「『根来衆』というのは戦国時代、紀伊国《きいのくに》北部の根来寺を本拠地とした僧兵集団です」教授が解説して言った。「鉄砲で武装していて、傭兵としても活躍した。時代劇にもよく出て来る名ですよね。その集団が江戸時代、この辺りに屋敷を与えられて住んでいた、ということなんでしょう」

だからその近くに架かっていた橋に、「根来橋」という名前がついた。時代が明治になり、彼らの屋敷がなくなっても橋の名だけは残った。散歩していて名の由来に興味を抱いた荷風は、古地図を見てみた。すると案の定、根来衆の屋敷があったことが分かり、「歴史上の大発見でもしたように訳もなくむやみと嬉しくな」ったと綴っているわけだ。

「子供のように浮き浮きしている荷風の姿が、見えるようではないですか」教授が微笑んだ。まるで我が事のような表情だった。事実、一体化しているのであろう、気持ちの上では。「文豪がはしゃいでいる。想像するだけで、こっちまで楽しくなって来ませんか」

正直、どうでもいい。下らない、以外の感情は湧きもしない。そんなことをわざわざ随筆に認《したた》め、後世に残す意味などどこにあるのか。偽らざる本音である。

が、口にするわけにもいかない。そうですね、と曖昧な笑みを浮かべるに留めた。教授はそれで充分、満足そうだった。

そこに、あの男から連絡が入った。漸くスマートフォンが繋がったのだ。今まで何をしていたのか、は知らない。大方、呑んだくれた挙句に寝入っていただけなのだろうと予想はつくだけだ。

遅過ぎるではないか。罵倒することも、できないではなかった。が、教授の趣味につき合うのもいい加減、飽き飽きして来つつあったのも事実だ。ある意味、次に進む切っ掛けをこの男が与えてくれたようなものでもあった。

「出発は、今からか」だから淡々と、反応した。「それでは各地を動き回る時間は、もうさして取れそうもないな」

「あぁ、面目ねぇ」素直に謝ったのもこの男らしくなかった。それだけ本当に、悪いことをしたという気持ちはあるのだろう。「それで、今日はどこに行こうか」

時間がないのであれば最優先すべきは次の予告地だろう、ということで昨日と同様、深川へ行かせた。昨日は時間がなかったため、現地をじっくりと見ることができなかったのだ。

　これまで犯行場所について、予告状で示唆されてはいる。が、まだまだ候補地が広いままなのは否定のし様もない。その場所のいったいどの地点で、実際に犯行に及ぶのか。予測がつけられねばまたぞろ、パトロールの目を掻《か》い潜《くぐ》って事件が起こされてしまう恐れが高い。

　逆に恐らくここではないか、と目星をつけることができれば、重点的に張り込みができる。わざと犯人を誘《おび》き寄せて、犯行直前に捕り押さえる。事件を未然に防いだばかりか、犯人逮捕。まさにプロファイラーの面目躍如ではないか。理想ではあるが、この結果を追い求めるためにこそ自分達はいる。

　現地に着いたらまた連絡する、と言って通話は切れた。

「さて、と」あの男のお陰で期せずして、教授の趣味の話を断ち切る切っ掛けを得た。「事件の詳細をもうちょっと、見て行きましょうか」

　ともあれ第四の事件も、地域の交番にパトロールはお願いしてあったが犯行は防げなかった。前回とは違い、それなりの爆発で家人には直ぐに気づかれたくらいの規模だった。今回の犯行現場は二階建てアパートの前であり、共同のゴミ箱が破裂した。直前に帰宅していた、アパートの住人が爆音に肝を潰した。

「僕が帰って来るのがもうちょっと、遅かったらと思うとゾッとしますよ」彼は警察の事情聴取に対して、語ったという。ゴミ箱はアパート入り口の脇に置いてあったのだ。近くを通っていたら事実、怪我をしていた可能性は高い。犯人には現住建造物等放火罪の他に、傷害罪も加わる。「本当に酷いことをする奴がいるモンだ。刑事さん、絶対に捕まえて下さいよ。そんなのがウロウロしてると思ったら、恐ろしくてろくろく眠ることもできやしない」

ただし、帰宅の途中に怪しい者を見たか、の問いには首を振るだけだった。犯人は例の仕掛けをゴミ箱の中に放り込み、とうに立ち去ってしまっていた。周囲の住民の誰にも、目撃されることなく。言うまでもなくパトロール中の警官にも。

「第四の発生は五月十三日で、第三との間は、六日か」田所が言った。「これまでの中では最も、短いな」

「おまけに間のこの日にも、雨が降ってますしね」秦帆が言った。「やっぱりさっきの、天候による最長間隔説は眉唾《まゆつば》ですかね」

「まぁ、そんなことはないさ」努めて軽く言った。天候が重要である可能性は常に残るのだ。克明に記録しておいて悪いことはどこにもない。「やはりどこかで、影響していることはあり得る」

第四の事件では次の予告状は、ゴミ箱から離れた窓の手摺りに貼りつけられていた。爆発がそれなりの規模になる、と犯人にも分かっていたということだ。燃料を故意に増やした。より凶暴性を発揮し始めた予兆、と捉えることもできるのかも知れない。

残された文章は以下の通り。「御徒町《おかちまち》辺を通れば旗本の屋敷らしい邸内」

「ふむ」田所は腕を組んだ。「御徒町と言えば普通、上野の隣を思い浮かべるものだが」ＪＲ山手線に乗って上野から東京駅方面へ向かえば、次は御徒町駅だ。だから一般人に「御徒町」と言えば、そちらかと思うのが普通だろう。

「ところが、ね」教授が言った。「あちらは駅があるから、有名なだけで。実際には江戸には、あちこちに『御徒町』があったんですよ」

「御徒町」というのは「徒士《かち》」、つまり乗馬は許されず徒歩で戦う下級武士の住む町だったため、ついた地名なのだと教授が解説した。江戸の町には複数、あちこちにあったのだ、と。

「他にも似たような由来の町名に、新宿の『百人町《ひゃくにんちょう》』がありますよね」

秦帆が持ち出した話題に、教授も「その通りだ」と頷いてこちらを向いた。「あれは伊賀《いが》組百人鉄砲隊が住んでいた、ということからつけられた町名です。JR新大久保駅と大久保駅の間に、彼らの信仰を集めた皆中《かいちゅう》稲荷神社がありますが。鉄砲を扱う部隊だけに『皆、命中しますように』と祈っていたわけですね」

「ふぅむ」話がまたも逸れ始めたので、元に戻す効果を狙って続けた。「武士の都だった江戸には、そういう由来によってつけられた町名は多数ある、ということですね。犯人はそのことを知った上で、読む者を少しでも幻惑させるべく『御徒町』の名だけを使った」

事実、荷風によるこの文章の全体を見れば、上野の隣でなかったことは一目瞭然である。

「牛込御徒町辺を通れば昔は旗本の屋敷らしい邸内の其処此処に銀杏の大樹の立っているのを見る。」

上野どころか第四の犯行と同じ、牛込地区の内というわけだ。これは昨日、秦帆の説明してくれた通りである。

「ほら、ここ」先程の切絵図を教授は指差した。「この辺り、『御徒組』の表示が並んでいるでしょう。下級武士だから屋敷ではなく長屋に住んでいた。広い敷地にただ『御徒組』とあるのは、ここに長屋が並んでいた、という意味なんです」

「成程」

切絵図を見ると「御徒組」の周りには苗字の書かれた敷地や、大名屋敷らしい表示もあった。この界隈は上級から下級まで、様々な階層の武士が住んでいた土地だった、ということなのだろう。

「そこが明治維新で武士がいなくなり、広い土地が空いた。代わりに金持ちが屋敷を構えたということでしょう。『昔は旗本の屋敷らしい邸内の』と荷風が書いたのはそういうことですね」

「ははぁ」

現在の地図と照らし合わせてみると、町割は当時とあまり変わっていないのが分かる。道は敷地と敷地の間を基本的に、平行して走っている。武家屋敷の跡をそのまま宅地にした名残なのだろう。

第五の事件の発生は五月二十日で、第四との犯行間隔は、七日。またも丁度一週間だ。基本的にこのくらいを空けて犯行を続けている、と見てよいのではと思われた。今回も発火の仕掛けはゴミ箱の中に放り込まれており、大きな音を立てて破裂した。家人が直ぐに気づき、慌てて飛び出して来たくらいだった。勝手口の前は、飛び散った破片が散乱していたという。

犯行予告は今回は、勝手口の金属製の格子戸にガムテープで貼りつけてあった。そこで示唆されていた次の現場は、深川扇橋。今、あの男を向かわせている場所である。

「犯行間隔が基本的に一週間だとするなら、まだ四日ある」田所は言った。最後の事件は発生して、まだ三日。実は彼の上京する前日のことだった。連続放火犯のプロファイリングをして欲しい。依頼を受け、スケジュールを調整していよいよ「明日、伺います」と答えた、当の夜に発生したのだった。「まぁ必ず毎回この間隔、と決まったわけではないから、油断は禁物だが。ただ今のところ、その前提で動いていても構いますまい。余裕のある内に更に詳細に分析して、次の犯行地点を絞り込むことができれば」

「プロファイラーの腕の見せ処、というわけですね」秦帆が嬉しそうに言った。「その現場を僕は、じっくり見られる。あぁなんて幸運なんだ、って心から思いますよ」

「まぁ私がちゃんとできれば、の話ではあるが、ね」

「できますとも、田所先生なら」

と、スマートフォンに着信があった。あの男からだった。深川扇橋に到着した、ということであろう。

応答アイコンをタップし、通話を始めた。これからどっちへ行ってみようか。尋ねられたので、「取り敢えず左の方へ行ってもらおうか」と答えた。「運河の交差点に近い辺りの、路地をまずは詳細に見てみたい」

通話はいったん、切られた。運河の交差点の近辺に着いたところで、また掛かって来る筈だ。が、結果的にはそうはならなかった。再び連絡は一切、取れなくなってしまった……ええい全くあの男！　どこまでこちらの神経を逆撫ですれば気が済むのか!?

15

ワンボックス・カーが突っ込んで来る。物凄い勢いで。

金属の擦過音が再び、轟いた。車体と、ガードレールとが擦れる音だった。

この辺りは埋立地だから、道は綺麗に整備され、真っ直ぐに伸びている。ここは基本的に歩行者が主に使う道で、両サイドにガードレールが設けられ、間の車道は、狭い。大型のワンボックス・カーだと一台でほぼ道幅いっぱいだった。脇を擦り抜ける余地は一切、なかった。衝突されないためには、先へ逃げるしかない。

エンジンをまだ切っていなかったのが幸いした。オダケンは咄嗟にスマホをポケットに放り込むと、両手でハンドルを摑んだ。一気にアクセルを目一杯に吹かした。右手を強く捻り込んでから、左手のクラッチをパッと放した。高速で回転するエンジンの動力が一瞬でタイヤに繋がる。ヤマハSEROW250は弾き飛ばされたように急発進した。前輪が一瞬、浮いた。ちょっとしたウィリーだった。

途端にどん、とテールに衝撃が来た。車が追突して来たのだった。

発進していなければ衝撃はずっと大きかった筈だ。バランスを崩し、その場に転倒していたことだろう。そこに車が乗り上げる。下敷きになるところだった。ギリギリで、最悪の事態を免れた。が、まだだ。未だ窮地は抜けられてはいない。

それどころか真っ只中だ。スピードがまだ、足りない。全く足りない。

追突された弾みで車体が僅か、前に押し出された。ワンボックス・カーのフロントから離れた。その隙に素早くクラッチを切り、ギアをローからセカンドへと上げた。早く。早く加速しなければ、ずっと窮地のままだ。破滅の運命はまだ、直ぐ目の前にある。

ガードレールには切れ目がなかった。歩道の側に滑り込んで、車を遣り過ごすことができなかった。ならば更に加速して、車のフロントから逃げ延びるしかない。

再びテールに衝撃が来た。こちらの速度は上がりつつある。それでもショックは、先程より大きかった。ワンボックス・カーも加速しているのだ。アクセルは踏まれっ放しなのに違いない。それも、床まで。

くそっ、こいつは何だ。誰だ。何故、俺を轢き殺そうとしてる。それとも……

ギアをサードに上げた。更にアクセルを吹かした。速度が上がる。更に上がる。もう少し。もう少しだ。重い車に比べりゃバイクの加速力の方がずっと上。だからもう少しスピードが稼げれば、逃げ遂《おお》せる。

またもテールに衝撃が来た。今度は、さっきよりは弱目に感じられた。こちらの加速が勝りつつあるのだ。が、スピードが上がった分、不安定にもなっていた。追突のショックで、バランスを崩し掛けた。車体がよろめいた。危ない。こんなところで安定を失えば致命的だ。転倒して轢死の運命しかない。

強烈な擦過音が背後に轟いた。町中に響き渡った。ガードレールとワンボックス・カーの車体とがまたも、派手に擦れ合ったのだ。

お陰で車の速度が僅か、落ちてくれたようだった。背後の緊迫感が緩んだように感じられた。

背中の目。鋭く背後を窺う。その感覚に、命が懸かる。バックミラーをのんびり、見据えている余裕なんてない。

先方、右手にガードレールの切れ目が見えた。目に飛び込んで来た。有難《ありがて》ぇ。あそこに入り込めば、車を躱《かわ》せる。死を免れることができる。

と、またも後ろから弾かれた。車が再び速度を増している。こっちだってスピードはかなりついているのだ。もう一度、追突されればバランスを失い兼ねない。

ガードレールの切れ目。もう、後一息だ。が、隙間は大してなかった。ギリギリの間隔だった。

スピードはかなり出ている。急カーブは切れない。が、やらなければあそこに突っ込めない。歩道に逃れられない。

くそっ、ままよ。

オダケンはいったん、バイクを車道の左側に寄せた。背後に再び、圧迫感が押し寄せる。ワンボックス・カーが迫って来る。

チャンスは一度だけだ。失敗すれば終わり。ジ・エンド――

ニー・グリップを効かせてバイクを右に傾けた。ヤマハ SEROW250 は猛スピードで、ガードレールの切れ目に鼻面を向けた。

＊

ワンボックス・カーが走って来る。速度を一切、緩めることなく。それどころかますます、加速しているようだった。

車体は大きく、車道の道幅いっぱいだった。だから逆に、両側のガードレールに擦れ合いながら、コースを真っ直ぐ保ち走って来れるのだ。道が真っ直ぐに伸びているから、止まることがない。

あまりの光景に樋野は立ち尽くしていた。目を大きく見開き、呆然と突っ立っていた。

何もできなかった。できることなど、何もなかった。

放火は自分の手で起こせる。何も彼《か》も好きにコントロールできる。

が、こいつはそうではない。向こうで勝手に始まったことだ。おまけに意表を突かれた。あまりのことに、頭の中が真っ白になっていた。

車だけではない。気がついた、漸く。

バイクだ。車の前にバイクがいる。同じようにこちらに向けて、走って来る。

どん、とバイクが突き飛ばされたように見えた。背後から車に追突されたのだった。

危ない。バランスを崩し掛けた。倒れれば終わりだ。車に踏み潰される。バイクも、人間もぺしゃんこだ。

と、いったんバイクが片方に寄った。何をしようとしているのか。一瞬、戸惑ったが直ぐに察した。ガードレールに隙間がある。あそこに突っ込んで、後ろの車を遣り過ごそうというのだろう。

が、無理だとしか思えなかった。速度がつき過ぎている。そして隙間は、驚く程に狭い。あんな速さであの隙間に、入り込めるわけがない。

バイクは強引に、隙間に鼻面を突っ込んだ。次の瞬間、ガードレールに激突して吹っ飛ばされる。ライダーも弾き飛ばされ、車道に落ちる。次いで車に轢き殺される。

続く展開が、樋野には分かっていた。

目に見えるようだった。間もなく惨劇の目撃者になる、ってことが。

そして続いて、轢かれるのは自分だ、ってことも。

＊

ガードレールの隙間にバイクの鼻面を突っ込んだ。

凄まじい擦過音が響いた。バイクの車体とガードレール。さすがにスムーズに滑り込むには程遠かった。そのためには隙間が狭過ぎる。こちらに速度がつき過ぎている。

それでも何とか激突は免れた。

かなり無理な体勢ながらオダケンは、ガードレールの歩道側に飛び込むのに成功していた。かなり車体は擦ったが、倒れることもなかった。

やった――

全身から力が抜けそうになった。アクセルを握る手が思わず緩んだ。

歩道側に逃げ込んだこちらを追い抜くように、ワンボックス・カーは前へと飛び出して行った。車道を、更に速度を上げて突っ走った。

まだだ。思い至った。まだ、終わっちゃいない。俺は幸い助かったが、これで終わりではない。あの車を何とか、止めなければ。このままだと他に犠牲者が出てしまう。

再びアクセルを吹かした。バイクを加速させた。こっちは歩道を突っ走った。

車と並んだ。併走しながらサイドウィンドゥから、車内の様子を窺った。

運転手がハンドルに突っ伏しているのが見えた。気絶しているのか。それでアクセルに載せた足に体重が掛かり、加速し続けているのだ。

「おぃ」左手をハンドルから離し、車のサイドウィンドゥを拳で殴った。「起きないか、おぃっ」が、無駄だった。全く反応はなかった。運転手はびくとも動かず、ハンドルに突っ伏したままだった。

心臓麻痺か。それとも他の原因で気絶でもしているのか。いずれにせよこのままでは危ない。放ってはおけない。何も知らずに前に飛び出して来た歩行者でもあれば、あっという間に轢かれてしまう。前に飛び出して来た、歩行者……

人だ。気がついた。これまで後方と車にばかり気をとられて、前方に注意を向ける余裕がなかったのだ。

人がいる。車道に呆然と突っ立って、こっちを見ている。ショックの余り、身体が硬直しているのだろう。

轢かれる。早く車を止めなければ。あいつはこのまま、轢き殺される——

＊

バイクの男は失敗する。ガードレールの隙間に突っ込むことはできず、転倒して車の下敷きになる。

最悪の展開をほぼ確信していた。

が、そうはならなかった。

何とか上手いこと、バイクは歩道の側に滑り込んだ。車から、逃れた。

だが次に最悪が襲うのは、この俺だ。樋野には分かっていた。

バイクの妨害がなくなって、車は更に加速のし放題だ。真っ直ぐにこちらを目掛けて走って来る。俺の身体を撥ね飛ばすまで。

分かっていた。このままここに立っていれば、俺は死ぬ。轢き殺される。

それでも身体は動かなかった。透明な幽霊に、しがみつかれでもしたように。びくとも動いてはくれなかった。

死ぬ。俺は、死ぬ。

樋野はただ突っ立っていた。運命が迫り来るのをただ、待っていた。

＊

バイクをワンボックス・カーと併走させながら、右手をアクセルから離した。同時に左手でクラッチを握り締めた。こうすれば慣性で走り続ける。アクセルを緩めても急に減速することはない。右手を背後に回した。背筋と背筋の間。腰の辺り、ズボンのベルトとの隙間に、手を伸ばした。普段は上着で隠しているが、常にそこに突っ込んであるのだ。ニューナンブM60。今も日本の警官が多数、使用している制式拳銃。アメリカS&W社のリボルバーをモデルに製造された、国産回転式拳銃。もうとっくに生産は中止され、外国製の輸入に頼るようになっているが。それでも今も多くの警官が、腰にこいつを差している。

交番勤務の初日、上司をぶん殴って馘になったオダケンだがその隙に、こいつを一丁チョロまかして来た。こっそり持ち出し、大切に保管していた。今では右手の一部のようなものだ。

銃というのは常日頃、ちゃんと手入れしてやらないと途端にダメになる。だからオダケンは定期的に、分解掃除を欠かさなかった。組み立て直した後は具合を見なきゃならない。だから山の中に行って試射も怠らない。万全を期していた。お陰でこいつは今も、調子は最高だ。俺の思いが乗り移ったように動いてくれる。

ちなみに試射で減った分の弾はどうやって補給するか。答えは警察学校の大切な同期、土器手警部補だった。

クラッチは切ったがアクセルも離しているため、速度は維持できない。空気抵抗で見る見る遅くなる。殊に人体でモロ、風を受けるオートバイは車より、ずっと空気抵抗が大きい。加速する一方のワンボックス・カーが先行するのは免れない。

構わない。ちょいと後方にいた方が具合がいいのだ。

ただ、あんまり引き離されてしまってもいけない。

オダケンは右手を伸ばした。ニューナンブの銃口を、車の右の前輪に向けた。続け様にトリガーを絞り込んだ。ありったけの銃弾をぶち込んだ。派手な銃声が響いたが、こいつばかりは仕方がない。

ワンボックス・カーの前輪が弾けた。パンクし、車体が傾いだ。

片一方のタイヤがパンクすれば、進行方向が歪む。右が弾ければ、右に曲がる。

これまでとは比べ物にならない金属と金属の擦過音が轟いた。辺り一面を劈《つんざ》いた。ワンボックス・カーは急角度でガードレールに突っ込んだ。

エンジンは吹かされ続けているから、タイヤは回りっ放しだ。それでもフロントをガードレールに突っ込めば、進むことはできない。タイヤが地面を擦り続け、今度は別な擦過音が響いた。ゴムの焼ける臭いが辺り一面に広がった。

バイクを停めるとオダケンは、車に走り寄った。右側はガードレールにぶつかっているから、開けられない。助手席側に回り込んで、ドアを開けた。運転手の身体をグィと引き、突っ伏していた状態から上半身を起こすと、アクセルに載っていた足を蹴り落とした。アクセルが解放され、漸くエンジンの動きが緩まった。タイヤの回転も、止まった。

安全ベルトを外し、運転手の上半身を助手席側に倒した。

「おぃ。大丈夫か、おぃっ」揺すったが、運転手はびくともしなかった。

こめかみに血が滲《にじ》んでいた。車を強引に止めさせた時、弾みでどこかにぶつけたのだろう。ただ、他に大した怪我はしていないようだった。安全ベルトは掛けたまま伸び切っていたが、思った程の衝撃でもなかったのだろう。

一番、心配していたのは心臓麻痺だった。が、確認してみると心臓はちゃんと脈打っていた。鼻からは息も漏れている。死んでいるわけではない。

ぐぅっ、と喉の奥から音がした。鼾《いびき》。寝ているのだ。睡眠時無呼吸症候群、とかいう奴かも知れない。就寝時、実はちゃんと眠れていないため慢性の寝不足に陥る。昼間、猛烈な睡魔に襲われ気絶したように眠ってしまう。あぁいう奴かも知れない。

ともあれ心臓麻痺の類いでないのなら、さして急ぐことはなかろう。車のキーを抜き、エンジンを完全に止めてから車外に出た。

さっきまで車道の真ん中に突っ立っていた奴は、今は座り込んでいた。尻餅を突いたまま唖然とこちらを見ていた。こいつもショックを受けてはいるが、別に怪我はしちゃいないようだ。「大丈夫か」と歩み寄って声を掛けたが、ちゃんと反応ができないようだった。

「何があったんですか」背後で声がしたため、振り向いた。近所の主婦らしき女性が立っていた。

「大きな音がしたから私、びっくりしちゃって」

「事故だ」オダケンは答えた。車を指差した。「運転手が気絶したらしい。アクセルに足を載せたまま。それで車が、暴走しちまったんだ」

「まぁ」

「さっき確かめたが、心臓麻痺じゃぁねぇようだ。鼾、掻いてるし。だから殊更に慌てる必要はねぇとは思うが、放っとくわけにもいかねぇ。救急車を呼んじゃくれめぇか」

「あ、は、はい。でも脳卒中でも、鼾を掻くことがあるって、聞いた覚えが」

「そうなのか。そんならやっぱり急いだ方がいいのかも知れねぇな」

「あ、は、はぃ。それはいいんですけど、貴方は」

「俺はちょぃと用があってね。こんなとこに留まっちゃいられねぇ」ヘルメットをかぶった。急いで、に映らないように気をつけた。「とにかく、救急車だ。済まんが頼まれてくれ。それじゃぁ」

「あ、で、でも。何があったのかを説明するためにも、貴方も」

「いや、済まねぇ。とにかく急がなきゃならねぇんだ。そいじゃぁな」

小走りでヤマハSEROW250のところに戻った。これも急いで、と取られないように気をつけた。エンジンを掛け、発進した。さっさとその場を後にした。

近くに防犯カメラはない。既に、確認してあった。映っていたら、面倒なことになるからだ。

何となれば俺は、銃をぶっ放してしまった。その映像が警察に渡ると、上手くない。

事故の調査は念入りに行われるだろう。車のタイヤも調べられる。銃弾が摘出される。

何者かが車を止めた。それはいい。が、そいつは銃を使った。おまけに猟銃でもない。この国では市民が所持していることは許されない、拳銃を使用していた。分かれば、捜査が始まる。やったのは誰か、徹底的に追及される。

座り込んでいた野郎とさっきの主婦には、顔を見られた。バイクも。ただ、どんな男だったか証言はさせられるだろうが、どれだけ正確に顔が再現できるか、は定かではない。二人の記憶力が曖昧なことに賭けるしかない。

ナンバープレートは覚えてないだろう、とは期待できた。尻餅男は見てもいない。主婦も、だろう。さっさと立ち去ったから、ちゃんと見る暇はなかったのではないか。だからこそ不審がられることなく、素早く姿を消すのが大事だったのだ。

同じく素早く、できる限りこの場から離れなければならない。警察が到着する頃までには、なるべく距離を稼いでいなきゃならない。間が空いていればいるだけ、望ましい。

オダケンはアクセルを吹かした。できる限り早く、その場から退散するべく心した。

ただ、あまりに速度を上げて目立ってはこれまたいけない。この国の道路にはあちこちに警察のカメラが配され、車の動きを記録し続けているのだ。Nシステム。目立った動きをあいつに捉えられれば、こちらの走行をトレースされてしまう。だから周りの車とあまり変わらぬ動きで、なおかつ急いで逃げ遂せなければならない。なかなか難しいところだ。が、やるしかない。

遠くから緊急車両のサイレンの音が聞こえた。パトカーではない。救急車だ。さっきの主婦が願い通り、呼んでくれたのだろう。だが当局どうし連携してるから、程なくパトカーもやって来る。

京葉道路に出た。これを西へ行けば新宿に向かう。俺のゴールはその先だ。

オダケンは周りの車の流れに合流した。目立たないよう期しながら、アクセルを吹かし続けた。

＊

「大丈夫？　ねぇ貴方」

ふいに、はっと気がついた。あまりにショッキングな出来事の連続に、殆ど放心していたのだ。尻餅を突いていた。その目の前には、主婦の顔があった。どこかに掛けていたのか、スマホをバッグに戻しながら話し掛けてきた。

「あ、あぁ。えぇ」

このままではヤバい。突如、樋野は思い至った。間もなく警察がここに駆けつけるだろう。その時、こんなとこにいてはいけない。

まだ何も悪いことをしたわけではない。現場《ターゲット》の下見に来て、事故に遭い掛けただけのことだ。何故こんなところにいたのかの説明さえ上手くつけば、咎められるような立場にいるわけではない。

それでも警察なんかに接触して、いいことなんてない。さっさとこの場を立ち去っておかなければ。

立ち上がった。ちょっと目眩がし、足元がふらついた。

「ねぇ、大丈夫？　無理しちゃダメよ」

主婦のお節介がウザかった。が、余計なことを言うわけにはいかない。被害に遭い掛けた男も不審な奴だった、なんて警察に証言させる、わけには。

「だ、大丈夫だ、です」ズボンの尻についた砂利を払った。「心配、ご、ご心配かけて、どうも」

まだ足元がふらつくが何とか歩き出した。背中のリュックを担ぎ直した。こいつの中身だけは、警察に見られるわけにはいかない。まだ下見だから例の〝マシン〟は持ち歩いてはいない。ただ防犯カメラに残る映像を誤魔化すため、いくつもの帽子と上っ張りの着替えが入ってるのだ。そんなのを見られれば、これは何だと問い詰められちまう。

「ねぇ、ちょっと。怪我してるんじゃないの。今、救急車を呼んだから。貴方もそれに乗って、病院で診てもらったら」

追って来る主婦の声を振り切って、樋野は歩き続けた。聞こえない振りを続けた。ショックのあまり訳が分からなくなって、立ち去ってしまったんじゃないかしら。主婦がそんな風に受け取ってくれたら、有難い。

当初は降りた菊川駅とは違う、住吉駅から都営新宿線に乗る積もりだった。だが今となっては、そいつもマズい。尻餅を突いていた男はそっちの方に歩み去って行きました、とあの主婦が証言しちまう。

だからわざと、北へ向かった。ＪＲ錦糸町駅の方へ歩いて行った、と主婦に証言させるためだった。おまけに彼女の視線から外れたら即、また方向を変える。どこか人目のないところで帽子と上っ張りを取り替え、違う方向に向かう。とにかく追跡し難くするのだ。それが犯罪者の鉄則だ。

それにしても……

歩きながら、気になって仕方がなかった。

あいつは何だ。何者だ。バイクに乗っていた、あの男。

車に轢かれそうになっていたのは、あいつの方が先だった。バイクごと下敷きになって、その後に自分も轢き殺される。続く展開が目に見えていた。

ところがそうはならなかった。あいつはギリギリのところでガードレールの内側にバイクを滑り込ませ、車との衝突を躱した。自分一人が助かりたいだけなら、それで終わりにしてもいい筈だった。

が、奴は違った。歩道の側から車を追い掛け続け、遂にはとうとう止めてしまった。

車が止まらなければあいつは助かっても、俺は死ぬ運命だった。轢き殺されるところだった。だからあいつは俺にとって、命の恩人に当たる。本当は感謝しなきゃならねぇ相手だ。そいつは、間違いない。

ただ問題は、車の止め方だった。あまりにぼうっとしてしまったのは、死の恐怖に加えて、そいつがショッキングだった、ってことも大きい。

呆然と立ち竦みながら樋野は、視界だけははっきり全てを見据えていたのだ。歩道を車と並んで走りながら、あいつは右腕を伸ばした。そうして車を止めた。何発もの銃声と共に。

そう。あいつが車を止めるために使ったのは、拳銃だった。拳銃だったのだ。

16

「全く、何て男だ」砥部教授が憤怒に堪えない、という口調で吐き捨てた。「何かと言うと直ぐに連絡が途絶えてしまう。これでは研究室と連携して現地調査を進める、どころではない。あまりに非効率に過ぎる」

「人選を誤った。つまりはそういうことでしたな」田所は穏やかな声で返した。本来なら教授と同様、いやもっと激しい調子で、罵り倒してやりたい。本音だった。しかし、それではみっともない。あんな男と同じレベルに堕《だ》してしまう。だから冷静を装った。そうしておかなければ秦帆の、尊敬の眼差しにも応えられなくなってしまう。「知人の紹介を信じた、私の甘さが原因でもあります」

「紹介されたのだから取り敢えず、信じるしかない。田所先生に非はありませんよ」教授の言葉からはまだ、感情が溢れ出していた。よしよし、これでいい。彼と私との対比が目立てば目立つ程、こちらがより上に位置づけられる。「しかしこの人選は、論外だ。そもそもは警察の捜査・研究の一環ということで、予算まで計上されているというのに。これでは妨害されているに等しい。協力に対して経費を支払うどころか、罰金でも頂きたいくらいだ」

「あの、探偵さんは」秦帆が訊いて来た。「田所先生には、研究に協力して動き回ってくれる探偵さんがいるんじゃありませんでしたっけ」

「うん、弓削君のことか？」不意を突かれて、戸惑った。「どうして君、彼のことなど知っている」

「だって僕、先生のご著書、読みましたから。自分の手足となって動き回ってくれた探偵がいたお陰で、『円仮説』を補強することができた。先生、お書きになってましたよね」

「あ、あぁ。そう言えば、本に書いていたな」

円仮説では、地図に犯行現場の位置を記して検討を行う。だが現実の地形には、坂がある。斜面の上がり降りは人の行動心理に影響を及ぼす。そこを勘案する必要があることを、弓削は実際に動き回ることで田所に示してくれた。そういう意味では確かに、我が円仮説の補強において彼は恩人的存在ではある。が――

「確かに彼は、実地調査の協力者という意味では今回の男より、遥かに有益ではあった」田所は言った。「だが今回は、協力は期待できない。彼には別の用があってな。そちらに付きっ切りだ。他にまで時間を割く余裕は、到底ないようなのだ」

「そうですか」

「他の協力者は期待できない、と」教授は言った。「これからは我々だけでやるしかない、ということですな」

「まぁ、そういうことです」頷いた。「とにかく先ほど仰った経費、云々といった事務手続きについても今後、追々考えておくこととして」一息、ついて続けた。「それよりこちらの分析を続けましょう。あんな男のことに思考を割いていては、時間の浪費、以外の何物でもない」

「そうですな」教授も前向きな話題に転じることを優先すべきと判断したようだった。その方が何より、精神衛生上、よい。「それでは、続けましょうか。これまで、発生した事件の流れをざっと概観して来たわけですが。ここまでから先生、犯人の人物像について何か指摘できることはおありですか」

ははっ、と小さく笑って見せた。実はこちらもそろそろ、その話題に移ってもいい頃合いかな、と思っていたところだったのだ。既に自分の中で、犯人像について指摘すべき点が浮かびつつある。それを教授らに明かし、議論を深めることにまた何か、見えて来るものがあるかも知れない。期待してもいい筈だった。集合知とはまさに、そういうものではないか。

「まず、言ってしまいましょう」確固として、口を開いた。「私は正直、この犯人に戸惑っている。極めて興味深い、と捉えている。感想を述べるのは理論的な行動とは言えないでしょうが、それでもまずそのことだけは打ち明けておきたいと思います」

「ほほぅ」教授はいかにも面白い、というように頬を緩めた。

「田所先生にそこまで言わせるとなると」秦帆も興味津々、といった態で目を輝かせていた。「この犯人は人並外れた、規格外の存在、ということなんでしょうか」

「規格外、と言えばいいか」小さく首を振った。「どう表現すればよいか、未だ戸惑ってはおりますが。とにかく、捉え処がない。二面性を有している、ということだけは言えるのではないでしょうか」

「ほほぅ」教授は繰り返した。「実は私も、同じ感想を抱いていたのですよ。この犯人はこれまで、私が見て来た犯罪者の類型からはかなり外れている。ある面ではとても知的な部分が垣間見える。ところが一方では、極めて稚拙《ちせつ》な面も否定できない」

「仰る通りなのです」今度は田所が大きく頷く番だった。「まず、知的な面を挙げておきましょうか。第一に指摘すべきは何と言っても、例の発火装置でしょう」

燃料の入った容器と蚊取り線香の切れ端とを、導火線で繋ぐ。導火線に火が移れば燃料に至るのはあっという間だが、それでは早過ぎる。逃げる時間が保てない。そこで時間調整役を担うのが、蚊取り線香だった。切れ端の長さを整えることで、着火から発火までの時間が自由に調節できる。

極めて単純だが同時に極めて効果的な構造、と評価することができた。

「仕掛けが単純であればあるだけ、不手際も起き難い。このような仕組みを案出したこと自体、犯人の知性を感じ取れると言って構いますまい」

「それと、例の予告状ですな」田所に合わせるように、教授が言った。「次の犯行現場を予告する。捜査する側との暗黙の駆け引き。こうしたゲーム性をこの犯人は、楽しんでいるように見受けられる。これまた知性を感じられる点だと挙げてもよいでしょう」

「しかもそこに使われるのは、永井荷風のエッセイから引用した文章、と来ているのですからな」田所は言った。「文学的素養がある、と見ていいのでしょう。私などではそちらの方面は、とんと門外漢だ。教授のような方がいて下さらなければ、追及はずっと難しくなっていたことでしょう。逆に言うと教授も犯人と同じ素養の持ち主だったからこそ、分析も早く進められた、幸いなことに。まぁこれは犯人の側からしたら、予想外なことだったでしょうが」

「いやいや」こちらも多少、世辞の積もりで口にしたが殊更に照れたように手を振った。「私が荷風ファンだったのはたまたま、だっただけで」

「そこはまぁ、偶然だったのでしょうが」田所は繰り返した。「それが我々にとっては幸い。犯人からすれば不幸だったことは間違いない」

「不死鳥《フェニックス》」のコードネームにも知性が感じられる、と指摘したのは教授だった。「フェニックスは言うまでもなく、伝説上の存在です。古代エジプトの神話に登場するベンヌがその原型とされ、ギリシアの伝承によればこの鳥は神殿で燃やされている炎に毎夜、飛び込んで死に翌朝、再び炎から生まれる。故に『火の鳥』または『不死鳥』とも称されます」

本当に文学的造詣の深い人だ。少なからず感心した。そんなもの犯罪捜査には何の関係もない、との本音はあったが確かに、知っていればこのような場面で役立つこともあるではないか。調べれば分かること、ではあっても最初から知っていれば、その手間を省くことができる。

「不死鳥は火の鳥でもあるのかぁ」秦帆が感嘆の声を発した。「火を利用して自ら再生する。火を自在に操る、という意味で放火犯が自ら名乗るのに成程、適しているようにも思えますね」

「これまた知識を持っていた、ということですな」田所も感心の意を隠すことなく、言った。「少なくともこの犯人には、教授と同等レベルの文学に対しての知識がある」

「いえいえ。私のは、趣味に過ぎないもので」

砥部教授の謙遜を受け流し、次の話題に移ることにした。予告状のコピー、第四現場に残されていたものを指差した。「御徒町辺を通れば旗本の屋敷らしい邸内」

「御徒町、と言われれば普通、上野の隣を連想する」田所は言った。「実は下級武士『徒士』に由来する地名で江戸にはあちこちにあった、なんてことは素人にはなかなか思いつけませんからな。あぁ、駅のあるあそこのことだろう、と思い込んでしまう。恥ずかしながら、私もそうでした」

「いやいや」教授はもう一度、照れたように手を振った。「これもたまたまです。荷風ファンだったお陰で自然と、地名にも興味を抱いていた。それで、知っていただけで」

「しかしたまたまでも、知っていたか知らずかでは結果は大きく違う。見当違いな場所を連想して、あたら時間を無駄にしていたかも知れなかったんですからな」

「それにさっきも言いました通り、今ではインターネットの検索で何でも直ぐにヒットしますから。私の知識などなかったにしても、インターネットを使えばこの文章は、上野の隣ではなく牛込地区だと判明したわけで」

「あぁ、そうか」秦帆が手を打った。「田所先生の仰られるところが漸く、ピンと来ましたよ。これもまた犯人の、知性を感じさせる部分の一つ、ということなんですね」

「その通りだ」田所は首肯《しゅこう》した。やはりこの助手は優秀だ。満足げな表情が浮かんでいるのが、自分でも分かった。「エッセイの原文にはちゃんと『牛込御徒町』と書いてある。つまり『牛込』の部分を切って予告文にしたのは、敢えて、の行為だったわけだ。少しでもこちらを混乱させようと図って。幸い我々には砥部教授という存在があったお陰で、犯人の思惑には乗らずに済んだわけだが」

「インターネットで検索すれば荷風のエッセイは大抵ヒットする、なんてことまで犯人が知ってたかどうかも不明ですからね。成程。先生の仰る意味がやっと分かりましたよ」

「まぁまぁ。確かにご指摘は的を射ているようですな。さて、私を持ち上げて頂くのはそれくらいにして」教授が微笑みを浮かべて、続けた。「犯人の知性が窺われる点と言えば、そのくらいでしょうか。ならば今度は逆に、稚拙な部分について挙げて行ってみましょうか」

「まずは何より、再び一連の予告状です」田所は言った。「文章は全て、新聞の文字を切り抜いて綴られている」

「自分の筆跡を残さない、という意味では効果的な手法ではありましょうからな。まぁ、使い古されたテではありますが」

「それでも時代を越えて、有効であることは間違いない。ただし、です」皮肉な笑みを浮かべた。「昔はコピー機なんてそうおいそれとは使えなかったから一文字一文字、新聞等から切り取るしかなかったのは確かでしょう。しかし現代なら、コピーなんて誰でも使える。コンビニエンスストアにでも足を運べば、直ぐに、ね」

予告文はまず十中八九、スポーツ新聞から切り抜いた文字で綴られている。そこは、いい。署名

「不死鳥」の「不死」など、大仰な表現を好む媒体だから見つけ易い面は確かにあるだろう。ただし逆に、「鳥」の文字を見つけるのに苦労している様が見受けられる。「不死」に比べてあまりに大きさもフォントも異なる文字が使われたりしているのだ。全く違う箇所から何とか見つけ出して来た、という様子が窺えるのである。

昔であればそうするしかなかったろう。だが今はコピーくらい、使い放題である。どうせ何度も使う文字、と分かっているのだ。ならば一度、誂《あつら》え向きの「鳥」を見つければ後はコピーしておけばいい。毎回、必ず新聞から切り抜いて来なければならない、なんてルールは当然ないのだから。一度、「不死鳥」の満足できる文字が手に入ったのなら、一綴りにしてそれをコピーしておけばいいのだ。署名は毎回、使うのである。それが並、レベルの頭であれば当然の判断だろう。なのに犯人はそうしていない。毎度、ご苦労なことに探し出して切り抜いた文字を貼っている。

「何か、理由でもあるのでしょうか」

秦帆の疑問に首を振った。「私も考えてみたよ。これだけの知性を感じさせる犯人が何故、このような愚かしい真似をしているのか。実はどうしてもコピーを使うわけにはいかない理由が、あるのではないか、と。だが、どうしても思いつかない。そのような理由となる説を、一つとして考えつけない」

「変質的な性格で、コピーを忌み嫌っている、とか」

「それは、絶対にあり得ない、とは言わない。そのような人間の存在する可能性をゼロとは言わぬ。ただし」再び首を振った。今度は、小さく。「あるにしてもあまりに低い確率、と評さざるを得ないな。想定を広げるのは無意味ではないが、広げ過ぎても効果はあまり期待できない」

「同じく変質的で、他人には理解できなくても自分では守るべき珍妙なルールを抱えている、なんて説も、そうなりますよね」

その通りだ、と今度は頷いた。すると受けて、秦帆は続けた。「ではこの犯人には知性と拙劣《せつれつ》、両極端が一人の人格に内在している。多重人格、という仮説はどうでしょう」

「うむ。それもまた突飛の感もなきにしもあらず、だが。前二者よりは、まだあり得るようには感じられるな」

「多重人格者というものが果たして、現実に存在するのか、との議論はさておいて」教授が割り込んだ。「他には、どうです。この犯人の、稚拙さが垣間見える部分。まぁこれを言ってはナンですが、私はこの犯行そのものについても、感じないではおれないのですよ」

「左様。そもそも連続放火事件などというものは、ですな。もしかしたら仮に、極めて深遠な動機でもある、というのなら話は別ですが」

「自己顕示欲。この手の犯罪はえてしてして、それなんですからな」

「その通りです」

ある特定の対象がある。例えば酷く恨んでいる相手がいて、火をつけるくらいしてやらねば気が済まない。自分がやろうと思うことはあり得ないが、まぁこのような動機であったなら理解はできる。衝動に突き動かされ、犯行に走った者がいたとしても不可解とまでは感じない。

だが連続放火となると、そうはいかない。別に相手は誰でもいいのだ。例えばちょっと豪勢な家で、見ていたら腹が立つ、とか。その程度の理由で、次々と火をつけて回る。こうなるともう理解の範囲外である。発覚すれば重い罰が待っているのは確実なのに。ただし事実、昔から繰り返されて来た犯行であることも確かではある。

そこに間違いなくあるのは、自己顕示欲だった。豪勢な家で腹が立つ、などというのは表向きの動機に過ぎない。それよりも重要なのは、自分が火をつけたことで起こる波紋なのだった。被害者があたふたし、損害に嘆き悲しむ様を想像する。それどころか警察も出動し、捜査に奔走する。自分一人の手で、それだけの騒動を引き起こしてやったのだ。事実に、快感を覚える。自己顕示欲に他ならない。

一度この快感を覚えてしまったら、なかなか止められない。欲求に抗し切れず、繰り返してしまう。いずれ発覚し、破綻の運命しかないというのに。この手の事件は大抵、そうだ。教授の言う通りである。

「私もこれまで、連続放火事件は多く扱って来ました。研究対象として、いくつものケースに触れて来ました」田所は言った。「犯人像もよく知っている。下らぬ自己承認欲求のために周囲に多大なる迷惑を掛ける。愚か極まりない連中ばかりです。犯罪の中でも忌むべき低レベルの一つ、と評していい」

「私も同じです」教授は頷いた。「この手の犯人はほぼ、決まっている。愚鈍な輩ばかりだ。プロファイリングも比較的、容易。なのに、こいつは」

全くの同感だった。切り抜きをコピーすることすら思いつけない、まではいい。そのおつむのレベルは、連続放火犯のステレオタイプにぴったり、当て嵌まる。

だがそれだけではないのだった。考え抜かれた発火装置。予告文の引用元。自らのコードネーム。更に予告文に施そうとした（恐らく）、捜査を混乱させるための工夫……。随所に垣間見える知性が、従来の犯人像にそぐわないのだ。違和感が拭えないのだ。

「妙な知性や執着をどこかで覗かせるこの手の犯人、というケースはこれまでにも例があります」田所は言った。「だがこの犯人は、それらとも違う。今まで接したことがないタイプだ。捉え処がない、という表現を使わざるを得なかったのも、そういうことなのですが」

「極めて興味深い。先生からはその言葉も聞かれましたね。私も同じ思いですよ。研究テーマとして、得難いものを得た。まぁ我々は直ぐそういう捉え方をしてしまい、顰蹙《ひんしゅく》を買ってしまうのですが」

「研究者の性《さが》、ですかな」苦笑が浮いた、思わず。「周りからはあまり感心されないかも知れないが、本音が拭い難くあるのは確かですよ。これはもう、本能のようなものなのかも知れません」

「そこで、どうでしょう」秦帆が言った。「僕の、二重人格説は」

「うむ。そうだな」腕を組んだ。「今も言ったように、連続放火犯としては接したことのない犯人像のようだ。全く違った方向性の、そちらからアプローチしてみるというのも一つの方法なのかも知れない」

「やった」秦帆は指を一つ、パチンと鳴らした。「それじゃ僕、そっちの事件のケースを調べてみましょうか」

「いや」と掌を向けて遮った。「今までのは現段階で、語ることのできる犯人像に過ぎん。掘り下げるにはまだまだ、材料が足りん。そして足りない材料で先入観を抱いてしまったら、捜査自体を誤った方向に導いてしまう恐れが否定できない。独断は禁物だ」

「ははぁ」頭を掻いた。「確かに、そうですよね。張り切り過ぎちゃいましたね。さすがは田所先生だ。どんな時も冷静さを失うことがない」

「研究者としてかくあるべき、というお手本のようなものだね。君も精々、見習うように」

「はい。心します」

「私の話はもういい」再び、遮った。さすがに鼻の頭がむず痒くなりそうだった。「それよりも、次へ移りましょう。少ない材料で犯人像を詮索するより、地理的プロファイリングの方を」

「おぉ、そうでした」教授がポン、と手を打った。秦帆に指示した。「早速、そちらの準備を」

「はい。分かりました」

秦帆が地図その他、必要なものを用意しようと動き出した。そこで、スマートフォンの着信音が鳴った。あの男が連絡を寄越して来たのだ、漸く。

「何があった、とはもう訊かん」通話アイコンをタップするなり、言った。余計なことを口にする気は既に、一切なかった。「無駄な言い訳をされて、時間が浪費されるだけなのは目に見えているからな」

「無駄な言い訳、じゃねぇよ」不貞腐れたような口調だった。あの男らしい、幼稚性だ。「事故があったんだ。車に轢かれそうになっちまってな。だから電話なんかしてるどころじゃなかったんだ」

「事故。このような場合にいかにも口にされる傾向の高い、言い逃れだな」

「嘘じゃねぇ、って。こんなことでわざわざ、でっち上げなんかしねぇよ」

「ならば訊こう。何故、ここまで時間が掛かった。車に轢かれそうになった。そこまではまぁいいとしよう。だが先の電話からこれだけの長時間、ずっと轢かれそうな状態のままだった、とでも言うのかね。考えられないな。危機を脱した段階でまず、こちらに一報を入れる時間くらいはいくらでもあった筈だろう」

「い、いやそれが」もぐもぐ、と口の中で言葉を転がし始めた。ほぅら、案の定だ。「ちょ、ちょっと、事情があって」

「どんな事情だね」

「そ、それが、こんなところでは言い辛ぇことなんだ」

「もういい」一つ大きく息を吸って、吐いた。「下らぬことで時間を浪費させられるのは、もう沢山だ。既にここでも話し合っていたのだが、そもそもの人選が間違っていた。君のような人間にこのような任務を任せたこと自体がミスだったのだ。よって馘首《かくしゅ》だ、分かったな」

「カ、カク、何だって」

「君にも通じるような平たい言葉で言うならば、要するに『クビ』だ。明日からはもう、この仕事をしないでよい」

「ちょ、ちょっと待て。それじゃぁ」

「当然、これまでの報酬もなし、だ。何の役にも立ってはくれなかったのだからな。それどころか無駄な時間ばかりを取らされた。罰金でももらいたいくらいなのが本音のところだよ」教授をちらりと盗み見た。然り、の笑みで頷いていた。

「ちょ、ちょっと待てよ。それじゃいくら何でも、あんまり」

「あぁ、そうだ。渡してある通信と録画用の機器類を、返してもらわねばならんな。明日、この研究室に持って来るように。その時点で君との縁は、終わり、だ。二度と会うこともないだろう。その方が君からしても、清々《せいせい》してよいのではないかね」

相手の反応を待たず、通話を切った。

改めて教授と秦帆の方を見ると、どちらも会心の笑みを浮かべていた。三人の胸に散々溜まっていた、言いたいこと。全てをぶつけてやれたのだ。誰より清々しているのは、この自分自身であることを田所はよく承知していた。

「さて、と」切り出した。「お聞きの通りだ。我々はもう、あんな男に煩わされずに済む。心置きなく研究に没頭できるわけだ」

「はぁ。ただ、先生」秦帆が言った。「まだ、現地踏査の終わっていない現場が残ってます。そこは、いかが致しましょう」

「悪いが秦帆君」教授が言った。「君にやってもらうしかなかろうな。他にいない。別の人選をしている時間もない」

「はぁ。それはいいんですが、僕」口籠って、続けた。「バイクの免許など持っていません。なので、公共交通機関を使って現場を回るしかありません。非効率的になってしまうと思うのですが、それでも」

「それでも、だよ」田所が言った。「オートバイがあろうとなかろうと、あの男を使うよりは遥かに効率的、と期待することはできる。いや、期待どころか、確信、だ。君のような、優秀な助手に動き回ってもらうのならば、な。あぁ、最初からそうしておけばよかった。今となっては何故、そうしなかったのか不思議に感じるくらいだよ」

研究室に笑い声が弾けた。何か、重しが取れたような。解放感が漲《みなぎ》るような笑い声だった。清々《すがすが》しさを全員が覚えているのだ。

「さぁ、そうと決まったところで、次だ」田所がパン、と掌を打ち合わせた。「まさにやろうとしていたこと。地理的プロファイリングに早速、取り掛かろう」

解放感。まさにそれだった。あんな男を排除したことで、研究は飛躍的に進め易くなる。最初から分かり切っていたことではないか。

何故、最初からそうしなかったのか、不思議。自分が今し方、口にした通りだった。

17

あぁ、煙草が吸いたいな。

もう何度目だろう。またも気がつけば、冀《こいねが》っていた。どうせ誰も見ちゃいないんだ。憂さ晴らしに煙草の一本や二本、吹かしたところで何が悪い!?

思いをあちこち飛ばしながら、ぼんやりしていたのだろう。集中力を完全に欠いていた。

車のサイドウィンドゥをこつこつ、と叩かれて匠は、はっと我に返った。見ると、こちらを覗き込んでいる人影があった。全く気がついていなかった、外に人影が現われたことすら。張り込みの役目、失格だ。我ながら、認めるしかない。

おまけに屈み込んで車内を覗いていたのは、柱谷玲美だった。張り込みの対象《ターゲット》、本人。もうこうなったら、何の言い訳も効きはしない。向こうが報せてくれなかったら、そのままどこかへ行ってしまわれたとしても全く気がつかないままだった。任務、どころか探偵そのものとして、失格。

「や、やぁ」慌ててウィンドゥを下ろした。外はもう、すっかり暗くなっていた。「どうしたの。どこか、行くの」

「うん、そうなんよ」屈託なく微笑んだ。こちらの気分までよくなるような笑みだった、確かに。「これからいいとこ行くんよ。だからオジサンも、一緒に来んかな、て思って」

「一緒に行っても構わないのかい」椅子の背凭れを立てた。少しは頭がしゃんとしたように感じた。「それなら」

「いいっちゃんね〜?」背後を振り返った。立っていたのはあの男、橋爪智哉だった。他のメンバーの姿は見当たらず、二人切りのようだった。彼が頷くのを見て再び、こちらに顔を向けた。「いいって。たださぁ。その代わり、ってわけでもないっちゃけど、お願いがあるんよ。車に乗せちゃってくれん」

車で目的地まで送ってくれ、ということだ。「あ、あぁ。そりゃ構わんさ」後ろのドアの鍵を開けた。「どうぞどうぞ。遠慮せず、乗って」

「うわぁ、やった。ささ、橋爪君。乗ろ乗ろ」

玲美が運転席の後ろ。橋爪がその隣に座った。玲美の席が世間では一番、立場が上の者の座る位置ということになっている。橋爪ほどの男が知らないわけはない。それを、さり気なく譲った。僕は別にメンバーの上に立っているわけではない。立場は同じなんだと暗に宣言しているようなものだろう。もっとも当の玲美に伝わっているとは、とても思えないが。

「失礼します、助かります」その橋爪が、左斜め後ろから言った。「僕が道を言いますので、それに従って走って頂けますか」

「あぁ、いいよ」

車をスタートさせた。指示されるままに目黒通りに出、環七との立体交差を左折した。更に馬込《まごめ》の立体交差で第二京浜《けいひん》に上がり、南西に向かった。

「あぁ、そこ。次の信号です。左折して頂けますか」

「あっ、また次の信号。そこは、右折です」

東京の地理には詳しくないがだからこそ、レンタカーのカーナビはフル稼働にしてある。画面をちらりと覗いて、言った。「どうやら、池上本門寺《いけがみほんもんじ》の裏の辺りらしいな」

「あぁ、そう。そうなんです」

彼のマンションから最寄りの駅となれば、東急東横線《とうきゅうとうよこ》の学芸大学か都立大学になる。池上線も同じ東急だし、乗り継いでこの近辺まで来られないわけではないが、かなりの大回りを余儀なくされるのは間違いない。それよりも車を使えれば真っ直ぐに来られて、ずっと早い。乗せてもらえて助かった、と言っていたのは本音に他なるまいと思えた。

「あっ、そこ。あのマンションです。駐車場の入り口があっちにある。玄関前を通り過ぎて、そこに乗り入れて下さい」

「いいのかぃ。他所様のマンションの駐車場に」

「事前に告げてありますから。大丈夫です」

と、いうことはこちらが車で送るのをＯＫすると、最初から踏んでいたというわけだ。まぁ玲美がどこかへ出掛けようというのを、こちらが放っておくわけもないのは確かだが。何だかこっちがどう動くか最初から読まれているようで、いい気持ちのするものではなかった。

タクシーでも捕まえな。俺は後からついて行ってやる。そんな風に突っ撥ねてやればよかったのか。まぁあの場面で、そうする勇気などなかったろうな。悔しいが、認めるしかなかった。

駐車場の入り口はシャッターが開いていた。敷地に入り込んで車を駐めると、マンションの建物に歩み入った。玄関から入ろうとすればオートロックが掛かっているようだが、駐車場からならそんな障壁もない。到着しそうな時刻に合わせて、シャッターを開けておいてもらったということだ。これから訪ねる相手とはつまり、それだけの関係を築いていると見ていいのだろう。

「知っている占い師さんは、何人かいらっしゃるんですが」エレベーターの中で、橋爪が切り出した。う、占い師？「心から信頼するに足る方となると、そうはいない。ここの方は、まさにそうなのです」

「これからすっごくエラい先生に、星占いしてもらうんだよぉ」玲美が言った。興奮を抑え切れない、といった風だった。「オジサンも見てもらおうよ。絶対いいことあるよ。ねっ、ねっ」この場で帰りたくなった。

が、引き返すわけにはいかない。そもそもエレベーターの籠の中である。踵を返そうにも、どちらを向いても壁しかない。そしてそうしている内にも、身体は自動的に目的地へ向かって上昇している。

橋爪が乗った時にボタンを押した、七階に着いた。廊下に出ると慣れた足取りで、目指す部屋に向かった。

「僕です。着きました」インタフォンで中に告げると、返事も待たずにドアを開けた。鍵は掛かっていない。つまりはそれくらい、ここの主とは信頼関係が築かれているということだ、駐車場でも悟った通り。

中に入るとほんわり、麝香《じゃこう》の匂いがした。

「失礼します」奥の部屋のドアを開けるとそれが、むっと濃くなった。確かに嗅いでいると、どことなくいい心地になる。客をリラックスさせる効果は、否定できない。

「いらっしゃい、橋爪君」部屋の奥に座っていたのは四十絡みの女性だった。ムスリムの女性が着ているような、ゆったりとしたロングドレスを身に纏っていた。口元には穏やかな笑みが浮かんでおり、にこやかな目元ととてもよく合う表情だった。信頼できる、と相手に感じさせてしまう。それがこのような仕事をする上での、コツなのだろう。「それから、お連れのお二方も。どうぞご遠慮なく。リラックスして頂戴」

室内を見渡した。天井から壁に何を貼っているのか、頭上が半球状になっていた。女性の前には小さなテーブルがあり、そちらには球体が置かれていた。どうやら天球儀のようだった。内部に明かりが灯っており、球面に穿たれた無数の小さな穴から光が外に漏れている。星占い……

「弓削さん、でしたね」橋爪がこちらを向いた。「どうです。試しにまず、貴方が占ってもらってみられたら」

「あ、い、いや」慌てて手を振った。「俺は、いいよ。君らをここへ連れて来るのだけが役割だったわけだし」

「よかやんね、オジサン」玲美が朗らかに誘った。「占ってもらわんね〜。初めてなんでしょ。いい体験になるよ、きっと」

「これもあんたらのやってる、スピリチュアルとやらの一環なのかね」逆に、尋ねた。「今日はこちらにお願いして、占星術を行使してもらうべきだ、とか何とか」

「えぇ、そうなんです」自然に頷いた。「僕らも宇宙と心を通い合わせますが、まだまだ修行が足りない。何と告げられているか、明確に悟るには未熟すぎるんです。ただ、お告げが降りて来ている、と感じるだけで。それもまぁ精々、どうやらいい内容のようだ、というくらい。だからこうして時々、プロの方に見てもらうというわけです」

「いいじゃないの、貴方」占い師の女性が声を掛けて来た。「心の中に迷いがあるでしょ。でも信じ切れずにいる。本当にこんなことで、未来が見えるのか、どうか。だから試してみるといいわ。そうすれば少なくとも、疑いだけは解消されてくれるでしょ」

腹を決めた。こんなところでグズグズ抗していても、みっともないだけだ。別に何の損もするわけじゃなし。諦めて、促されるままに女性の前に座った。

名前と生年月日を訊かれたので、答えた。「射手座ね、ふぅん」天球儀を手で静かに回した。同時に内部から漏れる光も揺れ動いた。「産まれた時刻は、分かる？」

分からない、とだけ答えた。実は今の両親は、本当の親ではない。出生時のことなど何も聞いてはいない。だがそんな内輪まで、打ち明ける必要はない。

「昼か、夜か、も」

「それも聞いてない」

「ふぅん」ともう一度、呟いて橋爪らに目を向けた。「じゃ、始めるわよ」

とたんに部屋の灯りが消えた。天球儀から放たれた光が天井に映し出され、星座が浮かび上がって、まるでプラネタリウムのようになった。上空が半球形になるように細工してあったのは、このためだったのだ。

「わぁ、キレイ」玲美が首を巡らせて、言った。確かに綺麗な眺めだ。それは、否定しない。「本当に星の下にいるみたい」

「できれば時刻まで分かった方が、より正確になるんだけどね」占い師は言って、上空を指差した。「あれが、射手座」

ついつい、振り返って見てしまった。何か手元で操作をしたのだろう。射手座が拡大され（もっともそれがどんな星の配置なのか、知っていたわけではないが）、中でも強く放たれた光が、星座の右隅の辺りを差した。「あれが、あなたの運命を司《つかさど》っている、星」

ついつい、見入ってしまった。気がついたらそうしてしまうような何かが、彼女の口調にはあるのだろうか。それともこの仕掛けから麝香の匂いから、室内の全てがその効果を高めるべく仕組まれているのだろうか。恐らく、両方なのに違いない。

「あらぁ」口調が変わったので、振り向いた。星座から占い師に視線を戻した。「貴方、問題を抱えてるわね。それも、家庭内の」

どきり、と心臓が打った。当たり、図星だ。俺の頭をここ何日も、ずっと占めていたのはまさにそいつだった。張り込みの仕事にもどうしても、身が入らないくらい。

いやいや、と心の中で首を振った。これが、このテのやり口だ。どうとでも解釈できるようなことを口にして、信用させる。この占い師、本物だと信じ込ませる。

例えば、「貴方は今、水に関わることに心が向いている」などと指摘する。それこそ人間、水に全く関係なく日常を過ごしている者なんているわけがない。誰にだって当て嵌まる。だから水道の浄水器を買おうとしていた者は「あぁ、あのことを言われているのか」と思うし、明日が雨かどうか気にしていた者なら「そのことか」と思う。そして一様に、「当たった」と勝手に信じてしまうのだ。

今の言葉も、然り。家庭に何の悩みもなく、円満そのものなんて奴はそうはいない。どこかに何らかの心配事はあって当たり前だ。

おまけに俺は今、自分が産まれた時刻どころか昼か夜かすら聞いていない、と答えてしまった。それだけでこういう連中なら、見抜いてしまうだろう。こいつは親との関係があまり上手くいってなく、日頃の会話にも乏しいのではないか、と。確かに悔しいが、最近の実情はその通りだ。

へっ、と鼻を鳴らした、心の中で。にやがんな（ふざけるな）、と胸の中で叫んだ。騙されて堪るか。そのテには乗らないぞ。

それから暫く女は、天球儀を弄って天井の光を操作していたがやがて何かを確信したように、一つ小さく頷いた。「でも、大丈夫」こちらを向いてにっこり微笑んだ。「解決するわよ、もう間もなく」

「ほ、本当か」思わず、聞き返してしまっていた。

「できればいついつ頃までに、とまで具体的に伝えられれば一番よかったんだけど、ねぇ。産まれた時刻が分からないので、そこまでは。でも」ご覧なさい、と指差されたので、改めて振り返った。「貴方の運命を司る、星。強く光っているでしょう。あの輝きは本物よ。だから言えるの。これから悪くなることはない、って。今、悩み事があったとしても程なく解決する、って」

「うっわー、すっご〜い」玲美が興奮して立ち上がった。ぴょんぴょんその場で跳ねた。「そんなことまで分かるんだ。やっぱスゴいね、ここ」

「こらこら柱谷さん、失礼だよ」橋爪が窘めていた。「まだ占いの途中なんだ。大きな声を出すのは」

「いいのよ、別に」占い師は平静のままだった。「大声を出されたから、くらいで途切れるような集中力じゃありませんし」

「よかったやん、オジサン」歩み寄って来て、ポンと肩を叩かれた。「問題は解決する、ってさ。ね。来てみてよかったでしょう」

「あ、あぁ」

「さ、オバサン。次はあたし、見て。早く早く、お願い」

「オバサン？　それはどうかしら」皮肉な笑みを浮かべた。「大声は平気でも、そんな言い方をされたんじゃ集中力が散漫になってしまうかも、なぁ」

「あ、ゴメンなさ〜い。そんな積もりじゃなかったんよ。つい、この口が。どうか許してね、オバ……あわわわ」

「まぁまぁ、いいわ」笑顔が皮肉から柔和に転じた。「次は貴女を占ってあげましょう」

「わ〜ぃ。有難う」

席を入れ替わった。橋爪の座っているソファまで下がって、隣に腰を下ろした。玲美もまた名前と生年月日を訊かれていた。彼女の方は産まれた時刻まで細かく答えることができていた。

「あら、乙女座じゃない。貴女にぴったり。可愛い」

「えへん。そうなのでぇす」

天球儀が回され、違う星座が天井に映し出された。匠の時と同じように、その中に一つ、強い光が差した。

何が運命を司る星だ。もう一度、心の中で鼻を鳴らした。輝きは本物よ、だ。

こうして離れて全体像を見ていると、冷静に戻ることができる。カラクリも見えて来る。

要は手元の何かを操作して、光を強くしているだけじゃないか。それで、これから事態は好転する、なんて告げる。星が言っているというが単に、自分でやっているだけだ。話の中身に応じて、光度を調節している。その程度のカラクリに過ぎない。

それにしても、と振り返った。こうして舞台装置を整えられ、雰囲気を盛り上げて語られるとついつい、信じそうになってしまう。人間なんて所詮、そんな程度なのだろう。おまけに心の底でそうなってくれれば、と願っていることを、第三者がずばり口にする。予言という名で告げてくれる。そうなると藁にもすがる思いで、やっぱりそうでしょうと信じ込みたい心理が働く。

これでは騙される者が続出するのも道理、と得心できた。現に今、自分自身が引っ掛けられそうになっていた。人間なんて弱いものなのだ、つくづく。何かにしがみ付きたいと常に願っている。だからこそ古今東西、このテの商売が常に成り立っている。

「あらまぁ」占い師と玲美との遣り取りに我に返った。「貴女、こっちの人間ではないのね。どこか遠く。西の方から来たの」

「わぁスゴい。当たったー」声が跳ねていた。「あたしのおうちは九州、福岡なんよ。確かにこっちから見れば、ずっと西になるね。スゴいなぁ〜、星で、そんなことまで分かるんだぁ」

分かるのは方言からだよ。胸の中で、苦笑した。隠そうともしていない。玲美は言葉の端々に訛りが顔を出しているし、何よりアクセントがこちらとは随分と違う。知っている者が聞けば福岡弁、と直ぐに分かる。それをあんな風にカマを掛けて、それっぽく見せているだけだ。

だが冷笑していられるのもそこまで、だった。とても冷静を装ってはいられなくなった。

さっきの匠への占いがまさに当たっていたことが、次の言葉で裏づけられたのだ。ここのところずっと、俺を悩ませていた家庭の問題。その、元凶……

「こっちに出て来て貴女、何か大切なこととしてたのね。でももうそろそろ、終わりよ。貴女の運命を司る星が告げているわ。おうちに帰りなさい、って」

18

ちぇっ、何がカクシュだ!?

通話の切れたスマホを思わず、地面に叩きつけてしまうところだった。へっ、と鼻が鳴った。ここが境内でなかったら、唾も吐き捨てていたことだろう。

内地の人間にとっての神は、アイヌのカムイに近い。お袋は生前、幼いオダケンに言い聞かせていたものだ。カムイを畏れなさい、と。怒りに触れれば、災いが降り掛かりますよ、と。

だから地球温暖化なんかオダケンに言わせたら、人間の自業自得なのだ。カムイを畏れず自然をとことんまで、破壊してしまった。災いが降り掛かるのは理の当然。どんなに些細であってもカムイを怒らせるようなことをしてはならない。たとえ唾のような、ほんの小さなものでも神域には吐くべきではない。

そう、ここは新宿花園神社。〝我が家〟ゴールデン街の直ぐ近くだった。ここまで戻って来て漸く、田所に連絡を入れることもできたのだ。途中、現場から離れてもう大丈夫だろうとは思ってもバイクを停める気にはなかなかなれなかった。

そうして掛けたらいきなり「クビ」と来た。明日、通信と録画の機器を戻しに来たらそれでお役御免。おまけにこれまでの報酬も一切、支払われないと抜かしやがった。

ヘルメットを抱え直して、歩き出した。もう一度へっ、と鼻を鳴らした。あぁ、けったクソ悪い。爪で黒板、引っ掻き声のあの野郎め！

だが心の底でどこか、すっきりしている自分がいるのにも気づいていた。

あいつも言っていたではないか。二度と会うことはない。その方が君からしても清々してよいのではないかね、と。確かに仰る通りではあった。あんな奴にもう会わないで済むと思えば、胸が透《す》く。大学の研究室なんてむさ苦しいとこにももう二度と、近づかないで済む。

境内から階段を降りたところに、ケンペーⅡ世がいた。「よぅケンペー」と声を掛けた。「丁度いい。これから店を開けるところだ。よかったらちょっと、寄ってかねぇか」

一瞬ケンペーは、遠慮するような素振りを見せた。あぁ、と思い出した。そう言えば今日の始まりも、店でこいつと呑んだのだ。ビールを奢った。だから一日に二度も、甘えるわけにはいかないというのだろう。本当に義理堅い奴だ。人間にだってこんなの、なかなかいるものじゃない。

「いいじゃねぇか」誘いを重ねた。「確かに今朝もつき合ってもらった。お陰でモヤモヤが晴れて、動き出す気にもなれたんだ。今も何だか、気分がいい。誰かと一杯やりてぇ心持ちなんだ。一日に何度も済まねぇが、もっぺんつき合ってくれたら有難ぇ」

そうか、それじゃぁ遠慮せずお言葉に甘えるかな、とケンペーは尻尾を立てた。店の前まで並んで歩き、ドアの鍵を開けた。

昨夜の可愛娘《こ》ちゃん二人組もまた来てくれねぇかな。一瞬、思ったが直ぐに打ち消した。確かにビールを呑むケンペーの姿を見れば、あの娘《こ》らなら盛り上がるだろう。だが今日のような夜は、男どうしで過ごす方が相応しい。女がいた方が好ましい時と、そうでない時間との区別ははっきりしといた方がいい。

サッポロ黒ラベルの大瓶を冷蔵庫から出し、灰皿に注いで足元に置いた。続いて自分のグラスにも注ぎ、軽く持ち上げて乾杯した。チャーリー・ミンガスのCDをプレイヤーにセットし、スイッチを入れた。

「なぁ」と足元のケンペーに声を掛けた。笑みが浮かんでいるのが自分でも分かった。何だ、と顔を上げたので、「いや何でもねぇ」と慌てて首を振った。自分一人で浮かれている。傍から見たらさぞかし、みっともねぇ図なことだろう。

と、ドアが開いた。「開いてるか、もう」入って来たのは、新宿西署の土器手警部補だった。あぁどうぞ、と招き入れた。「おや、先客がいたか。どうも失礼」彼が挨拶するとケンペーは、灰皿から顔を上げ、尻尾を立てて返礼した。

土器手は自分のボトル、オールド・クロウを棚から取り出しカウンターに置いた。オダケンはグラスに氷を入れ、ソーダの瓶と共にカウンターに出した。

「聞いたぞ」バーボンのソーダ割りを一口、呑み干してから土器手は切り出した。最初からこう来るだろう、と分かってはいた。「お前《め》ぇ昨日、代々木署の交通課と一悶着あったらしいじゃねぇか」

「大したことぁねぇよ」ビールを呑み干したので自分もバーボンに切り替えた。「ちょっと話の分からねぇ若《わけ》ぇのがいたから、世の中の機微てぇ奴を説いてやっただけだ」

「俺んとこまでグチ垂れて来たんだよ」耳に入りもしなかったように、土器手は続けた。「あんなことで一々便宜、図らせねぇでやってもらえませんかねぇ、って」

「つまらねぇことでこっちの行手、遮ろうとしやがったからつい、な」

「あのなぁ」カウンターに身を乗り出して来た。「俺が偉いさんの弱み、せっせと掻き集めてんのもこんな下らねぇことに使うためじゃねぇんだぞ」

「あぁ、分かってる。済まなかった」

「若い奴らにも示しがつかねぇ」憮然とした表情で、グラスを置いた。「あいつらにもどこか、俺に賛同してるとこがあるんだよ。上の連中なんか好き放題やりやがって、って下には不満が溜まってるからな。だから偉いさんの弱み、掻き集めんのにも協力してくれてたりもする。だがこんなことが続いたんじゃ、そいつもチャラだ。奴らにそっぽ向かれちまう。自分のエゴのために使ってるだけじゃねぇか、なんて思われたんじゃ協力もしてもらえなくなる。一人じゃ情報なんか、集めたくってもどうにもならねぇ。そうだろうが」

「あぁ、分かった」素直に謝った。こいつの言う通り、ということはよく分かっているからだ。

「もうやらねぇよ。気をつける」

つまらねぇ話が続くんじゃ、もう帰るぜ。ケンペーが尻尾の先をピンと伸ばしたんで、そっちにも謝罪した。「あぁ、済まねぇ済まねぇ。こんなのぁもう終わりだ。気分、直してくれ。もうちょっとつき合ってくれ」灰皿にビールを注《つ》ぎ直した。

「何だよ」土器手が不思議そうな顔をした。こいつとはつき合いが長い。敏感に察せられてしまう。「今日はやけに素直じゃねぇか。機嫌がいいじゃねぇか、えぇ」

「あぁ」

説明した。ここ二、三日、捜査研究への協力で嫌な野郎とつき合わされていたこと。今日ついさっき、そいつからお払い箱を言い渡されたこと。骨折り損にはなったがもうあんな奴と会わないでいいと思うと、清々したこと。

「はぁん」不思議そうな顔はまだ続いていた。「そりゃ、まぁ。分からねぇではねぇけど、よ。でも損こいちまった、てのにその顔は、何とも」

「金のために嫌な奴に協力してた。どっかでやっぱりプライドが傷ついてたんだろうよ。だからそんなのから解放されて、気持ちも軽くなったんじゃねぇの」

何だよ、他人事みてぇに。笑われた。それでも依然、不審が残る表情だった。やっぱりこいつ、鋭い。隠し遂せるのは、難しい。

「そこで、なんだ」明かすことにした。なくなったものは補充するしかない。頼りにする相手は、こいつしかいないのだ。「実は丁度よかった、来てくれて。お前ぇに頼もうと思ってたことがあったんだ。また弾丸《タマ》、融通よろしく頼む」

「何ぃ」言葉に詰まった。「お前ぇこのご時世、銃弾なんていったい、何に」

「しょうがなかったんだよ。不慮の事故だ。やらなきゃ人一人、危ないとこだった。おまけにそのまま放っときゃ、被害はどれだけ広がったか分かりゃしねぇ」

「あのなぁ。俺の立場んなったら銃《チャ》触《カ》ることなんて、普段まずねぇんだ。なのにどういう局面で使った、って言い訳できると思ってんだよ。でっち上げのネタなんか思いつけねぇよ、もう」

「あぁ分かる。分かるよ。でもしょうがなかったんだ。人の命が懸かってたんだ」

「ははぁ」得心が行ったように、頷いた。「そういうことか。久し振りに銃、ぶっ放した。人一人、助けた。それで気分がいいわけだ。いつになく機嫌がよかったわけだ」

「あぁ、まぁな」さすがこいつ、本当に鋭い。洞察力は見事なものだ。それとも傍から見れば、俺の顔に全て書いてあるのか。俺はそんなに分かり易い野郎なのか。「そういう面ももしかしたら、あるのかも知れない」

「すると、ちょっと待て」更に思い至ったように、眉根を寄せた。「どこかで事故があった。その現場から近い内に、弾丸が見つかる、ってぇことか。出処の分からねぇ銃弾が。そしてこれはどこから来たブツだ、と一騒ぎ持ち上がる。そういうわけか」

「あぁ、まぁな。そういうこともあるのかも知れない」繰り返すしかなかった、あやふやな笑みを頰に貼りつけたまま。「ただ、まぁ。ご存知の通りどこんでもあり触れた、38スペシャル弾だ。出処なんか辿れっこねぇよ」

「あり触れた弾丸なんてねぇ。銃の禁止されたこの国じゃ」

「禁止されてたって持ってる奴はいるじゃねぇか。どうせヤクザかそこいらの持ってた物の横流しだろう、てことで落ち着くさ」

「あのなぁ。そもそもお前ぇの自尊心を喜ばせるためだけに、何で俺が苦労しなきゃならねぇ。ない理屈まで捻り出して弾丸、融通してやらなきゃならねぇんだ」

「まぁまぁ、そう言うなよ」グラスに新たにバーボンを注ぎ足してやった。こいつのキープしている酒じゃない。奢りの一杯だ。もっともこんなくらいじゃ、償いにもなりはしないけども。「友達じゃねぇか。困った時には、助け合う仲じゃねぇか」

「都合のいい時だけ友達、持ち出すんじゃねぇ」

「まぁまぁまぁ」

ふと見ると、店のドアが小さく開いていた。ケンペーはとっくに、いなくなっていた。

19

今日も一人、東勢大学の研究室を出た。秦帆が今夜は用事があるとかで、この後つき合えないという。「お食事とかがあるのだったらお二人で、ごゆっくり」水を向けられたが、いやと首を振った。夜は一人の方が好みだ。一日の仕事を振り返り、翌日の方針を立てる時間が欲しい。

「まぁ、そうですな」砥部教授も賛同してくれた。「食事をしながら意見交換をするなら、秦帆君もいてくれた方が有難い。三人、揃える時にゆっくりやることとしましょうか」

解放してもらえたので昨日と同様、代々木八幡駅まで歩を運んだ。例の交差点に架かる四角形の歩道橋上で、交通量の分析や、経済効果などに頭を遊ばせながら。二つ先の南新宿駅で降り、同じ大衆食堂に入った。同じく「日替わり定食」を頼むと、今日のメインは鰯の南蛮漬けだった。

「ほほぅ」一口、食べて思わず声が漏れた。「成程、これは美味い」

酢の加減が丁度いい。昨日までと違って塩分が控え目であるのも、いい。鰯は最初に油で揚げてあるが、南蛮酢で絡めた効果か脂っぽさをあまり感じない。専門家ではないため断言することはできないが、これなら健康への悪影響はさして気にしないでもよいのではないか。今夜の公子への報告も中身が好ましいものになりそうだ。思うとその分、更に食が進んだ。

「浮気問題が尾を引いています」テレビの声に、顔を上げた。芸能人のスキャンダル報道らしかった。「先日の謝罪会見が批判を浴びる内容だったのが、悪い影響を与えているようです」

下らない。胸の中で吐き捨てた。

芸能人だか何だか知らないが、それが浮気をしたから何だというのか。こちらにほんの僅かでも、影響があるとでもいうのか。何の関係もありはしない。そもそも縁も所縁《ゆかり》もない人間が何をしようと、こちらの知ったことではない。

第一こんなもの、ニュース番組で流す内容なのか。ならば程度の低い政治家が何か失言をした、といったような類いの方がまだ、意味はあろう。有力者の発言は時に国際問題に発展することもある。海外にまで非難の声が広がれば、影響は国内に撥ね返る。

対して芸能人の浮気では、一般人に何か波及する可能性は万に一つもあるまい。精々が起用していたテレビ番組や、CMのスポンサーが損害を被る、といった程度であろう。芸能人などを安易にCMに担ぎ出した、そちらの咎《とが》だ。それもこのような、スキャンダルの発信源になり兼ねない連中を。

あぁ、下らない。時間の無駄だ。

テレビのチャンネルを替えてくれ、と言いたかったが大人気《おとなげ》ないかと思い直した。このようなニュースを好む者も往々にして、いる。そしてそちらも客である以上、店が要望を聞くのも仕方のないことではあろう。

テレビの音を頭から締め出した。先程までの、研究室での遣り取りを振り返った。言うまでもなく結論が出るまでには至らなかったが、有意義な議論を交わすことはできた。そちらに頭を切り替えれば、時間が有効に使える。気分がよくなれば消化にもいい効果が期待できよう。

「地理的プロファイリング、いよいよですね」奈帆の言葉が蘇った。声から高揚感が溢れていた。

「田所先生の本領にいよいよ、直に接することができる。あぁ、僕は本当に幸せ者だ」

あまりに持ち上げられると辟易《へきえき》しそうにもなるが、まぁ自分がこの分野における我が国の第一人者だ、との自負はあった。長年、熱心に取り組んでいて論文も多数、発表した。一般の読者向けに簡単に解説した本も書いた。このような研究が日本でも進められている、と広く知ってもらいたい思いがあったためだ。

「東京は坂が多い」砥部教授が言った。「凹凸が激しく土地の高低差が大きい。つまり田所先生の研究がより、活かされ易いお土地柄というわけだ」

「先生がお得意にしているのは中でも、あの『円仮説』ですからね」

「その通り」

事件がどこで発生したか、は犯罪捜査において極めて重要な情報を齎《もたら》す。ましてや連続放火犯である。現場の数が増える。その分、犯人の条件を示唆する材料も増える。

連続して事件を起こす犯人が何故、その場所を現場として選んだのか。余程の馬鹿でもない限り、自分の拠点（例えばそれこそ自宅とか）から直近の場所を選ぶことはまずなかろう。だが一方、一度も足を運んだことのない、全く土地勘のない場所で犯行に及ぶこともまた、あまり考え難い。すると自分の拠点から一定の距離があり、なおかつ一定の土地勘のある場所、という条件設定が成り立つ。犯行現場をトレースし、相応の分析を加えれば犯人を指し示す何らかの情報に辿り着く可能性があるわけだ。これが「地理的プロファイリング」である。

更に、「円仮説」。事件現場を全て、地図に点として書き入れる。そして最も離れている二点間の距離を直径として、全ての点を内包するような円を描く。するとこの円の内部、それも中心部に近いところに犯人の拠点がある可能性が高い、というのがこの仮説の概略だった。

勿論これは、極めて単純化したモデルではある。ただし確かに、ある程度の効果は見込める、と田所は認めていた。人間なんて単純な生き物だ。複雑な動きをしている積もりでいて実際には、行動は極めてパターン化されていたりする。前回はあっち。今度はこっち、と犯行現場を選んでいる内に気がついてみたら、現場は自分の家を同心円状に取り囲むように並んでいた、ということが起こり得るのだ。しかもそれなりの確率で。事実、田所はこの仮説に立って犯人に繋がる推理を捻出したことが複数回、あった。

「今回の現場は、五つ」田所は言った。「次に予告されている扇橋を加えても、六ヵ所だ。プロファイリングに充分な数、とはとても言えない」

「おまけにそれぞれ、距離を措いていますからな」教授がつけ加えた。「最初の三ヵ所が文京区の小石川地区とその近辺。次の二ヵ所が新宿区の牛込地区。最後の予告地は江東区の深川地区、と来た」

「全体を内包するような大きな一つの円を描いても」秦帆が質問した。「あまり意味はない、ということなんでしょうか」

「うむ」と頷いた。「全くの無意味、と断言することはできない。常に何らかの可能性はあり得るからね。ただしより蓋然性の高い仮説を求めるなら、犯人がそれぞれの地区に拠点を有している、と見た方がまだ妥当だ。そして何らかの理由で、各地区を移動している、とした方が。実際、私が扱った事件でこの仮説に適合するものもあったよ」

「あぁそのお話も、ご著書で読んだ覚えがあります」

「そうだった。あれにも書いていたな」

デスクトップPCの前に座った。これまでの犯行現場の地図が読み込まれているPCだった。

フラッシュ・メモリを鞄から取り出すと、「おお、その中に」と教授が目を輝かせた。こういう時、同じ研究に身を投じる者として秦帆の反応と何ら変わるものはない。

「そう、この中に入れて持参して来ました」田所は頷いて、フラッシュ・メモリをPCのUSBポートに挿入した。「私が独自に開発した、ソフトウェアです」

円仮説の弱点を補強したものだった。

地図上では平らに描かれていても、現実にはそうではない。坂がある。移動には上がり降りを伴う。そうなれば人間、上り坂は自然に避ける傾向にあるではないか。下りはそうでもないかも知れないが、事件を起こした後は上って帰らねばならないからやはり、自然と避けがちになる。すると坂道があれば、心理的に忌避する可能性が考えられるわけだ。あの時は弓削が協力してくれたことにより、この点に素早く思い至ることができた。

そこで現実の坂のデータを勘案し、実際の距離と心理的距離を調整する変更を加えた。等高線の描かれた地図を読み込み坂の角度、距離を瞬時に計算し、犯人の心理的距離と重ね合わせるアプリケーションを開発した。その後も実際に起こった事件のデータをインプットし、ディープ・ラーニングを繰り返して改良を続けた。かくして今の段階で、最も信頼できるソフトウェアに仕上がった自負はある。教授が先程「東京は坂が多い」「先生の研究がより活かされ易いお土地柄」と言ったのはこのことを指していたのだ。

「さて、と」

ソフトウェアを起動させた。すると地図が、平面図だった時より歪んだ。ある部分は伸び、ある部分は縮まった。

「うわぁ」秦帆が感嘆の声を上げた。「話には聞いていましたが、実際に目にすると感激は一入《ひとしお》ですね」

「全くだ」教授も頷いた。「この、歪んだ分。伸びた距離が、犯人の心理的距離というわけですね」

「今回のケースでは周囲にそれなりに急な坂も多いようだ。すると人間心理として、移動は敬遠されがちになる。そう。この伸びた分が、犯人にとっての距離を示しているわけです。実際に移動した距離よりも、彼（あるいは彼女）からすればこれくらいの長さと感じられている、と」

まずは最初の三ヵ所。文京区小石川地区、界隈。三つあるため円も描き易い。中心に相当する位置に、黒点が浮き出た。

「ここが現段階では、犯人の拠点である蓋然性の認められる地点、というわけです」

「最初の平面図の時より、北へ動いた感じですね」

「この円の中心に位置する一帯は、標高が低い」秦帆に応えて、言った。「第一、第二の現場へは坂を上る形になるため、心理的距離は長くなる。一方の第三に対しては高低差が少ないから、これで三方から等距離の場所に相当する、というわけだ」

「いやぁ、成程なぁ。こうして見ると一目瞭然だ。いや、素晴らしい研究です。このソフトによって円仮説は、大きく補強されたと言っていい」

次の新宿区牛込地区についても同じ操作を繰り返した。ははぁ、坂を考慮に入れたら候補地はこう動くわけかぁ。またも二人から感心された。ただしこちらは点がたったの二つだ。正確さ、という意味では三点よりずっと劣るのは否定のし様がない。

また、未だ予告段階の深川地区については、一ヵ所だけのため円の描き様がない。今のところ、できるのはここまでだった。

「一応、二地点の候補地を挙げるまではできた。ただご存知の通り、極めて確度の低い仮説に過ぎない。データの数が少ないですからな。これでもっと数が増えれば、信頼性を持って掲げられる仮説にもなるのですが」

「それでもこの二地点の両方に、何か同じ系統の施設でもあればそこが犯人の拠点である蓋然性が出て来るわけですね。例えば同じ会社の施設とか。そうなると犯人はそこの社員、という可能性が出て来る。いやぁ、わくわくするなぁ」

だが秦帆だって、分かっている筈だ。この犯人は連続して起こす現場を、転々とさせている。小石川から牛込、更に深川へと大きく動いている。つまりは真の拠点をカモフラージュするために、敢えて移動している可能性の方が高い。

「私はやはり最初の小石川周辺が一番、怪しいと睨んでいる」田所は言った。「後の二地区はそれを誤魔化すために、敢えて違う場所を選んだのではないか、と。その可能性は常に、頭に入れておかねばならない」

その推察から離れられないのは特に、第一の現場があるからだった。高級住宅街で防犯カメラが設置されていた。犯行現場に至るルートは二つあり、どちらにもカメラがあったが片方の道は狭く、そちらを通れば映ってしまう恐れが高かった。なのに、映ってはいない。もう一方から現場にアプローチした、ということだ。であるなら犯人は、そちらであれば映る可能性は低い、と知っていたことになる。

「最初に先生が指摘された推理ですね」秦帆が言った。「犯人はここに土地勘のある人間である蓋然性が高い、と。いやぁ、あれには感動したなぁ。さすが先生だ、って」

「勿論たまたま、何も考えずにそちらを通って上手いこと映らなかっただけ、との可能性も排除はできないが、な」

既に指摘している、この犯人の二面性だった。非常に知的に感じられる面があるかと思えば、あまりに稚拙に過ぎる面も多々、見受けられる。全てを考慮に入れて行動しているかと思ったら、何も考えずにいたらたまたま幸運だった結果、ということもあり得るのだ。それは常に考えておかねばならないと田所は胸に嚙み締めていた。

「たまたま説も排除するわけにはいかないが」教授が言った。「やはりここは、土地勘アリ説の方に立って推理を進めてみましょうか。すると犯人にとって、第一の犯行現場こそが重要だったことになる。知っている場所で、しかも爆発規模も大きかったのですから。その家の前で放火することにこそ意味があった。つまりはそこに何らかの恨みがあった人物、と」

「そうなりますな。すると第二以降の現場は全て、それを誤魔化すためのものという仮説も成り立つ。同じ小石川界隈であってもそれすらが、単なるカモフラージュに過ぎないのかも知れない」

「何ですか。そうなるとこの『地理的プロファイリング』そのものが無意味、ということになりませんか」秦帆が指摘した。「犯人の動機は第一の犯行にのみあった。それ以降は単に、我々の目を逸らすためだった。そうであるならば円仮説を当て嵌めてみたところで、最初から意味がないことになる」

「そうなるな」腕を組んだ。「ただしそちらの仮説に立てば今度は、新たな犯人の条件が浮かび上がる。彼は地理的プロファイリングを知っている。少なくともその概要について知識がある人物、と」

「そうか。先生の本は広く読まれてますからな」教授が苦笑しながら、言った。「その愛読者だった、という説はあり得るとは思いますよ。ただまぁ本音から言わせてもらえば、我々をミスリードするためだけにここまでやるだろうか、との疑念も拭い切れませんけどね」

「犯行を重ねれば重ねる程、ミスを犯して尻尾を掴まれる恐れは高くなりますからな」一つ大きく頷いて、続けた。「ただまぁ。これだけの材料のみから仮説を繰り出し続けると、見当違いの方に導かれてしまい兼ねない。そろそろ日も暮れ掛けて来た。次の犯行現場についての推理の方に移りましょうか」

次に予告されていた場所。扇橋、と一口で言ってもその範囲は、広い。犯行現場は点に過ぎない。広い地域のいったいどこで、実際に犯人は放火を起こすのか。読むことができれば、プロファイラーの面目躍如である。

一つ、指摘できる点があった。これまでの五つの犯行現場で、共通する条件が挙げられるのだ。

「〝開通小路〟ですね」

秦帆の命名だった。先が行き止まりになっている「袋小路」とは逆の、抜けられる小道。

「袋小路であればもし、犯行に踏み切ろうとしているところに誰かが入って来る事態となれば、逃げ場はどこにもなくなってしまう」田所が言った。「逆に秦帆君の名づけた〝開通小路〟であれば、どちらか一方から入って来た者があったとしてももう一方から立ち去ることができる。危険はかなりの程度、軽減される。犯人は当然、そこは勘案した上で犯行現場を選んでいる筈だ」

そこで再び、浮上して来る懸念はあった。この犯人の二面性。本当にこいつは、そこまで考えた上で現場を選んでいるのか。まさかこれもまた偶然。たまたま選んだ現場が全て〝開通小路〟になっていた、というに過ぎないのではないのか。

「ここも、土地勘の問題を考慮に入れておく必要があるんじゃないですか」秦帆が指摘して言った。「もしさっきの仮説のように犯人は第一の現場しか知らず、以降は適当に選んだものに過ぎなかったのだとしたら。そこにある〝開通小路〟を、行って探さなきゃならないことになる」

「いや」教授が首を振った。「地図がある。事前に地図で見て、調べておけばいい」

「あっ、そうか。Google マップだってありますからね」

「そうだ」教授に同意した。「今では好きなだけ拡大して見ることができるからな。周囲に適当な坂があり、都合のよさそうな開通小路もあるところ。そういう条件で選んで、後は永井荷風のエッセイでその地域を示唆するものを探せばいいわけだ」

「その通りでした」秦帆が頭を掻いた。「今ではパソコンで何でもできますからね。荷風のエッセイだって検索できる。犯人は家から一歩も出ることなく、好きなだけ事前調査をすればいいわけか」

「いや」と今度は首を振った。「一度も実際に現地へ行くことなく、いきなり犯行に及んだとはあまり考え難い。ある程度の事前調査をして『この辺り』と見当をつけたらやはり、最低でも一度か二度は下見をしたのではないだろうか」

「Google マップのストリート ビューを見たとしても限界があるでしょうからな。やはり実際に行ってみないと分からないことは、多々ある。下見はしていただろう、というご意見には私も賛成です」

そう、やはりそこなのだ、と田所は思った。綿密な事前調査と、下見。そこにもこいつの二面性が見出せる。前者は細かい知性。だが後者にはどうしても、リスクがつき纏う。しかもそこまでした上で実際に犯すのは、愚にもつかない放火なのだ。

頭を振った。「まぁこれもまた、第二以降はカモフラージュの、土地勘のない場所、との仮説に基づいた推理に過ぎませんからな。今はあまり、そちらにばかり拘泥《こうでい》するのは止《や》めておきましょう」

地図をテーブルに広げた。扇橋周辺を拡大したもの。この辺りは江戸時代の埋立地で、運河が直角に交わっている。小名木川と大横川だ。周囲に敷かれた道もどれも一直線で、二つの川に並行しており交点は全て、直角。

中に一ヵ所、怪しいと思える小路があった。両方に抜けられ、しかも入り口から奥は見通し難い。他にも似たような〝開通小路〟はあるが、これまでの現場から見ていかにも犯人の好みそうな条件が揃っていた。

「ここでしょうか、やはり」

「そうですな。だが、ふむ」

本当にそうだろうか。未だ迷いがあった。こ奴が本当に六回も連続で、同じような条件の場所を現場に選ぶだろうか。まさか実はこれまでが全てカモフラージュで、今度こそ全く違う路地で犯行に及ぶのではないだろうか。そして今回こそ実は犯人にとって、真の目的の現場、という可能性も……あぁ、全くこの犯人は、捉え処がない。


「あの、お客さん」声を掛けられて、はっと我に返った。「あの、もうお食事、お済みでしたら」

大衆食堂だった。考えに没頭してついつい、時間を忘れてしまっていたのだ。目の前を見下ろすと、食事は全て平らげていた。味わった記憶すら、全くない。

「あ、あぁ、済まない」立ち上がった。「つい、心ここに在《あ》らずになっていた。迷惑を掛けてしまったかな」

「いえ、いいんですよ。もうお客もそうは来ない時刻ですし。ただ、あまりにじっとされてるんで」

「済まない。美味しかったよ。お勘定を、頼む」

確かに最初、鰯の南蛮漬けを口に含んで美味いと感じた。ところが以降、何も覚えてはいないのだ。勿体ないことをしたな。心の中で苦笑した。どうせ考察で我を忘れるのなら食事中ではなく、ホテルに戻ってからにすればよかった。

勘定を払って食堂を出た。本当にいい店を見つけた。味と言い、店員の態度と言い全てが理想的だ。心から、思った。

腕時計を見てみると店に入ってから、軽く一時間半が経過しているのが分かった。それくらい考えに没頭していたというわけだ。店員が心配するのも、当然だった。

ホテルに戻って一息つけば、公子に定期連絡する時刻になる。今日の料理は塩分を気にする必要もなさそうだったよ。報告はそれくらいで済まそう、と思った。実はついさっきまで店にいたなんて、まさか言うわけにはいかない。

20

「そうかそうか。そらぁよかった」スマホから聞こえて来る声は、芯から嬉しそうだった。浮かべている笑顔が、電波越しに見えるかのようだった。「ほんなこつ（本当に）よかった。有難う。ほんなこつ、有難う。色々、面倒ば掛けた。このお礼は、いくらでも」

占い師から告げられて玲美ちゃん明日、そっちに帰ることになった。報告した時の、柱谷の反応だった。それは、偽りのない本心だろう。ほっと胸を撫で下ろしているのは、確かだろう。

ただ匠の頭の隅には、素直に喜べないものが残っていた。今回は確かに、彼女は戻るかも知れない。いったん、解決であることは間違いない。

だが長いこと、とはとても思えない。どうせまた近い内に、出奔するのではないか。全国のどこかにいる別の〝橋爪君〟のところに、再び転がり込むのではないか。いや、もしかしたらそれはまたここ、同じ場所なのかも知れない。

そう、匠は未だ、碑文谷のマンション前にいた。占い師のところから、二人をここまで送って来たのだ。荷物の整理とかお別れとかあるから家には明日、帰る。だから今夜は最後、マンションに泊まる。玲美が言うのを、「ダメだ。これから福岡へ直行しろ」などと命令できるわけもなかった。むしろ明日、と近い日を決めてくれたことで感謝したいくらいだった。戻りも車に乗せて欲しい、と頼まれてホイホイと引き受けた。こうなったらこれまで以上に、なるべく目を離したくない。

「明日、空港まで送ろうか」車の中で水を向けると、えぇ～っいいの？　と素直に喜んでいた。こちらは単になるべく、目を離したくないだけなのだが。「こっちとしては別に、構わんよ」

「でも何時になるか、分からんよ。荷物も結構、あるし」

「構わんよ」繰り返した。「明日もいつものようにマンション前に来てるから。出られるようになったら、外に出て来るといい」

「わぁ～いっ。じゃ、甘えようかなっ。運転手付き。贅沢っ♡」

口にしなかったができれば、同じ飛行機に乗り込む算段だった。大手のレンタカー会社を使ったから、車は空港で乗り捨てればいい。どんな局面にも即応できるように、可能な契約を選んでいた。

そこまでついて来るなんて鬱陶《うっとう》しい、と嫌がられる事態は考えられた。が、やっとここまで来たのだ。とにかく僅かな時間でも、目を離したくはない。

もし、一緒は嫌だと拒否されてもこっそり、同じ便に潜り込めばいい。こうなったらちゃんと帰るだろうとほぼ確信はしていても、またも途中でいなくなったなんて展開は金輪際、願い下げだった。

そういうわけで橋爪君のマンションまで送り届け、二人の姿が見えなくなったところで即、柱谷に連絡したという次第だった。いい話はなるだけ、早く聞かせてやりたい。

柱谷との通話が終わると今度は即、しのぶに掛けた。「よかったなぁ」こちらも喜んでくれた。

「ほんならこれで一安心、やん」

ただし、直ぐにまた似たようなことは起こるかも。が、こちらでも余計なことは言わずにおいた。せっかく今はいい展開になってくれているのだ。わざわざ自分から水を差すことはない。

「俺も占い、受けさせられたばぃ」代わりに、笑い話に転じた。思った通り、しのぶはけらけらと声を上げた。「初めはあんまりインチキ臭かったけん、鼻白んだばってん。『問題があるようだけど、間もなく解決する』とか告げられて、よぅ言うよ、て気分やったばってん」

「当たったわけやん、ホンマに」

そうなんよ、と応じた。「問題を引き起こしよる張本人が、帰ることになったたっちゃけんな。ほんなこつ解決に向けて動いてくれたわけたぃ」

「しやけど」しのぶが返した。「『帰りなさい』言ぅたんもそもそもは、その女なわけやろ」

はっ、とした。「そうたぃ、そうやった」

占い師が、俺の問題の元凶こそこの娘、と鋭く読んで先にこちらに「解決する」と告げ、然る後に娘に「帰りなさい」と言うことで事態の収拾を自ら作り出したのでは、というわけだった。さすがはしのぶ、疑り深い。占いなんぞに金輪際、騙されないのは彼女のような人間であろうことは、間違いない。

「ただなぁ、うーん」

あのような短時間でそこまで読むことができただろうか、との思いは強かった。

例えば俺の誕生日について訊くことで、家庭に問題があると推察するまでは可能だったろう。だが今回の問題の元凶は娘の家出にあり、そこを解消すれば自ずとこちらも解決に至る、とまで読むことは現実的に、可能か。もしそうだとしたらそれこそ、あの女の凄さは占い云々どころではない、と評価すべきだろう。

「疑い始めればキリあれへん、てか」しのぶがまたも軽く笑った。「それにホンマに、解決に向けて動き出してくれたんやモンな。感謝せなんだらあかんわ」

「そうそう。そげんこつたぃ」

「でもなぁ。占いされてる時、私も傍にいてたかったわぁ。匠さんの顔、見物《みもの》やったろうに、なぁ」

「勘弁せんね。傍から見たらさぞかし、目ぇ白黒させとったろうや」

けらけらと笑い、「ほんなら明日、会えるな。帰り、待っとうわ」言ってしのぶは通話を切った。

ほっ、と息をついた。

スマホをポケットに収めると匠は、車をスタートさせた。今夜は、祝杯だ。

ホテルに車を戻し、新宿に電車で出た。駅からゴールデン街までぶらぶら歩いた。祝杯を上げるなら、あそこしかない。

「あぁ」ドアを開けると、カウンターには知った顔が着いていた。新宿西警察署の土器手警部補。

「いやぁ、どうも。お久しぶりです」会釈して、隣に座った。

「やぁ、どうも」向こうも会釈を返して来た。「こちらに出て来られてましたか」

「えぇ、そうなんです」

応えながらどことなし、ぎこちなさを覚えた。そう言えば店内全体に、何かギスギスした空気が残っているような。何かあったのか。目で、マスターに尋ねた。

「いやぁ、何でもねぇよ」マスターは苦笑した。顎で警部補を差した。「ただご存知の通り俺は、こいつに頼りっ切りだからな。あんまり世話になりっ放しなんで、ちょっと気不味《きまず》さを覚えてただけなんだ」

「よく言うよ」警部補がグラスの残りを口の中に放り込んだ。「口先だけだ」

「何だ何だ、あんまりいい雰囲気じゃないいな」わざと戯《おど》けたように言った。「せっかく今日は、いいことがあった、ってのに」

「いいこと、って」マスターが反応した。「もしかして例の、家出娘の件か」

「そう。明日、九州に連れ帰ることができそうなんだよ」

経緯を説明した。占いの話題を出すと二人共、ぷっと吹き出した。

「問題の解決、ねぇ」マスターが言った。「まさにその通りになった、ってわけだ」

「そうなんだよ、上手いこと」

匠が家に帰れたとしても、問題の火種はまだまだ残るだろう。しのぶはギリギリまで屋台を手伝おうとするだろうし、親父が頑として反対する構図は何も変わってはいない。どちらを説得しようにも上手くいくとは思えない。全く自信はない。

それでも、だった。自分がこちらにいるままでは、説得すら話にならない。何とかしようとしている、ポーズすら作れない。問題の構図はそのままでも、形としてはかなり改善される筈だった。何と言っても妊婦を一人で働かせている、状態が解消されるだけで、大きい。

「福岡に帰れるようになった。それだけで、いい話だ」警部補も言った。「それはもう、祝杯を上げなきゃな」

三人で乾杯した。

マスターと警部補との間で何があったのか、は知らない。ただこちらの話題のお陰で、嫌な雰囲気が薄れてくれたのは確かなようだった。これもまた、事態好転の一つだろう。

「一杯目はぐっと呑み干しちまいなよ」マスターが言った。「あんたを苦しめてたの、娘の嵌まったスピリチュアルとか何とかいう奴だったんだろ」顎で今度は、こっちのグラスを示した。「そいつも、スピリッツだからよ」

「あぁ」スピリットとはもともと魂、精神とかを指す言葉だが。蒸留酒のことも確かにスピリットと呼ぶ。「成程ね。上手いことを言うモンだね、マスター」

「ただよぅ」警部補が突っ込んだ。「我が国の酒税法じゃスピリッツたぁ、焼酎とかウィスキー、ブランデー以外の蒸留酒を指すんだぜ」確かにバーボンは、ウィスキーだ。

「混ぜっ返《け》ぇすなよ」マスターが反論した。「酒税法の分類なんて、知ったことか。この街は、法なんて代物の枠外にある」

「警官の前で吐く言葉かね」

「じゃぁお前がこの街に足ぃ踏み入れること自体、アウツ、ってわけだ」

「違《ちげ》ぇねぇ、かもな」

笑い合った。

実は、とマスターが話題を切り替えた。驚いた。田所との仕事がふいになったというのだ。……いや、驚くよりはやっぱりな、の方が本音に近かったか。

「余計な仕事、持ち込んで迷惑かけちまったかな、マスター」

「いや、ゆげ福に罪はどこにもねぇよ。一番、悪《わり》ぃのは間違いなくこの俺自身だ」

「とは言っても、金にもならねぇのに無駄な時間、過ごさせちまった」

「まぁ、いいよ。それより期せずして、銃をぶっ放す機会も得た。嫌な野郎とつき合うのも終わりで、二重の意味で胸が透く思いだ」

「そのために俺が」警部補が口を挟んだ。「また、苦労を」

「もう、いいじゃねぇか。終わった話だろ。しつけぇな」

「終わっちゃいねぇよ」

どうやら最初の、ギスギスした雰囲気はその件のせいらしかった。そう言えばマスターが銃をぶっ放したとか言っていたが、弾丸の調達先はこの警部補だった筈だ。恐らくその辺に触れる話なんだろう。

マスターがCDを取り替えた。流れ出したのはルイ・アームストロングの『この素晴らしき世界』だった。

有難うよ。マスターが小さくウィンクした。やはり俺が来てくれたお陰で救われた、と感じているのだ。ただ、今の感じだと問題の根っこは残ったままなのだろう。これで解決、には程遠いのだろう。

だが、いいんじゃないか。まずは空気が和やかになることが重要なのだ。二人だけだと確執が晴れなくとも、第三者が加わると何となく、緩む。

問題が残ったままなのは、こっちだって同様だ。我が家もそうだし、柱谷の件だって。全てが解決したわけでは決してない。

玲美はまた、家を出るかも知れない。いや多分、出るだろう、十中八九。そうしたらまた、俺にも声が掛かる。しのぶに屋台を任せる事態だって、再燃する。

しかし今は、そんな風に思いを向けるのは止《や》めておこう。せっかくいい方向に転じているのだ。余計なことを考えて、気分に水を差すこともない。

「And I think to myself

What a wonderful world……」

フォア・ローゼスのソーダ割を口に含む。バーボン特有の焦臭さと甘さが舌を喜ばす。サッチモの嗄れた声が耳を、震わす。

あぁ、いいな。身体の芯から心地よくなって来た。マスターの吹かす煙草の煙すらが、いい匂いに感じられた。俺も吸いたいな。心から、思った。

What a wonderful world。何て素晴らしい世界だろう。あぁ、その通り。

明日からはきっと、いいことが続く。理由もなく確信している、自分がいた。

四日目｜五月二十四日

21

目が覚めた。起こされた。スマホの着信音だ。普段は寝る時に電源は切るのだが、昨夜は忘れていたらしい。

カウンターの上に横たわったままオダケンは、枕許《まくらもと》（と言うのか、この場合？）のスマホを手に取った。通話アイコンをタップし、耳に当てた。「あぁ、私だ」聞くだけで不愉快になる声。田所だった。

「何だよ」昨夜は楽しかった。土器手とギクシャクしていたところにゆげ福が来てくれ、雰囲気は好転した。おまけに彼にもいいことがあった――懸案が取り除かれ、博多に帰れるという話だった。乾杯を重ね、和んだ。今もいい気分が続いている。こんな奴の声を聞きたい心持ちではなかった。まぁそれは、どのような局面においてもそうだろうけども。「俺は、お役御免じゃなかったのかよ」

「あぁ、昨日は私も少し感情的になっていたようだ」妙に謙虚だった。気味が悪いくらいだった。

「君に不必要なことを口走ってしまった。大いに自省している」

「何かあったのか」

「どうしたんだよ」戸惑った。嫌味以外を口にしている、田所など想像もつかない。「あぁ、いや。ただ、忸怩《じくじ》たる思いでいるというだけだ。だから許して欲しい。昨日の私の言葉は忘れてこれまで同様、我々の目と耳になって事件現場を回って欲しい」

ふざけるな。あれだけ好き放題、言いやがって。今更、許してくれもクソもあるか。怒鳴り倒してやりたいところだった。が、言い留まった。やはりまだ、昨夜のいい気分から覚め切っていないのだろうか。

「あぁ、まぁな」上半身を起こした。「あんたが、そう言うなら」

考えてみればカメラや通信機器を返すために一度は、あの大学を再訪しなければならなかった。どれだけ嫌だろうと田所の顔をもう一度、拝む事態は避けられなかった。

喧嘩別れをしていたままでは思わず、機器を投げ返してしまうかも知れない。壊せば弁償を迫られる。決して安いものではない。おまけにこのままでは報酬は一切、払われはしないのだ。金にならないどころか、出費だけが嵩《かさ》む。

「そうか。助かる」

「これからコーヒーを飲んで目を覚ます。動くのは、それからになるが、いいか」

「あぁ、構わない」

まだ回っていない現場は、三地点。小石川の蒟蒻閻魔と、牛込地区の二ヵ所だ。事件の起きた順番から言えば小石川の方が先になるが、ここから行くなら牛込の方が手前に位置する。時間がないので効率よく回るため、そちらに先に行っていいということになった。

そこまで取り決めて、通話を切った。何だか今日の田所は、こちらに譲ってばっかりだ。

ふぅ、と息をついた。金のためだけにあんな奴に協力する。そいつを振り切ったことも昨日、気分がよかった理由の一つではあった。なのにたったの一晩で、同じところに戻ったことになる。だがさして、気にならなかった。金が手に入って悪いことは何もない。素直に受け止めている自分がいた。これも心地よく杯を交わした、昨夜が引き続いている効用だろうか。

カウンターから滑り降り、コーヒーを淹れる支度に取り掛かった。

どうしたんだろうな、あいつ。湯を沸かし、コーヒー豆をミルで挽きながらどうにも気になった。田所があそこまで、下手に出るなんて。いったい何があったんだろうか。

＊

「大変、申し訳ありません」砥部教授が謝罪した。「先生にこんな、屈辱的なことをさせる羽目になって」

一つ大きく深呼吸した。そうでないとついつい、感情が迸《ほとばし》ってしまいそうだったからだ。「まぁ、仕方がないですよ」何とか平静を装って、言った。できた自分を褒めたいくらいだった。「我々に動き回る手段がないことは、事実なんですし」

秦帆がいない。今朝、東勢大の砥部研究室に来てみると、様子がおかしかった。いるのは教授、一人切りだった。これまでにない異質な雰囲気だった。「どうしたんです」

「分からないのです」戸惑っているのは明らかだった。「いつもなら彼が朝一番にやって来て、鍵を開けて待っているのですが」

「今朝は、出て来ていなかった」連絡はなかったのか、などと無駄な質問をする気はなかった。あったのならこのように取り乱している筈もない。「それは、ふぅむ」

「電話をしてみたが反応はない。こんなことは初めてです。いったいどうしたんだろう」彼に何があったのか。まさか、犯人に襲われた？　それはなかろうとは思うものの、ではどうしたのか。いい仮説は、何も浮かばない。「事故にでも遭ったのではないだろうか。ちょっと心配です」

「今日は彼に、あの男の代わりに事件現場を回ってもらう算段だった」田所が指摘した。「それが実は嫌だった。拒否できなかったから音信不通に逃げ込んだ、ということはありませんかな」

「まさか」首を振った。「もしそうならはっきり、あの時点で言っている筈でしょう。子供ではあるまいし」

「まぁ、そうですな」確かに極度に気後れのする人間ならまだしも、快活で明敏な彼のような男がそんな子供じみた反応をするとは、ちょっと想像もつかない。「しかしでは、どういうことだろう。電話にも出られない程の事故、であったとすれば、ちょっと」

「心配です」教授は繰り返した。「ただ、だからと言ってここで気を揉んでばかりいても、何にもならない」

「まぁ、そうですな」田所も繰り返した。「我々は我々で時間を有効に使わなければならない」

そうなると採られる手は限られていた。あの男に頼む。昨日の馘首を取り消し、謝罪した上でもう一度、現場を回って欲しいと懇願する。屈辱、以外の何物でもない。

せっかく昨日、あんな奴と縁を切ることができて解放感を味わえたのに、な。懐かしく思い出された。その後の議論も有意義なものとなった。あの食堂での夕食も、堪能した。それが――。幸せな時間も、短命に終わってしまったということか。

だがまぁ考えてみれば、カメラや通信機器はまだあの男の手元にあるのだ。持って来させるのも時間が掛かる。秦帆がいればまず取りに行かせて、それから現場に直行させるという段取りになったろうが。いずれにせよいったん、あの男に連絡を入れるという手順は避けられなかった。それが恥辱的な内容になっただけ、と割り切るしかない。

大きく深呼吸してあの男のスマートフォンを呼び出した。不通、という事態も大いに考えられたが意外や意外、直ぐに出た。とにかく下手《したて》に出てもう一度、協力を依頼した。歯噛みしそうになったが何とか、堪えた。

「申し訳ありません」教授がもう一度、謝罪した。「うちの助手のせいで、先生にこんなことを強いてしまって」

「まぁ、終わったことです」平静を装い続けた。「それに確かに、心配だ。彼に何が起こったのか」

「まぁその内、分かることでしょう」教授は小さく首を振った。「最悪のケースだったとしても、何らかの連絡は、いずれ」

「さぁさぁ、憂慮はここまでだ」田所はパンパン、と手を打ち鳴らした。殊更、快活な声を発した。身体を動かすことで気を紛らわすしかない。秦帆の身に何があったのか。危惧ばかりしていても、何も生まれはしない。教授の言う通りだ。「あの男が現地に着いて、連絡して来るまでに。こちらはそれを受ける、最低限の準備はしておかねば」

地図その他の資料を取り出して、テーブルに広げた。これまでは全て、秦帆がやってくれていた。いなくなってみれば自分達でやるしかない。不便なものだ。思い知った。

本当に彼の身に何があったというのか。またも懸念が浮かびそうになって、慌てて振り払った。

＊

コーヒーを飲んで目を覚ますと店を出た。花園神社に行ってヤマハSEROW250に跨り、発進させた。明治通りを北へ向かい、新宿七丁目の交差点で右折した。抜弁天通りの坂を駆け上がり、大久保通りに達した。ここまでは一昨日、小日向に行った時と同じだ。

違うのはここからで、大久保通りを突っ切ることなく、緩く右折して合流した。市谷柳町の交差点まで来て、左折した。外苑東通りに入った。

この辺りは最近、拡幅工事が続いていて走り難い。ただ、左折して直ぐまた脇の道に折れたのであまり気にする必要はなかった。この近辺が今日、最初に探索するべき第四の現場らしい。

バイクを適当なところに停め、ヘルメットを取った。代わりにヘッドセットを装着し、田所に連絡を入れた。「着いたぜ」

そちらの位置はGPSで摑んでいる、などと嫌味を返されることもなかった。「あぁ、そこ。その路地だ」教授の声が先に飛び込んで来た。「まずはその路地伝いに、先へ行って欲しい」

「あぁよ。分かった」

外苑東通りの一つ西側、ほぼ平行に走っている路地のようだった。ただ、微妙なカーブを描いている。大通りに接して小さな墓地があったが、その敷地を縁取るように道は続いていた。

「あぁ、これだ。この道が元、川だったに違いない」

「暗渠《あんきょ》、ということですか」

「そうそう。この緩やかなカーブ。いかにも元、川という感じだ」

教授と田所との遣り取りがヘッドセットに入って来る。アンキョなら知識があった。上に蓋をされてしまった、川や水路のことだ。元々湿地が多く、小さな河川が無数に流れていたところが急速に市街地化された東京には、あちこちに存在する。するとこの道が昔は、川だったということか。

ちなみに逆に蓋をされることなく、水面が見える状態のことは「開渠」という。

「おぅ、そこだ。いったんそこで、止まって欲しい」教授の声に、従った。「あぁ、この地点だな。ここから先が、根来百人組の敷地になっている」どうやら古地図と現在、オダケンの立っているところとを見比べているらしい。「敷地との境に架かっていた橋だからこそ、『根来橋』の名前がついた。つまり件の橋は、ここにあったと見てよいのではなかろうか」

「あの、教授」田所が窘めていた。「荷風の記した橋がどこにあったのか、はこの際」

笑ってしまいそうになった。永井荷風のファンである教授は、エッセイに書かれていた場所を実際に見てしばしば興奮する。脱線しそうになる、事件現場の捜索とは関係のない方向に。一昨日、森鷗外の邸跡に行った時もそうだった。そこのところでいつも、田所と衝突するのだ。

「現場の方へ行くのを急ぐか」水を向けた。こっちだって教授の趣味に、いつまでもつき合っちゃぁいられない。

「あぁ、そうだな」救われたように田所が応じた。「その先だ。そこから、左へ入ってくれ」

上り坂になっていた。上がった先を、指示された通り今度は右へ行くと、細い路地に行き当たった。「そこだ。路地に入った先が、現場だ」

路地に入ると、アパートがあった。建物の前に置かれた共用のゴミ箱が破損したままだった。プラスチック製の側面が大きく裂けており、中のゴミが覗いていた。この時の事件ではこの中に、例の発火装置が放り込まれていたらしい。壊れはしたがまだ替えのものは購入しておらず、そのまま使っているということだろう。

「この場をじっくり、撮ってみるか」

「いや、それより路地を先に抜けてくれ。もう一方の入り口をまずは見たい」

言われた通りにするとまたも、二人の会話が聞こえた。

「〝開通小路〟だ、まさに」

「しかも高低差があり、道も微妙に折れ曲がっている。入り口から、奥の現場は見通し辛い。まさに犯人の好みに合致している場所、と言えそうですな」

「この高低差による見通しの悪さは地図を眺めただけでは、なかなか分からない。やはり一度は下見をしていた、と見た方がいいと思います」

「昨日、田所先生の指摘された通りですな」

はっきり言って何の話をしているのか、よく分からない。カイ、ツウ、コウ、ジもピンと来ない。開通工事？　どこかからどこかへ抜ける、工事でもあった、というのか。

まぁ、どうでもよかった。こっちはただ、指示された通りに動くだけだ。それで、収入になる。操り人形にでもなった心地だった。

それに今日は、嫌味を言われずにいるのも、いい。腹立ちを金のために抑え込んでばかりいては、プライドが傷つく。そうでないことに、小さく感謝した。

＊

第四の現場――弁天町、界隈のフィールド・ワークを終え第五の現場――牛込御徒町へと移動させた。もっともこの呼び名は旧名で、今は新宿区北町、中町……などという町名になっている。

「新旧の地図を照らし合わせて予想がついた通り」教授が言った。「やはり町割は、当時とあまり変わってはいないようですな」

江戸切絵図を見るとここには昔、武家屋敷が並んでいた。大名から下級武士まで、様々な階層が住んでいたらしかった。

「今も比較的」田所は応えて言った。「大きな邸宅が多いように見えますな」

「明治維新で武士がいなくなった敷地を基本的にそのまま使っている、ということなんでしょう。区立の小学校や、中学校もある。これもある程度まとまった敷地が取れた、証拠のようなものです」

通りは北から南へ、ほぼ平行して並んでいる。そこを、アミダを辿るように歩かせた。映像が刻々、移り変わってこちらに届いた。時折、宅地と宅地の間に公園があった。

「ふむ。荷風の書いていた通り、『昔は旗本の屋敷らしい邸内の』そこここに大樹が見えるな。ただ――」教授が一息、ついて続けた。「銀杏は今のところ、まだないようだ」

確かに荷風の文章では、そうした邸内のあちこちに「銀杏の大樹の立っているのを見」たことになっている。ただだからと言って、本当に銀杏探しをされたのでは堪らない。精々が庭先に大木が覗き、当時の雰囲気が垣間見えればそれで充分ではないか。

だがそろそろ、窘めようかと逡巡していたところで「おぅ」と歓声が上がった。「あれは、銀杏ではないかな。あぁ、君きみ。ちょっと近づいてみてはくれないか」

カメラが上空を振り仰いだ。大樹を見上げる形になった。葉の形が綺麗に分かった。

「おぅおぅ、やっぱりそうだ。銀杏だ。やっとあったぞ。荷風の頃はあちこちにあったのだろうが、植え替えたりもされたんだろう。何と言っても百年、以上も経っているんだからな」

『日和下駄』は大正三年夏からほぼ一年間、雑誌『三田文学』に連載されたものだという。一九一四年だから百年以上、というわけだが相変わらず、田所からすればどうでもいい話に過ぎない。そろそろ本題に、と制そうとしたが、銀杏を見つけたことですっかり満足したようだった。ではいよいよそっちの路地に入ってくれ。教授の方からあの男に、現場へ向かうよう指示が飛んだ。

下り坂の途中だった。家並みの中に入り込む路地があった。第五の際はこの奥で、火災が発生したのだ。地の凹凸。〝開通小路〟。これまでと共通する条件が、またも揃っている。

「ここ、だな」あの男の声が飛び込んで来た。「今回も装置は、ゴミ箱の中に放り込まれてたんだな。こっちも前と同じに、まだ壊れたままだぜ」

「そちらの格子戸を、ちょっと映してくれないか」円所は指示した。映像を見て、続けた。「成程。ゴミ箱の位置からは、ちょっと離れている。爆風の影響を受けないように、という配慮だろう」この時はこの金属製の格子戸に、犯行予告はガムテープで貼りつけてあったのだ。

「分かっていた、ということですな。爆発の規模を」

「その通りです。然る上で、予告文を残す場所も吟味されている」

「下見に来ていた、ということですな、この時も。そうでなければこのような、最適な場所を素早く見つけることは難しい」

その通りです、と頷きながらまたも、犯人の二面性に思いが向いていた。狡知《こうち》と拙劣。どの犯行現場からも漂って来る。

「さて、と」

思いを振り切ってあの男に指示を出そうとした。が、先回りされてしまった。「先に路地の奥に抜けるか。もう一つの入り口。カイツウコウジ、とか、何とか」

「あぁ、そうだ」思わず吹き出しそうになっていた。「そこを見てみたい。頼む」

あの男との共同作業で初めて、諧謔《かいぎゃく》を覚えている自分がいた。勿論、仕事は和やかな雰囲気の中で行えた方がいいに決まっている。だがまさか、あのような男との、間で。このような空気が生じるなぞ、想像もしてはいなかった。

「あぁ、そこだ。そこの入り口のところを、じっくりと映してみてくれ」

「合点《がってん》だ」

まさか、あのような男との間で、な。電波を介して遣り取りしながら少なからず、可笑《おか》しみと同時に戸惑いがあった。

22

あぁ、イラつく。ムシャクシャする。腹の底から苦いものが湧き上がって来る。気分は、最悪だ。

樋野永理は荒々しく、歩き続けた。足の裏で一歩一歩、地面を蹴りつけている感じだった。こうなるともう、どうにもならない。自分を抑えることなんてできやしない。この後、どうなろうともう知ったことか!?

ある一定の時間が経つと、こうなる。ムシャクシャが身体の中で膨れ上がる。何かをブチ壊してやりたい衝動に駆られる。何かを爆破してやらない限り、こいつは収まりはしないのだ。どうすればいいか、は分かってる。目的地《ターゲット》に〝マシン〟を仕掛けるのだ。そうしてスーッと、その場から消える。するとさっきまでが不思議なくらい、気持ちが落ち着いてくれる。

分かってる。だから、止《や》められないのだ。

勿論、〝マシン〟が始動して火が起こり、爆発するところまでこの目で見られれば、最高だろう。だがさすがにそこまではムリだった。仕掛ければ足速に立ち去るだけだった。きっとこんな風に吹っ飛んだろう、と想像して楽しむまでしかできなかった。

それでもいいのだった。俺の仕掛けのお陰で他人の物がぶっ壊れた。分かるだけで、清々した。身体の中に溜まっていたムシャクシャが、一瞬で消え失せてくれた。

だがそいつが保つのも、一定の時間まで、なのだ。暫くするとまたムシャクシャが溜まり出す。直ぐに、もうどうにも抑えようがなくなって来る。

ただ、今回は違った。時間のせいばかりではなかった。樋野には自分で、分かっていた。

ただし何のせいであろうと、また〝マシン〟を始動させなければ収まりがつかないのは、同じだ。

やってやる。

もう、やらずにはいられない。この後どうなろうと、知ったことか、ってんだ!!

＊

牛込地区二ヵ所の撮影を終え、オダケンは次へ移動した。事件発生の順番からすれば前後するが、次は小石川の蒟蒻閻魔。江戸時代、老婆が目を治してもらったお礼に、と閻魔様に蒟蒻をお供えしたのが始まりらしい。

移動も楽だった。大久保通りをそのまま先に飯田橋の方へ向かい、筑土八幡町《つくど》の交差点で左折。最近、出来たばかりの広い車道で神田川を渡り、後楽園の裏を抜けて東京ドームの前で左折すれば、そのまま千川《せんかわ》通りに突入する。「蒟蒻閻魔」こと源覚寺は、この道沿いにある。

ただし今回も用があるのは裏路地らしく、寺の手前の小道を左に入った。バイクを停めると指示された通り、その先の路地から撮影を始めた。

「おぉ、これだ」またも教授の、興奮した声が飛び込んで来た。「この、カーブの具合。川の跡に違いない」ここもまた暗渠、ということらしい。「廃址がこの辺りに並んでいた。『日和下駄』に即すればそうなるが、さすがに当時のものは残ってはいまい。しかし成程、未だ古い建物も多そうだな。荷風の描いた町並みを、雰囲気だけでも味わうことはできそうだ」

そろそろじゃないか、と思ったら案の定、田所が突っ込んでいた。「教授！」予想通りのタイミングに、笑ってしまいそうになった。

「あ、あぁ。申し訳ない。しかし犯人が荷風ファンだったと仮定するなら、彼もまたこの光景を楽しんだかも知れませんぞ」

「森鷗外記念館の時にも、その話はしたではありませんか。仮に荷風ファンであったとしても、現在の東京には往時の面影などもう殆ど失われている。何度も来たがるまでの魅力は、最早ない」

「いや、しかし。ふぅむ、まぁ」

笑いを堪えながら、オダケンは先を進んだ。「おや、こんなところに区民センターがあるみたいだぜ」見つけて、言った。「何だこれ。変わった名前だな」施設名は、『礫川《れきせん》地域活動センター』と書かれていた。「川、って字がついてるぞ。やっぱりこの道も暗渠だつた、証《あかし》なんじゃねぇのか」

少しばかり教授に、同情する気持ちも湧いていたのかも知れない。

「いや」だが教授の声は力ないままだった。「それは元々『れきせん』ではなく、『こいしかわ』と読んだ。『小石川』の別の表記なのだ。豊島区《としま》に端を発するその川は、小石が多かったことからその名がついた。今は通りの名を『千川通り』と呼ぶが、それもまた小石川の別名に過ぎない。この地区を代表する川で、地名にもなった。施設名は、そこから取られたものに過ぎない」何だかますます、気の毒なようにも感じられて来た。

「さぁさぁ」田所が急かすように言っていた。本当にこいつ、人の気持ちが通じない奴だ。「事件の現場はそこから近いぞ。目の前の路地を入ってくれ」

へぇへぇ、仰せの通りに。何だか分からないがこれも、カイツウコウジなんだろうか。オダケンは言われるがまま、路地の奥へと足を踏み入れた。ここでもまたきっと、まずはもう一方の入り口まで歩かされることだろう。

＊

もう、どうとでもなりやがれ！　ヤケな気分は続いていた。むしろどんどん、身体の中で大きくなって行った。

これまではバレる心配を最大限に抑えるため、慎重に行動していた。防犯カメラの位置を気にし、何度も帽子や上っ張りを取り替えたりしていた。

だがもう、どうでもいい。バレるならバレればいいじゃねぇか。

だから時間もどうでもよかった。夜だって昼間だって関係ねぇ。警官のパトロールを警戒して、暗闇の中で息を潜め行き過ぎるのを待ってから行動に移る、なんて小細工ももう止《や》めだ。とにかくやりたいからやりたい時に、やる。それだけだ。

場所もそうだった。何度か下見に行った、あそこ。扇橋。目的地《ターゲット》としては最高だった。やるならここでだな、と決めた。

だけど昨日、事故が起こった。車が暴走し、俺の方に向かって走って来た。幸い、バイクに乗った男が止めてくれたが、そいつの使っていたのは拳銃だった。そんなことがあったばかりの場所なのだ。

だから、近づかない方がいい。事故の調査をしている警察だってまだいるかも知れない。わざわざそんなところに行って、危険を犯す必要がどこにある。冷静な俺は、もう一方の俺を止めようとする。

知ったことか!? ムシャクシャを止められない方の俺は、突っ撥ねる。お巡りがいたって構わねぇ。その目と鼻の先で、大爆発を起こしてやらぁ。

樋野は東京メトロ有楽町線に乗り込んだ。都営新宿線に市ヶ谷で乗り換え、扇橋の方向へ向かった。後は選ぶのは、降りるのを菊川駅にするか、住吉駅か。それくらいのものだ。

＊

「えっ、次に行くのは扇橋? そいつはちょっと、マズいなぁ」指示を聞いて、思わず返した。

「あそこは、ちょっと。昨日の今日だし」

「何を言っている」田所の口調が荒れ始めていた。思えば今日、初めてのことかも知れない。それくらい本日の田所は、いつもとは違っていたのだ。なのにだんだん、元に戻りつつあるのかも。

「第一から第五までの、これまでの現場は回り終えた。次はいよいよ予告されている場所だ。当たり前のことではないか」

「ま、まぁ。そうなんだけどな。うーん」

「そもそも小田君。君のお陰で扇橋の映像は未だ、ちゃんと撮られてはいないのだぞ。本来なら昨日の内に、入手を終えていて然るべきだったのだ」

「ま、まぁ。そ、それはそうなんだが。しかし」

まぁこいつがイラつくのも、分からないではない。事情を知らないのだ。ただこちらに、言い返す術がないのも確かだった。何と反論して、言い負かすか。しかも理由を明かすことなく。できるとは到底、思えなかった。

そんなわけでオダケンは、扇橋行きを渋々飲まされた。

今回も行くルートは、複雑ではない。春日通りから本郷三丁目で本郷通りに右折すれば、後は道伝いに簡単に靖国通りに出られる。東に向かえば京葉道路となり、後は昨日と同じである。

現場に近づくにつれ、動悸が激しくなって来るのを自覚した。抑えることはできなかった。

警察にはとっくに、バレている。暴走した車を止めてくれた男がいた。だがそいつの使ったのは、拳銃だった。ではその男は、何者か。手繰る材料を入手すべく、現地では今も聞き込みが続けられているとしても、おかしくはない。そんなところにのこのこ、自分の方から飛び込む形になってしまうのだ。

京葉道路を東進し、大きな緑道を跨いだところで、右折した。緑道沿いの道を今度は南進し、大横川と小名木川の合流点を目指した、二日続けてやったように。

アクセルを緩めた。ここからは前日までと、違っていた。周りから不自然に思われない程度にまで速度を落とした。いないか。警察らしい姿は、見当たらないか。周囲に視線を飛ばした。慎重に気配を探した。

……何もない。どうやらこの辺りには、警官はいないようだ。

結局、バイクを停めた。ここから先は公園が途切れ、大横川の水面が顔を出す。バイクを長時間、放っておいてもさして気にしないでいいのはこの辺りまで、と言っていい。さすがにあの現場に、ライダーの格好のままで近づく気にはなれなかった。

ヘルメットを脱ぎ、バイクの側面に固定して歩き始めた。グローブも取ったし、靴はライダーブーツではない普通のスニーカーなので、これでバイクに乗ってやって来た男と見抜かれることはまずあるまい。手にしているのは、田所らの研究室との通信に使う例の機器だけだった。

「あの、済みません」現場にかなり近づいたところで、立ち話している主婦の二人連れがいたため、話し掛けた。周囲の現状を入手するなら、地元民に聞き込むのが一番だ。「ちょっといいですか。この辺りで昨日、事故があったって聞いたんだけど」

「あぁ、あれでしょ」案の定、彼女らは乗って来た。話し掛ける相手が一人だと、警戒されてしまう恐れもあるが、二人なら行けるだろうと踏んだのだ。「扇橋の工事の人が、運転しながら気を失ったらしい、って話」あのワンボックス・カーの運転手は、扇橋で何らかの工事に携わっていた人間だったのか。新情報まであっという間に手に入った。

「結構、車スピード出してたんでしょ」素知らぬ顔で話を進めた。「怪我した人はいなかったのかな」

「いなかった、って聞いたんだけど、ねぇ。ねぇ、貴女」連れも応じて頷いていた。

「運転手も、無事だったんだ」

「そう聞いたわよ。何だか急に、眠っちゃう病気か何かだったんですって」やっぱり昨日も思った通り、睡眠時無呼吸症候群とかいう奴か。それとも阿佐田哲也《あさだてつや》先生が罹患《りかん》していたことで有名な、あの病気かも知れない。とにかく昨日の主婦が指摘していた、脳卒中ではなかったのは確からしい。「だから目が覚めたら全然、何が起こったのか覚えてもいなかったんですって」

「過労もあったらしい、って聞いたわよ。夜、寝る暇もないくらいで。それで発症しちゃったんだ、とか」

「だってあんな被害、出しちゃったんだもの。関係者が私達に謝って回るのは、当たり前じゃない」

「そりゃまぁそうなんだけど、ねぇ」

聞くところによると扇橋では最近、工事中の不手際で水が溢れ周辺に浸水被害を出したのだそうだった。そのため工事の計画段階からの見直しを迫られ、同時に地元住民への謝罪と説明会を余儀なくされた。あの運転手はその仕事で疲れ果てており、運転中の発症の遠因にもなったと目されているらしい。

江戸時代からの水運の要衝《ようしょう》で、現代においても閘門まで設けて治水に努めざるを得ない。この地ならではの事故、と言うこともできるのかも知れなかった。

「怪我人はいなかったのかぁ」ただまぁ、事故と地元の因果関係なんて今は、どうでもいい。それより確認したいことがある。そっちの話題に持って行くため、オダケンは振った。「それならまぁ、よかったね」

「でもねぇ」やっぱりだ。彼女らの関心もそっちにある筈、と踏んだ通りだった。「何だか警察、根掘り葉掘り訊いて行った、っていうじゃない」

予想していた通りの答えが返って来たが、どきり、と胸が高鳴るのはどうしようもなかった。

「どういうこと」動揺を抑えて、話を続けた。「病気が原因で起こった事故で、怪我人もなかったんだろ。それなら何を、警察はそんなに気にしてるんだろう」

「そんなの私らに分かるわけないわよ」二人、同時に即応した。「とにかく近所で、『怪しい人を見なかったか』あちこち尋ねて回ってた、って話」

「それも尋ねてたのは、『バイクに乗ってた男』についてだった、って聞いたわ。『こんな人物を見掛けなかったか』って、警察からしつこく訊かれたって」

「バイクに乗ってた、怪しい奴」そいつは俺だ。重々、自覚しながら質問を続けた。途中で停めて来てよかった、と思い知った。「そいつ、何なんだろう。事故と、どういう関係があるんだろう」

「そんなの分からないわよ」

「だって運転手は、病気だったんだろ。バイクの男が何かして車、暴走したわけじゃないんだろ」

「そうらしいんだけど、ねぇ」

「あ、でも聞いたわ」一人が言った。「噂ではそのバイクの人が、車を止めた、って話」

さすがだ。近所の噂ではそこまで知れ渡ってる。「車を暴走させたんじゃなくて、止めた奴なんだ。でも何で警察が、そいつを探してるんだ」

「だからそんなの、分からない、って」

それはそうだ。拳銃がどうのなんて情報、警察の方からわざわざ住民に知らせるわけがない。何も教えることなく質問だけする。それがあいつらのやり方なのだ。ちょっと戯けた口調に変えた。

「もしかしてそいつを表彰したくて、探してる、とか」

「そんな感じじゃなかったらしいんだけど、ねぇ」

「で」いよいよ一番、訊きたかったことだ。「警察は今も聞き込み、続けてんの」

「いやぁ」二人、同時に首を振った。「もう、いなくなっちゃったみたいだけど、ねぇ。昼過ぎまではそこら中で姿、見掛けたけど」

最も入り用だった情報は手に入った。少しばかり、安心した。「色々、教えてくれて有難う。急に話し掛けたりして、済みませんでした」

「いぃえぇ」

主婦らは再び、二人だけのお喋りに立ち返った。もうこちらの存在など頭から半分方、消え失せていることだろう。

軽く会釈して、その場を後にした。現場に乗り込むには何より、事前に情報を仕入れておくことだ。リスクは、減らせるものは減らしておくに限るのは言うまでもない。

＊

〝開通小路〟、本当にそれでよいのか。葛藤は、続いていた。もしかしたらこれまでのは全て引っ掛けで、こちらを誤誘導するために敢えて仕掛けられたものだったのではないのか。

田所の目の前には、深川周辺の大きな地図が広げられていた。これまでの現場とは違い、周辺に地面の凹凸はない。元々この一帯は埋立地なのだ。だから坂がない。道の上り下りに対する忌避心理など考慮に入れる必要はなく、田所の開発したソフトウェア抜きで普通に地図を眺めればいい。

そしてこうして見た限り、どこより犯人好みと思われる路地は、これだった。既に火災の発生した現場、五ヵ所と同じ条件が揃っていた。これまでの現場から推察できる犯人の行動パターンに最も適合している。ここが次の放火場所として選ばれる蓋然性は最も、高い。

だからこそ、迷いがあった。

犯人の、二面性。知性と稚拙。全てが罠だったとしたら、どうか。こちらを欺くためにわざと、愚昧さを演出して見せた。油断させておいていよいよ、本領を発揮する。こちらの予想と全く違うところで堂々と、本懐を遂げる。

「どうしました、先生」

教授に話し掛けられ、「あぁ、いや」と首を振った。「何でもありません」

胸に引っ掛かって取れないのは、第一の現場だった。昨日、ここで教授や秦帆を前にして言った通りだ。犯人は明らかに、第一の現場を事前に知っていた。防犯カメラの位置も押さえていた。だからあれこそ真の狙いだったのでは、との仮説は拭い難く胸に残る。そうだとするならばこれまでが全てミスリード、などと想定する必要はなくなる。

あの時、教授も言った通り「そこまでやるだろうか」との疑義もある。第一の現場を誤魔化すために延々、事件をこれだけ引き延ばすだろうか。当然、その指摘にも頷ける。

同じことは今回でも言うことができた。次回の、第六の事件こそが本懐。しかしならばそれを誤魔化すためだけに、五つも不必要な事件を起こすだろうか。わざわざ事前に警察の目を引くような真似をするだろうか。

やはりこの犯人は単なる偏執狂で、妙な自己顕示欲を満たすために放火を続けているだけ。狡知と稚拙が入り混じって見えるのは単なる、偶然。確かにそれが、最も可能性の高い仮説ではある。もしかしたら秦帆が挙げていた、二重人格説が当たっているのかも知れない。

「くそっ、遅いな」教授の声に、振り向いた。「何をモタモタしているんだろう」

あの男の位置を示すGPS情報だった。どうやら目的地の近くまで達することなく、離れたところでバイクを降りてしまったようだ。歩いて現地へ向かい、しかも途中で立ち止まっている様子だという。

「あぁ、漸くまた動き始めたぞ。しかしどうして、歩いているんだろう。全くもう、あの男と来たら相変わらず」

だがお陰で期せずして、時間をもらえた。田所は思った。逡巡する余裕を得た。

よし。腹を決めた。とにかくまずは、蓋然性の高いと思われる場所を見ておくことだ。全く違う地点で事件を起こされれば、プロファイラーとしてのプライドは傷つくが。致命的ミス、というわけではない。

それにまだ、三日ある。第五の事件発生から、今日で四日目。これまでのパターンで言うなら事件と事件の間隔は平均七日、空いているのだ。必ずしもそれに従うと決まったわけではないし、全てがミスリードだったとするならまんまと騙されることになってしまうが。まぁこれも同じことだ。今のところ最も可能性の高いと思われる仮説に立って、動く。それが一番いい。

よし。もう一度、自分に言い聞かせた。現地に着いたらあの男には、既定通りこの路地を撮影させよう。

*

「何、オジサン。テレビ局の人?」話し掛けられて、オダケンは振り向いた。「もしかして、昨日の事故のこと」

少年だった。小学校三、四年くらいか。学校帰りか、ランドセルを背負っていた。ヘッドセットを頭に装着し、ビデオカメラを手にしているのだから成程、傍目にはテレビ関係者に見えたとしてもおかしくはない。

「あぁ、いや」と首を振った。昨日の現場の近くまで来てみたが主婦の言葉通り、周りに警官の姿は見当たらなかった。ほっと胸を撫で下ろした。今の内に、と急いでカメラを回す準備を始めた。そこに、話し掛けられたのだ。「オジサンは、違うけど。でもやっぱり、テレビの人達は来てたのかい。昨日の事故のことはやっぱり、話題になってた?」

「テレビの人は昨日、来てたよ。事故があったから、って。お母さんも『怖いわねぇ』って言ってた。『学校の行き帰りには気をつけるのよ』って」

「警官……お巡りさんは」

「お巡りさんは、そうだな。今日の方が多かったかな。僕のうちにも今朝、何か訊きに来てたよ」

事故を起こした車のタイヤから銃弾が見つかった。それで本格的に捜査が開始されたのが今日、ってわけだ。時間的には、符合している。

「まだいるのかな、お巡りさん」

「もう、いなくなったみたいだね。僕は今まで学校だったから、よく分からないけど」

まぁ、そりゃそうだ。人海戦術で周囲の聞き込みに当たったが、成果を得られずいったん引き上げた。丁度そのタイミングだったのだろう。昼間、いる住民からはあらかた話を聞いたため今度は夜、帰って来る住民を対象として再び聞き込みを掛ける積もりなのかも知れない。今はその狭間、ってわけだ。

「そう。教えてくれて有難うな、坊主」少年に言って手を振った。「お母ちゃんにも言われたみたいだけど、車には気をつけてな」

「うん。じゃぁね」

少年は路地に歩き去った。田所からこれまでも指示されていた、〝カイツウコウジ〟。多分あそこに自分も行かされるんだろうな、と道の入り口の感じから見当がついた。

さぁ、着いたぜ。カメラの準備も整った。いざ田所に連絡を入れようとして、気がついた。

人影。通りのかなり向こうだ。立って、こちらを見ている男がいる。

＊

見ろ！

樋野は天に向かって叫んでやりたい心地だった。

目的地《ターゲット》まで来てみたが、お巡りの姿は一人も見掛けることはなかった。それどころか、通行人も。もしかしたら昨日の事故のせいでビビって皆、家に引っ込んでいるのかも知れないぞ。

お陰で昼間なのに誰にも会うこともなく、目的地《ターゲット》に辿り着くことができた。こんなの、これまでの下見でも初めてだった。この辺りには気をつけなきゃいけない防犯カメラは、ない。分かっているから帽子や上っ張りを取り替える、なんて手間を掛ける必要もなかった。これはきっと天が、俺に今日やれ、と言っているのだ。そうなのに違いない。

また、今日の〝マシン〟は特別製だった。いつものように花火を解して火薬を取り出し、瓶に詰めたがそいつを普段より、ずっと大量にした。ガソリンもずっと増やした。

こいつが発火すれば派手に吹っ飛ぶ。これまでとは、比べ物にならない大爆発になる。近くに人間がいればそいつもタダでは済まない。大怪我するか、ヘタすれば死ぬだろう。構わない。天がやれと言っているのだ。人に被害が出ればそいつも、天の定めた運命、って奴だ。

最初から決めてた通り、路地奥のコーポの前に置かれたゴミ箱に〝マシン〟を放り込んだ。これまではプラスチック製ばかりだったが、今回のゴミ箱は金属製だ。だが今日の〝マシン〟は強力だから、金属製でも構わない。むしろ一瞬で温度が急上昇するため、気密性が高い方が爆発もデッカくなる。粉々に吹っ飛んで破片が派手に飛び散るだろう。あぁ、ワクワクする。

そのまま、足早に立ち去った。これまでのように予告状を残すこともしなかった。あんなの、もう止《や》めだ。馬鹿な遊びに過ぎなかった。元のやり方に戻った方が、ずっといい。

路地をもう一方に抜け、車道に出た。

ふ、と立ち止まった。通りのずっと向こうに、人の姿がある。今日、ここに至って初めて見掛けた人影だった。どうやら子供と立ち話している。

話は終わったらしく、子供は歩き去った。あの路地に、向こうの方から入って行った。タイミングからしてあの子はタダでは済むまい。今日の〝マシン〟は、直ぐ着火するように作ってあるからだ。導火線に繋いだ蚊取り線香は、物凄く短くしてあった。

子供と話していた人影が腰を伸ばした。何かを持ち直そうとして、ふとこちらを向いた。

かなりの距離がある。

が、悟った。

あの男だ。暴走した車を拳銃で止めた、あの男だった。

＊

距離は、かなりある。

が、分かった。

あいつだ。昨日、車の暴走する道の真ん中に立ち尽くしていた。俺が止めなければ、死んでいた。

止めた後、歩み寄ったら尻餅を突いていた。ショックが酷かったのだろう。それは分かる。普通そうだろう、と納得した。

通りの向こうでこちらを見ていたのは、あいつだったのだ。

見詰め合ったのは一瞬、だった。だが向こうも気づいたのが、伝わった。慌てたように踵を返し、逃げ始めた。

ヤバい――

本能が告げた。分かった。奴を追う、どころじゃない。さっきの坊主が、危ない。

路地に飛び込んだ。少年の後を追った。

路地に入って角を曲がると、その背中が見えた。右手奥の、三階建てのコーポに向かっているようだった。あそこが家なのだろう。

だがそのコーポの入り口脇に、ゴミ箱が見えた。これまでの現場では発火装置は、ゴミ箱の中に放り込まれているケースが多かった。現についさっき、見て来た現場でも壊れたゴミ箱を目《ま》の当《あ》たりにした。まだ買い替えもできず、使い続けているらしかった。

今回のゴミ箱はこれまでと違い、金属製のようだった。だが爆発が、従来と同じ規模だと誰が言える？　犯人が気紛れに、今回の発火装置は強力なものにしてしまっていた、としたら。おまけに今日はまだ昼間。犯人は既に、従来の行動パターンを外れているではないか。

「坊主！」叫んだ。「危ない、逃げろっ!!」

聞こえたようだった。少年は驚いたように立ち止まった。振り向いた。視線が交錯した。

呆気に取られて立ち尽くしていた。それはそうだろう。さっき話したオジサンが、血相を変えて走り寄って来る。何が起こったんだろう!?　状況が掴めず、戸惑っているのは当たり前だった。既に丁度、件のゴミ箱の前に来ていた。そこに、ぽつんと立ち尽くしていた。

「逃げろ」叫びながら走った。「そこから離れろ。逃げるんだっ!!」

息が切れた。

走るのなんて、何年ぶりだろう。ジョギング・レベルならまだしも、必死で駆けたのなんてヘタすると、十年以上もないかも知れない。おまけに煙草は毎日、一箱と言わずに吸っている。

息が切れた。脚がもつれそうだった。

必死で走ろうとするが、身体が利いてくれない。前に進んでくれない。坊主の姿が近づいて来てはいるが、そいつはゆっくり、ゆっくりとに過ぎなかった。

くそっ。ダメだ。こんなのじゃ間に合わない。

全力を、走ることに傾注した。だが身体が利いてはくれなかった。息が切れる、どころではない。止まってしまいそうだった。心臓も爆発、寸前だった。

やっと少年の立ち尽くす位置まで達した。右目の視線が件のゴミ箱を掠めて行った。

「おいでっ！」右腕を伸ばし、彼を抱え上げた。そのまま走り続けた。

だが少年と言っても、重い。自分の体重だけでも難儀していたのだ。そこに彼の重みまでが加わった。スピードは更に遅く、遅くなった。周囲の光景が動かない。少しでも遠くへ離れていなければならないというのに。これではまるで亀の歩みだった。いや、亀だってもっと早く歩いているかも。

息ができない。身体が動かない。前へ進めない。

汗が目に流れ込んだ。視界が滲んだ。

くそっ。間に合わない。

次の瞬間、背後の世界が炸裂《さくれつ》した。

23

いったいどういうことだ。戸惑いしかなかった。全身を満たしていた。思わず、声にも出してしまっていた。

「想像もつきません」砥部教授もただただ、戸惑いの中にいた。ついつい声に出してしまっているのも、同じだった。「何故、こんなことに。犯人は、いったいどうして」

深川扇橋。そこで、爆破事件が発生した。これまでの、放火に毛が生えたものとは比べ物にならない規模の爆発だった。

規模だけではない。何も彼《か》もが異例だった。前回の事件から、四日目。これまでのパターンからすれば、あまりに短過ぎる。

おまけに発生は、昼間。次の場所を予告し、警官の夜間パトロールの合間を縫って慎重に実行に移していたのとは、対照的だ。発覚する危険はこれまた、比べ物にもなるまい。

「今回は予告状も残されていなかった、という」教授が言った。「こうまで違うと最早、違う犯人の仕業なのではないかと思えるくらいですよ」

「しかし犯行現場は予告の通り、だった」田所が指摘した。本音で言えば教授と同じく、動揺を全身で露わにしたいくらいだった。「しかも我々のプロファイリング通り、犯人が好むであろうと目をつけていた路地でまさに、発生した。これが全く関係のない別人、という確率はかなり低いと見なければなりますまい」

「そ、それはそうです。しかし」

「発火の仕掛けが手に入るのは、まだ少し先になるでしょう」動揺を押し隠し続けた。爆発の規模が大きく、被害もかなりのものだと聞く。遺留品の分析ができるのは、まだまだ先と諦めざるを得なかった。「それを見れば犯人の同一性は、疑う余地もなくなるでしょうが」

タクシーの中だった。研究室を出、深川の救急病院に向かっていた。

爆発はまさに、あの男の目の前で発生した、という。病院に運び込まれたと聞いたので、まずはそちらの様子を確認するのが先決と判断した。

「容態は、どんな感じなのでしょうか」

「さぁ」首を振った。「連絡を受けた時点ではまだ、意識は戻っていないとの話だったが」

「不思議なものですよ」教授が、自嘲するように言った。「あんな男でもさすがに、心配でならない。現場を差し置いて、何の迷いもなく駆けつけたい気持ちにもなった」

同感だった。発生から間もない現場をこの目で見ておきたい思いは、確かにある。が、行ったところで自分達にできることなど高が知れている。そもそも周囲を厳重に封鎖して、鑑識が調べている最中の筈なのだ。我々の立場であれば立ち入ることは可能だが、鑑識の邪魔はするわけにはいかない。だから写真はできるだけ多く撮っておいてくれるよう念だけ押して、自分らは病院へ行くのみだった。

あんな男でも心配でならない気持ちも、同じだった。これまで散々、気に障ることばかりされて来たというのに。腹立たしさの発生源に他ならなかったというのに。こうなってみるとやはり、人情が勝つ。何と言ってもこちらの調査に協力している最中、事件に巻き込まれたのだ。彼をそう仕向けた罪悪感、というより仲間を傷つけられた被害者感覚の方が、強くあった。犯人に対する怒り。

勿論、教授の前でそのような本音を明かす気もない。しかももう一つ、胸に燻《くすぶ》る懸念があるのだった。

今回の事件はこれまでに比べて、異例なことが多過ぎる。教授が言った通りだ。まるで、別な犯人の手によるもののようにすら映る。

だがこれは自分自身が指摘した通り、全くの別人ということもまずあり得ない。共通項もまた、多過ぎる。

では両方に介在し、情報を漏らした者がいたとしたら、どうか。そこまで考えた時、浮かんで来る存在があった。秦帆――

彼は今日になって、研究室に姿を現わさなかった。連絡も未だ、取れないままである。もしや秦帆が何者かに拉致《らち》され、これまでの事件の情報を全て聞き出されていたとしたら、どうか。誰がいったい何のために、の疑問は当然に、湧く。しかしこれに答えさえ見つかれば、現状に最も合致した仮説であるのも確かなのだ。

こんな仮説を教授に明かし、心配の種を増やす気もないのもまた、事実だった。田所は首を振った。身を案じるのは今は、あの男に対して、だけで充分ではないか。


「もういい、っつってんだろう」総合案内で病室を教えてもらい、向かっていると廊下の先から声が聞こえた。「何ともねぇ、って。もう帰らせてくれよ」

「火傷や打撲が辛い、大したことはなさそうなのは分かりました」医師と思しき声も聞こえた。「ただ、頭が。倒れて転倒した際、かなり強く頭部を打撲している。その具合を診てみない限り、帰宅の判断を下す、わけにはは」

「頭が悪ぃのは昔っからだ。多少、打ったからって変わりゃぁしねぇ。むしろ、反動でよくなってくれてるかも知れねぇよ」

「いや、まぁ。ですからそういう話では」

「とにかく俺は、帰るぜ。病院なんてところぁそもそもが苦手なんだ。こんなとこに閉じ込められてたら、どんだけ健康体でも具合が悪くなっちまわぁ」

「医師をあまり困らせるのは、褒められた態度ではないな、小田君」病室を覗き込んで、言った。「頭部を強打した影響は軽視するわけにはいかない。慎重に検査するべきだ、という判断も極めて妥当と評価できる」

「何だ、あんたか」ベッドの上で胡座《あぐら》を掻いていたあの男が、鼻を鳴らした。「病院と同じくらい、あんたも苦手なんだけどな。おぃおぃ続いて、教授さんも、かよ。そう、大学の研究室だって苦手だ。あんたら全員、あらゆる手段で俺を病気にしよう、って魂胆なんじゃねぇだろうな」

「君のタフさには正直、舌を巻くよ」ほっ、としている自分がいた。思っていた以上に、大丈夫のようだ。勿論そんな内心、おくびにも出すわけにはいかないが。「だが、頭部には気をつけるべきだ。全身で最も、繊細な部分なのだからな」

「俺のおつむに関する限り、そいつは当て嵌らねぇな。繊細どころか、思いっ切り単純に出来てらぁ」

「まぁ、行動の予測がつけ易い男だということにだけは、賛成するよ。犯罪者が君のような男ばかりであれば、プロファイラーは必要ないだろうな」

「この野郎。喧嘩、売りに来たんなら帰ぇってくれ」

「まぁまぁ」医師が止めに入った。「興奮するのはまた、頭によくは」

「うるせぇな。だから、もう大丈夫、ってんだろう」

まるで掛け合い漫才ではないか。吹き出しそうになった。必死で押さえ込んだ。この男を前にして、ここまで明るい気持ちになったのは初めてだろう。

＊

目が覚めたら病院だった。医者の格好をした男がこちらを見下ろしていた。あちこち、痛む。だが大したことはない。自分の身体なのだ。自分が一番、分かる。だから起き上がって帰ろうとした。なのに医者から止められた。頭を強く打っている、という。その影響を精査しない限り、帰すわけにはいかない、という。

理不尽、極まりない。ふざけるな。帰るか帰らないか、決めるのは俺だ。束縛される理由なんてどこにもない。

医者と言い合っていた。そこに、田所までが現われた。砥部教授も。俺を心配して来たんだろう。本当なら現場がまだホカホカな内に、そっちに駆けつけたかった筈なのに。

思わず感謝しそうな気持ちが湧いた、こんな奴らに。だがそんなの、匂わすわけにはいかない。だから嫌味をぶつけてやった。向こうも返して来た。よしよし、これでいい。俺達の間、ってのは、こうじゃなきゃいけない。

「オダケン、オダケン」そこに、透き通った声が響いた。これまでは男ばかりで、こんな清々しい声など望むべくもなかったのだ。梨花だった。

病室の入り口で一瞬、立ち尽くしていたが直ぐにこちらを認めた。じわり、と眼が潤むのがここからもはっきり見えた。口元がひくひく、小さく痙攣していた。

さっ、と駆け寄って来た。両腕で抱き締められた。「無事だったのね。よかった。あぁ、よかった」

気が遠くなりそうな芳しい香りが、鼻をくすぐった。天にも上るような心地、というのはこういうことを言う。この世から重力が消失している。このまま死ぬまでこうしていたい。心から、願った。

「あぁ、俺は大丈夫さ」言った。「なのにこいつらが、聞かなくって。まだ退院させない、の一点張りで、よ」

「頭部を強打しているのです」医者が梨花に説明していた。助けを求めているようなものだった。

「だから、用心しなければ。精密検査の結果が出るまでは、病院にいて頂かないと」

「先生の仰る通りよ」ハグから身を離して、梨花が言った。本当ならずっと、抱き締めたままでいて欲しかったのだが。眼を見詰めて来た。「頭は、気をつけないと。少し身体を休めなさい、って天の思し召しじゃないの」

「あぁ、そうか」素直に頷いた。「それじゃお言葉に甘えて、ちょっと横にならせてもらうことにするか」

思えば店に美女の二人連れが来て、鼻を伸ばしているところを見られてしまったのが一昨日の晩だった。致命的な展開だった。何の言い訳もできはしない。許してもらえるなんて、あり得ない。

事実、その後スマホに掛けてみても反応なしだった。分かり切っていた。

これから長いこと、この状態なのであろうことは容易に予想がついた。ヘタをすると未来永劫このまま、なんて可能性だってある。絶望に襲われた。目の前が真っ暗になった。

ところが期せずして、事態は好転した。爆破のお陰で願ってもない展開になった。こいつを有難く利用しない奴は、真正のバカと称されよう。

梨花に言われるままに、ベッドに横たわった。彼女が布団を掛けてくれた。田所らが鼻白んでいるのが視界の隅に映ったが、放っておいた。様《ざま》ぁ見やがれ。こんな奴ら、知ったことか。

「小田さん、小田さん。あぁ、こちらでしたか」

またも病室の入り口から女性の焦ったような声がした。頭を持ち上げて見ると、これまた綺麗なご婦人だった。彼女もベッドに駆け寄って来た。

「私、母親です。あの子の」

「あぁ」坊主の母親が、お礼に来たということのようだ。「あの子は、どうだった。大丈夫でしたか」

「ええ、ええ、お陰様で。あんな現場の近くにいたのに、傷一つありませんで。何とお礼を申し上げたらいいか、私」これまた眼を潤ませていた。

せっかく梨花が掛けてくれた布団だが、上半身を持ち上げた。さすがに彼女も止めはしなかった。「なぁに、気にすることぁねぇよ。当然のことをしたまでだ」

「何、オダケン」梨花はそこまでは聞いていなかったようだ。「お子さんまで助けたりしたの」

「なぁに、行き掛かりだよ。坊主とちょっと立ち話をした。それで別れたら、道の向こうに怪しい人影が見えた。悪ぃ予感がした。俺のこういうのって、当たるのお前ぇも知ってるだろ。だから慌てて坊主を追い掛けた。抱き上げて現場から遠ざかろうとしたところに、爆発が起こった。それだけのこった」

「爆発が起こった時、彼は咄嗟に少年の頭を両手で抱き抱えていたそうです」救急隊員から説明を受けたのだろう。医者が説明してくれた。さっきは鬱陶しく思ったがこいつ、なかなかいい奴じゃねぇか。「そのまま爆風に逆らうことなく、転がった。だから負傷も最小限で済んだようです。少年は掠り傷ひとつ負ってはいませんでした」

「あぁ」母親は感激してくれたようだった。こういう立場にいるというのも、悪くない。「本当に、何とお礼を言えばいいのか」

「気にすることぁねぇよ」繰り返した。大したことはない、の態度を最大限、示した。「当然のことをしたまでだ」

傍に立つ梨花の表情も誇らし気だった。どう、これが私の男《カレ》よ。彼女に思ってもらうというのも、悪くない。

「済まないが、小田君」田所が寄って来た。心底、邪魔が好きな野郎だ。「元気があるのなら少々、話を聞かせてもらってもよいかね。今の話だと君は、事前に犯人らしい怪しい男を目撃した、と言うのかね」

「そうなんだ」頷いた。前後の状況を説明した。「妙な野郎が通りの先に立って、こっちを見てた。例の路地のもう一方から、出て来たみてぇだった」

「どんな男だった」

説明した。ただし顔を詳細に語るのは、敢えて避けた。距離があったのだ。そんな細部まで見えたわけがない。

間近に見たのは、そう。昨日だったのだが、そこを話すわけにはいかない。

「君がその男を怪しい、と睨んだ理由は」

「上手く言い表せねぇな」昨日も同じとこにいた奴だったからだよ。絶対に、話すわけにはいかない。その辺、素知らぬ顔して躱すのはお手のものだ。「第六感、としか言い様がねぇ。それに俺を見ると直ぐ、踵を返して向こうの方に歩み去ったからな。あいつも俺が見抜いたことを、咄嗟に察したんだろう。そういうのは何となく、伝わるものなんだ」

「其奴《そやつ》が立ち去ったのは都営地下鉄新宿線の、住吉駅の方角だったんだな」砥部教授が言った。

「駅の防犯カメラに映っているかも知れないぞ。時刻もほぼ特定できますからな。背格好が分かっているのだから、特定するのもそう難しいことではないかも知れない」

「現場から急いで逃げたのだ。公共交通を使った可能性は高い」田所も同意した。「追及され易い、タクシーを使ったとは考え難い。映像が残っている可能性は、低くないと私も思います」

「ちょっと頼みがあるんだ」興奮している二人を放って、梨花を向いた。キーを手渡した。「現場の近くに、バイクを置いて来る形になっちまった。違法駐輪なんて思われて、撤去されちまったら目も当てられねぇ。知り合いに、運転できる奴はいるだろ。お願いして、乗って帰ってもらえねぇかな」

「うん、分かった」

「あぁ、そう言えば、小田君」田所がこちらを向いた。「GPSを見ていたら君は、現場からかなり離れたところでオートバイを降りていたな。あれは」

こいつとことん、嫌な奴だ。またそんな、余計なことを掘り返して来る。

何て言い訳しようか。悪知恵を働かせようとしていたら、救われた。坊主の母親が、バイクの話に食いついてくれたのだ。

「それ、うちの近所ですから」母親が梨花に提案していた。こちらはホント、いいご婦人だ。あの坊主が感じのいい少年だったのも、親の遺伝なのだとよく分かる。「どこか、警察に見咎められないところに移動させておきましょうか。とにかく何かのお礼をしたいんです。少しでもお役に立てることがあれば、私」

「あぁ、そうですね。ええ、でも」

女性二人が相談を始めたのでそれ以上、追及する気は殺《そ》がれたようだった。田所は再び、教授との話に戻った。

「今回の逃亡に関しては、路線バスを使った可能性も否定はできないな。そうであれば、カメラの映像は残ってはいない」

「しかし、これまでの現場がある。その際には恐らく、駅から向かったであろうと推察できる。駅であれば必ず、カメラはあります」

「どの駅かも大方、目星がつけてありますすからな。時刻も恐らく、ここからここまでの時間帯、と絞られる」

「帽子と上っ張りに、リュック。用心のために取り替えているかも知れないが、この三点が揃っているのは変わるまいと思われますからな」

「今回を抜きにしても、既に五件の犯行現場があるんだ。駅のカメラ映像をチェックすれば、怪しい人影は、恐らく」

「おぃ、ちょっと待てよ」オダケンが口を挟んだ。「これまであんたら、『第一』の『第五』の言っていて、ずっと気になってたんだが。過去の現場は実は五件、以上あるんじゃねぇの」

「何を言っているんだ、君は」田所が眉を顰めた。「今日を含まぬ過去の現場といえば、小石川周辺の三件と、牛込の二件。君に撮影してもらった全てだ。これ以上、どこに」

「最初に小日向の現場を回ってた時に、オバチャンに話し掛けられたんだ。近所の噂を収集しておくのも役に立つだろうと思ったところを、あんたに遮られちまったけどな」少々嫌味もつけ加えてやった。昨日の扇橋の話題をもう忘れさせるように、との無意識の配慮もあったのかも知れない。

「その時オバチャンが言ってたんだ。『江戸川橋の向こうの方でも前に放火騒ぎがあった』って。そっちも小日向の現場と同じくらい豪勢な屋敷で。大きな家に住んでるとやっかまれるんじゃないかって、主婦仲間の間で噂になってる、って」

24

勘が告げていた。通りの向こうに現われた男を怪しいと睨んだのは、第六感。あの男も言っていたが人間、確かにそういう感覚は誰もが有するものだ。非科学的と言われるかも知れないが田所としては、これまでの経験から否定するものではなかった。

この事件には最初から、違和感がつき纏っていた。領けない何かが胸の底に引っ掛かっていた。そこを解き明かす鍵こそがその、第一の事件より前に発生したという放火騒ぎにあるのではないか。

「教授」砥部教授を向いた。「科捜研の協力を得られませんかな。とにかく情報が欲しい。第一の小日向事件より前に発生していたという、江戸川橋の放火事件。その情報が大至急、可能な限り入り用です」

「分かりました」病室から廊下に出ながら、教授は返した。「直ちに連絡をとってみましょう」

「あぁ、それと」追い掛けるようにして、田所も病室を出た。「他にも近辺で似たような騒ぎがなかったか、確認したい。これは私の勘なのですが、放火騒ぎは一つだけではなかったのではないか、と思えるのです」

「分かりました」スマートフォンに耳を当てながら、教授は繰り返した。「その件も、伝えます」

「あぁ、ちょっとちょっと」病室の中から、声がした。さっきの医師のものだった。「だから、立ち上がったりしたら駄目です、って。あぁ、ちょっとちょっと」

返事もせず、あの男も続いて廊下に出て来た。「捜査の次の段階、突入だろ」ニヤリと笑った。

「これから研究室に戻って、続行だろ。俺も混ぜてくれ。嫌とは言わせねぇぜ。何たって俺の齎した新情報が切っ掛けで、燻ってた山が動き出したんだからな」

「医師が」田所は言った。薄笑いが浮かんでいるのが、自分でも分かった。「退院の許可は出せないと言っているようだが」

「医者の言うことなんか、知ったことか」

「それに小田君、君は大学の研究室が苦手だったのではなかったかね」

「そいつもあんたの知ったことかよ」笑みを更に深めて、続けた。「捜査の新たな段階だ。見届けずにゃいられねぇ。そこが研究室だろうと何だろうと、もう構わねぇ」

東勢大学の砥部研究室に戻って来た。あの男と、彼女までが一緒だった。

「私も行きます」梨花という、その女は医師に向かって言い張った。「この人の体調が心配ですモン。誰か一人、付き添いがいた方がいい筈だわ。ねぇ、先生」

「ですから私は、退院の許可を出したわけでは」

「許可も躊躇われる程、深刻な状態なんですって」医師からこちらに視線を戻して、にっこりと微笑んだ。認めるのは悔しいが、確かに万人の心を解すような笑みだった。「だからやっぱり、付き添いは必要だわ」

「あぁ、もぅ。千客万来だ」教授が珍しく、冗談めかして言った。苦笑を浮かべて両手を挙げた。「我が研究室のモットーは、『来る者は拒まず』と」

そういうわけで砥部研究室には、五人が揃うことになった。

科捜研からも坂牧研究員が合流して来たためだ。第一の小日向の現場で発見された、予告状の重要性を見抜いたあの若手である。彼が関係各所に手早く問い合わせ、情報を収集してくれていたのだった。

「判明した限りでは、小日向事件より遡ること二件、近辺で放火騒ぎが発生していました」ここまでで判明した情報について、彼は説明を始めた。机に広げられた地図を指差した。「まず一番目が、ここ。現場は住所的には、新宿区早稲田鶴巻町《つるまきちょう》に当たります。発生日時は、二月二十八日」

田所が直ちに、その地点に印を書き入れた。日付も併記した、当然。これまでは「第一」が小日向の現場だったため、その前という意味を込めて「プレ一」と記した。

「日時的にはかなり遡りますな」砥部教授が感想を漏らした。『第一』の発生が四月二十二日だから、二ヵ月弱も前に当たる」

確かにそれは気になった。これまでも繰り返し指摘して来た通り、事件の発生間隔は非常に重要だ。「第一」から「第五」がほぼ一週間の間隔で起こっていたのに比べれば、かなり異例に思える。

ただしもう一つ、ここでは留意すべき点があった。あの男を向いた。

「小日向で君が話を聞いた主婦は、『江戸川橋の向こうの方』という表現を使ったのだな」確認すると、彼は頷いた。田所は腕を組んだ。「確かにこの地点は、小日向の住民から見ればそう言い表されても不思議はない」

「江戸川橋」という住居表示はなく、神田川に架かる橋の名から、周辺の界隈を言い表している地名に過ぎない。東京メトロの同名の駅が存在するのは、住所としては文京区関口《せきぐち》一丁目だ。しかもこの辺りは区境に近く、ちょっと南へ行けば新宿区山吹町《やまぶきちょう》に入ってしまう。「プレ一」の発生現場である、早稲田鶴巻町も直ぐ傍だ。

「その表現だけでは、地点の重要性が摑めてはいなかった。だが正確な地点が分かれば、また意味が異なって来る」

「そうか」教授は鋭く察したようだった。「管轄する署の違い、か」

「その通りです」

「プレ一」の発生現場を含め、江戸川橋を渡ってこの辺りまで来れば、管轄するのは牛込警察署。ところが「第一」の現場だった小日向は、富坂《とみさか》警察署が所轄になるのだ。管轄が異なるため情報の共有が進まなかった、ということはいかにもあり得る話である。

「現場はここに立つ大きな屋敷の表玄関前でした」坂牧研究員の説明が再開された。「段ボールの束が燃やされた。灯油の臭いも残っていたということで、着火剤代わりのようなものだったのでしょう。燃え上がった時には火勢はそれなりにあったでしょうが、さして長く燃焼するような素材でもない。パッと燃え上がってパッと下火になった、ような感じだったのではないでしょうか。家人も気づいたのは、翌朝になってからだったそうです」

「では発生時刻は、夜」

教授に坂牧研究員は頷いた。「周辺の聞き込みから、午後十一時までは何もなかったことが判明しています。ただしその後は目撃情報は皆無。住宅街で、夜の人通りは殆どなくなりますので。従って翌朝、午前六時に新聞を取りに出て来た家人が気づくまでの間、どの時点での犯行だったか絞り込む手掛かりは今のところありません」

「ふむぅ」田所は腕を組んだ。「では被害も軽微で済んだわけですな」

「門柱の足元がちょっと焦げた程度だったそうです」今度はこちらへ、研究員は頷いた。「注視して初めて焦げている、と気づく程度だったそうで。なので家の人も取り替えたりはせず、柱を塗り替えるだけで今もそのまま使っている、ということらしく」

「ふぅむ」一拍、措いて促した。「では、続いて『プレ二』を」

「放火事件の第二は、この地点です」応じて、坂牧研究員は言った。再び地図を指差した。「発生日時は三月十四日。現場は住所的には、豊島区雑司《ぞうし》が谷《や》に当たります」

「最初の事件から、二週間後」教授は未だ、発生間隔が気になって仕方がないようだった。「しかも次、我々の『第一』として来た小日向から見れば一ヵ月、以上も前に当たる」

「何かあったのでしょうな、その間に」田所は言った。『プレ二』と、『第一』との間に。それが具体的に何だったのか。未だ仮説は浮かびもしないが」

「プレ二」においても大きな屋敷の玄関前で、段ボールの束が燃やされた、というのが事件の概要だった。考え込まれた発火装置が設置され、曰《いわ》くあり気な予告文まで残された「第一」以降とはあまりに違い過ぎる。

被害も大したことなく、注意を引くこともさしてなかった。管轄する署も異なり、後の放火事件と関連づけて考えられなかったのにはその辺りの事情もあったのだろうと想像がついた。ちなみに「プレ二」の現場、雑司が谷を所轄するのは目白警察署である。

「近所の主婦の噂話を除いて、か」思わず、言葉に出た。彼女らの口は署の管轄など何の関係もなく、軽々と飛び越えてしまう。「プレ二」の話題が主婦の口から出なかったのは、「プレ一」よりは距離があるため単に噂が届かなかった、というだけのことであろう。

「ほら見ろ」あの男が鼻を鳴らした。「主婦の噂話は大事だ、って言ったろ。その通りだったじゃねぇか」

「犯人は敢えて」当然、無視して教授は疑問を口にした。「所轄の違う地点を選んで犯行に及んだのだろうか」

「ふむぅ」田所は小さく首を振った。「確かにその可能性はないとは言いません。ただ、しかし」

「しかし？」

「今の私の仮説にはそぐわない」

「おおぅ」教授は感嘆の吐息を漏らした。「既に仮説が立てられているわけですか。さすが、ですな」

「勿論、確信できるわけでは到底ありません。また、こんな段階で仮説に囚われ過ぎると、方向を誤ってしまう恐れは否定できない」ただし、とつけ加えた。「ただしこれまでずっと抱いて来た違和感が、この仮説に立てば解消されるのも事実なのです。思い出して下さい。『第一』の、小日向の現場です」

犯人は明らかにこの場所を事前に知っていた。防犯カメラの位置と〝開通小路〟への進入路を考慮した場合、そのことはほぼ間違いないと田所は見る。

すると今回の扇橋を含む全六回の現場の中で、第一だけが異質に映るのだ。まるで残る五回は、それをカモフラージュするために実行されたかに思えるくらい。

「しかしたかが一回の犯行を誤魔化すために、その後五度も事件を重ねるだろうか。疑問がどうしてもつき纏っていました。お陰で仮説に対して迷いが拭えませんでした」一息、ついて続けた。

「今般、その以前にも疑わしい犯行があった、と判明するまでは」

「ほら見ろ」あの男が繰り返した。「やっぱり俺のお手柄、ってわけじゃねぇか」

「『プレ一』と『プレ二』もやはり同一犯の仕業」またも無視して、教授は言った。「田所先生はそう睨んでいるわけですね」

「片や、段ボールを燃やしただけ。片や、計算された発火装置。予告文を含めて、事件の内容はあまりに掛け離れている」頷いて、続けた。「ただしこれら全てを同一犯と仮定し、全体を俯瞰してみると『プレ一』から『第一』と、『第二』から『第六』とで分断される点が見えて来る。放火された対象です」

「プレ一」〜「第一」はいずれも、立派な屋敷の玄関前が犯行の現場だった。対して「第二」〜「第六」は、集合住宅やコーポ前の共用ゴミ箱などに発火装置はセットされていた。言わば前三つは具体的な恨みの対象。後五つは適当に選んだだけの現場、に映る。

「ほら見ろ」三たび、あの男が声を発した。「あのオバイャンが言ってた通りだ。お屋敷が豪勢だと、やっかまれる恐れも高くなる、ってな。やっぱり主婦の意見に耳を傾けるのは、大事だぜ」

「『プレ一』から『第一』こそが犯人にとって重要だった」そちらに僅かたりとも注意を向けず、教授は言った。「予てより妬んでおり、火でもつけてやらねば気の収まらない対象だった。そういうことですな」

「たかが一回の事件を誤魔化すために、五回も要らぬ犯行を重ねるか？　ずっと疑問でしたが誤魔化す対象が三回となれば、心理的にもずっと納得のいくものになるでしょう」

「確かにそうですな」

「初めの三回こそが重要だった。つまり選べない対象だったとすれば、管轄署の違いは単なる偶然ではないかと思います。まぁあの辺りは元々、管轄区の入り組んでいる一帯のようですし」

立ち上がった。デスクトップＰＣの方へ向かった。

「まぁ『プレ二』と『第一』の間で何があって、これだけ犯行の形態が豹変したのか。未だ満足できる説明は思いつけません。ただ今は、前三回のみに注目して、例のことをやり直してみましょう」

「おぉ、またもあれ、ですな」教授が期待の声を漏らした。

ＰＣの前に着席した。残りの四人はぞろぞろとついて来た。コンピュータを起動すると、これまでの犯行現場の読み込まれた地図ソフトを立ち上げた。

「あぁ」坂牧研究員も当然、田所の研究テーマについては知悉《ちしつ》している。「これがあの、有名な」

「おぃおぃ、何をしよう、ってんだよ」一人、頓珍漢《とんちんかん》なのがあの男だった。「地図ならテーブルに広げた、デッカい奴があるじゃんかよ」

一顧だにせず作業を続けた。まずは今般、明らかになった「プレ一」「プレ二」の現場を地図に打ち込んだ。

「こうして見ると改めて感じ入る」ついつい、独り言が漏れた。「『第二』『第三』の現場は『第一』から見て、東方に位置する。一方の『プレ一』『プレ二』は、西側だ」

「敢えて逆の側を選んだというわけですな」教授が指摘した。「『プレ一』『プレ二』の存在を消すために。『第一』から『第三』のみに着目すれば、それを包括する円は実際の拠点から東側に移ってしまう。つまり『第二』『第三』は真の拠点の位置から目を逸らしめるために、起こされた犯行に過ぎない」

「その通りです」頷いた。「つまり、無視してよい。『第四』以降は言わずもがな、というわけです」

フラッシュ・メモリを、コンピュータのＵＳＢポートに差し込んだ。オリジナルのソフトウェアを立ち上げた。

「あっ、何これ。地図が歪んだわ。あちこち、伸びたり縮んだり」

「思い出した。ゆげ福が言ってたんだ。坂道があると人間、あまり歩きたくなくなる。地図上で見る距離と、実際に感じる距離は違う。だからそいつを調整するソフトを田所は作ったんだ、ってな」

「じゃぁこれ、坂を考慮に入れた心理的な距離を表してる、ってこと」

「そうなんじゃねぇかな。実際にそいつを使って、事件を解決したのを見たことがある、ってゆげ福は言ってたぜ。そして連続した犯行地点の中心部に、犯人の拠点がある。『円仮説』って言うんだ、って」

「エンカセツ」

「そう。つまり」

言うまでもなく男女とも無視して、作業を進めた。地面の凹凸を勘案した地図上で、「プレ一」「プレ二」「第一」の三点を包括する円を描いた。その中心部に、印をつけた。「ここだ」

坂牧研究員が住宅地図を持って来た。「その中心点に位置する場所は、一塊の住宅街になっているようですな」彼は言った。「一軒家が立ち並んでいる。比較的、大きな屋敷が多いようだ。樋野家、か。この家を中心にした、一画らしいです」

「そういうわけだ、小田君」初めて、彼の方を向いた。椅子に座ったまま、顔を見据えた。「君達には直ちに、この地点の現地踏査をして来てもらいたい」

25

「相変わらず、人使いの荒ぇ野郎だぜ、全く」助手席で鼻を鳴らした。「こっちぁ入院患者だ、てぇのに、よ」

「医者の反対を押し切って、勝手に出て来たのは貴方という話ではないですか」運転席で坂牧研究員が笑った。「それを、今更」

「捜査の続きが見たかった、てだけだよ」冗談めかして、オダケンは続けた。「ここまで関わったんだからな。そりゃ興味も湧こうてぇモンさ。だがまさか、出動までやらされるたぁ思ってもみなかった」

実は本心は全くの逆だった。向こうから言い出されなかったら、こちらから手を挙げる積もりだった。田所の推理が正しいとすれば、その拠点とやらにいるのはあの野郎、ということになる。扇橋で見掛けた、犯人。

ならばこちとら、銃をぶっ放したところを見られている。余計なことを喋られる前に、上手いこと丸め込んで口封じしておかねばならない。そのためには最初にあいつに会うのはまず、自分でなければならないのだ。それも極力、単独で。

「まぁ、大丈夫よ」こちらの内心も知らず、後部席から梨花が言った。中身はズレているものの、大丈夫という言葉が励みになってくれるのは、間違いない。「こうしてちゃんと付き添いもついてるから。体調が悪くなったら直ぐ、私に言ってね」

「おぅ、頼まぁ」

研究員の車に同乗していた。本当なら移動はバイクでにしたいが、ヤマハSEROW250は未だ扇橋に放置したままだ。助けた坊主のお母さんが、保管できる場所まで動かしてくれると言ってはいたが。いずれにせよ取りに行っている時間はない。

車は大学の敷地を出ると山手通りをひたすら北上した。先日、オダケンは青梅街道を右折し税務署通りに入ったが、研究員は交差点を突っ切り、大久保通りに至って初めて右折した。

確かにこちらの方がオーソドックスな行き方ではある。が、ＪＲ大久保駅周辺の混雑に巻き込まれるのは避けられない。彼はあまり東京の道を知らないのか。それとも正統をあくまで貫く性格なのか。まぁ大きなお世話なので、口出しはしないでおいた。

「小田さん、ですよね」期せずして、向こうの方から話し掛けて来た。「お噂は耳にしてます」

「ほほぅ」好奇心をくすぐられた。「どうせロクな中身じゃねぇんだろうが」

「いえいえ。ただ、実は私らの大先輩でもある、と。新宿西署の土器手警部補と同期だった、とも伺いました」

思わずニヤリと笑みが浮かんだが、運転中の彼には見ることはできなかったろう。「何かね。あんたにもとっちめてやりてぇ上司か誰かでもいるのかね」

「今度の所長、どうも問題アリなんですよねぇ。現場の経験もろくにないくせに、何かと口を出して来る。近い内に私ら研究員と、どこかでトラブルを起こしてしまいそうなんですよ」

「あぁ、そういうことか」一拍、措いて続けた。「分かった。何か弱みでもねぇか、探りを入れるよう土器手に頼んどくよ」

「恩に着ます」

後部席でも笑いが弾けた。梨花だった。土器手が何をやっているか先刻、彼女だって承知している。

こいつ案外、面白い奴じゃねぇか。研究員の意外なところを垣間見た気がした。もっとも人となりを見極められる程、長い時間を過ごしちゃいないのは確かだが。

おまけにまぁその割りには、行き方は相変わらずオーソドックスだった。市谷柳町の交差点で外苑東通りに左折し、突き当たりを右折して新目白通りに入った。オダケンならまず、このコースは採らない。

目的の交番の前に車を停めた。研究員が先に立って入って行った。

「連続放火事件の捜査中です」当直の巡査に彼は単刀直入、告げた。「プロファイリングを駆使した結果、調査すべき地点が浮かび上がって来まして」

「あぁ、あの放火事件ですか」巡査は頷いた。「小日向の方で発生してましたな」

その通りです、と返して地図を指差した。「我々が注目しているのは、この辺りです。樋野さん、とかいうお屋敷を中心にした一画のようです」

「あぁ、樋野家ですか」思い当たることがあるような、巡査の反応だった。「あそこがまた、何か」

訊き返した。「また何か、と仰いますと」

「いえね。有名なバカ息子がいるんですよ。もう長いこと、両親とは別居してるんですが。それもそう離れた場所でもない。近所で何かとトラブルを起こすんですわ。そのたんび親が飛んで行って、頭下げて回ってる。まぁ見ていて気の毒なモンですよ。デキの悪い子供が一人いると、親は大変だ、って近所でも噂されてます」

そいつだ。勘が告げていた。やはり田所の円仮説とやらは、かなり信頼できる手法らしい。「別居してる息子、っててぇその野郎は」ついつい身を乗り出して割り込んだ。「どこに住んでるんだ」

「さっきも言った通り、実家からそう離れてはいません」こちらの反応にやや戸惑ったように、巡査が答えた。「あっちのマンションです。管轄する交番はここことは別でしてね。トラブルが起こるたび対処してるのはそっちなんで、行かれれば色々と具体的な話が聞けると思いますよ」

そちらの交番に移動した。

「あぁ、樋野のバカ息子、ね」こっちの巡査の反応も、似たようなものだった。「あいつが何かやるたび親が飛んで来て、頭下げて回ってる。まぁ気の毒なモンです。デキの悪い子供が一人いると、親は大変だ、って皆んな言ってますよ」言葉まで似たようなものだった。誰もが同じ反応を示すような輩、ということなのだろう。

「トラブルをしょっちゅう起こしている、と」坂牧研究員が質問した。「具体的には、どのようなことを」

「ご近所さんからしたら、傍迷惑なことばかりですよ」巡査が鼻で笑った。「住んでいるマンションのエントランスでガラスを割ったり。郵便受けを壊したり。そう言えばコンビニで店員に掴み掛かった、てこともあったな。何か、態度が気に入らなかった、とかで」

「近所の鼻つまみ者、なわけですね」

「その通りです」大きく頷いた。「ただあいつが、小日向の放火事件ですか。気の利いた発火装置を考えたり、予告文を置いて行ったり、なんて犯行なんでしょう。あいつのおつむではとてもムリだとしか思えない、というのが正直な感想なんですが、ねぇ」

研究員がこちらを向いた。どうしようか。対処を戸惑っているようだった。

「近所のトラブルメーカーだ、てぇ話だったが」オダケンが質問した。「それは、ここつい最近に至るまでもそうなのかい」

「あぁ、そう言えば」ポン、と膝を打った。「ここ最近、何ヵ月かはそう言えばやらかしてませんねぇ。以前はそれはもう、しょっちゅうだったものですが」

やはり、だ。ほぼ確信できた。やはりやってるのは、そいつだ。

放火で溜飲《りゅういん》を下げている。ストレスを発散している。お陰で以前のような、近所のトラブルは起こさずにいるのではないかと思われた。重大犯罪を犯している以上、世間の目を引きたくない思いもあるのかも知れない。それとも巡査の言葉を借りるなら、それ程のおつむもない、ってか。

「俺が行ってみる」オダケンは進み出た。願ってもない展開になってくれそうだ。「おつむ云々は抜きにしてそいつ、どうにも怪しい。俺が行って、探りを入れてみよう」

「確かに証拠が何もない今の段階で、我々は表立って動き難い」研究員は逡巡していた。「ただ逆に、ちょっと揺さぶれば向こうからボロを出すかも知れない。そういう時、公的な立場にない小田さんでは対処が難しい。拘束したにしてもその手順が後々、問題になるかも知れません」

「まぁ、何とかなるさ」軽く返した。「あれだったらあんたらが、近くに待機してくれててもいい。もし向こうからボロを出して、墓穴を掘ったとすればそのタイミングで、あんたらが飛び掛かってくれればいいわけだ」

「確かに警察官の姿を見て動揺した、なんて言い訳を後から持ち出されても困りますからね」腕を組んだ。「近所の住民を装って、まずは小田さんが最初に突っついてみるというのも一つのテなのかも知れません」

「ようし。じゃぁそういうことにして」望んだ通りの展開になろうとしている。胸の中で北叟笑《ほくそえ》んだ。「住んでるのはマンションだ、って言ったな」巡査を振り向いた。「部屋は、何階なんだぃ」高い階だったらベランダから逃げられない。俺の顔を見て警戒し、籠城を決め込まれたら対処が難しくなってしまう。そうならないように、事前に策を練っておく必要がある。

一階です、の返事にほっと胸を撫で下ろした。ならば何とかなるんじゃないか。カムイは俺をお見捨てではないものと見える。

「ここです」巡査がマンションを指差した。三人とも徒歩だった。梨花も来たがったが、危ないことになるかも知れないから、と交番に置いて来たのだ。「部屋は、あそこ。灯りがついているようですな。室内に今いますよ」

マンションはオートロックだった。エントランスから中に入るには、インタフォンで中と連絡を取り合い開けてもらわなければならない。

実家が直ぐ近くにあるというのに、しかも大層なお屋敷だというのにこんな贅沢なマンションに、部屋まで借りている。親は相当、裕福なのだろう。金に飽かせて息子を、何とか押さえ込もうとしているのだろう。へっ、と思わず鼻が鳴った。こういう家庭が、バカを生むのだ。量産して、社会とトラブルを起こすのだ。

「あんたらはちょっと、離れててくれ」巡査と坂牧研究員を制した。「最初から制服警官が映るのは、向こうを構えさせてしまうかも知れねぇからな」

納得してくれたようで、二人はインタフォンのカメラに映らない位置まで身を引いた。

よしよし。そこならこちらが何か小細工をしようとしても、あまり見えまい。二人が充分に下がったことを確認してから、インタフォンの部屋番号をプッシュした。

「何だよ」暫くしてから反応があった。「こんな時刻に……あっ！」最後は大声で通話が途切れた。

予想通りの反応だった。よしよし。

「反応が変だ」二人を振り向いた。「もしかしたら勘づいて、ベランダから逃亡を図る気かも知れねぇ。俺は、そっちに回ってみる」

「私らも行きましょうか、小田さん」

「俺一人で充分だよ」即座に返した。「ベランダから逃げる、ってのも深読みのし過ぎなのかも知れねぇからな。それよりあんたら、ここで次の対応を検討しといてくれ」

逃げようとしてるのはまず間違いない。思っていたがおくびにも出さなかった。イザとなったら管理人に鍵を開けてもらうことになるかも知れない。そういう時、警官がやってくれた方がずっと話も早い。特にこの巡査、トラブルのたびに来ているのだから管理人ともう顔見知りだろう。

二人を言い包《くる》めてから、エントランスから外へ走り出た。マンションの裏手に回り込んだ。

到着して見ると小太りな人影が、足を引き摺りながら逃亡を図っている後ろ姿が認められた。ベランダから外に飛び降りる時、足首でも痛めたのだろう。

最近、とみに息が切れるのが早くなった。ちょっとでも走ると直ぐに、心臓がばくばく鳴るようになった。特に今日、坊主を抱えて走ろうとした時なんて……あれがまだ、本日の出来事だったなんて信じられないくらいだ。

それはともかく、相手がこれなら追いつくのもそう大した苦労ではない。

「待てっ」声を飛ばしたが、聞くわけもなかった。ひょこひょこと逃げ続ける背中を追って、小走りに駆けた。後ろ襟に手が届くまで詰めたので、摑んだ。ぐい、と力を込めて引くと簡単に引っ繰り返った。「待て、っつってんだろう。そんなので逃げ遂《おお》せられると思ってんのか、手前ぇ」

既に確信はしていたが、顔を見たらやはり、だった。扇橋で二度も見掛けた、あの野郎だった。田所の推理は見事に的を射ていたのだ。

「あ、あんた、やっぱり」

ニヤリと不敵に笑ってやった。「俺からは逃げられねぇ。観念しな」

＊

反響はスゴかった。ずっとニュースで流れていた。

樋野はずっとテレビに釘付けだった。

今回の〝マシン〟は特別製だったのだ。火薬もガソリンも普段よりずっと増やした。これまでにないハデな爆発になるのは最初から分かっていた。

おまけに仕掛けたのは昼間だった。通行人がいる。人気《ひとり》の消える夜なんかより、被害はずっと大きくなる。これまた最初から分かっていた。

しかも立ち去る寸前、見たのだ。あの、男を。少年と立ち話をし、別れた。こちらを見て誰だか察したようで、慌てて路地に飛び込んで行った。少年が危ない、と察したのだ。

だからあの二人はただでは済むまいと予想がついた。大怪我をするか。ヘタをすれば、死ぬか。急に怖くなって、慌ててその場を立ち去った。

ずっと放火騒ぎを起こして来た。

ただこれまでは、人に被害は出さなかった。さすがにそんな事態になれば、警察が本気を出す。捜査に力を入れる。逃げ延びるのは難しくなるだろう。

だから爆発の規模は抑えていた。最初は段ボールの束に火をつけた程度だったし、〝マシン〟を使うようになってからも火薬とガソリンの量は少な目にした。

お陰で報道も大したことはなかった。精々が○○地点で不審火事件が起こった、とニュースの合間にちょっと触れられる程度で、一言も報じられないことだってあった。

こっちは連続事件発生と、予告文にあたふたしている警察の姿を想像するだけだ。実際に見られるわけではない。ただきっと、オロオロしているぞと想像を膨らませて満足するしかなかった。

それが今回、抑えを外した。思った通りの反響になった。俺のやったことで世間が狼狽《うろた》えている。手応えとしては理想通りになったが、逆に騒がれ過ぎて怖さが湧き上がって来た。

怪我人が出た、とニュースでは繰り返し報じられている。きっとあの男と少年だろう、と予想はつく。だがその怪我がどれくらいで、経過がどうなのかはニュースでは流れない。もしかしてかなりの重傷で、このまま死ぬのか。そうしたら放火に殺人までが罪としてくっつく。警察は全力の捜査を開始する。

目撃者はあの男だけだ。他には見られていない自信はある。防犯カメラにだって映ってはいない。だからあの男さえ死んでくれれば、捜査が俺のところまで来ることはないのではないか。

だが死んだら、殺人罪だ。罪がずっと重くなる。そうなった中で、捕まってしまえば……あぁ考えが悪い方に、悪い方にと転がる。俺はこの先、どうなってしまうのだろう。

今日はムシャクシャしていた。何かを壊してやりたい思いが、いつにも増して膨れ上がっていた。後がどうなろうと知ったことか。気分に煽られるままに、やってしまった。

それが今となっては、恐怖の方が先に立つ。ムシャクシャが晴れ、気が鎮まったせいで冷静に自分の行動を振り返った。

やってしまった。俺はやってしまった。これからいったい、どうなるのか――

報道は続いている。テロリストの仕業かも知れない、なんて言い出す〝有識者〟まで出ている。テロリスト。警察もそう思っているのか。もしそうだとすれば捜査はやはり一層、厳しいものになるだろう。あの男が死のうが死ぬまいが、俺の首に掛けられた縄はじわじわと絞められて行くのか。

震え上がっている時に、音がした。思わず飛び上がった。マンション、エントランスのインタフォンだった。

飛び上がった自分を情けなく思った。どこまでビビっている。そんなことでこれから、警察の捜査から逃げ延びるなんてできると思ってるのか。自分に活を入れた。

そう。インタフォンを押したのは警察ではない。自分に言い聞かせた。いくら何でもこんなに早く、俺のところに辿り着けるわけがない。来るにしてももっとずっと先の筈だ。そしてもしそうなった時には、俺は高跳びする。そのための準備も必要かも、というのにこんな時点からビビっていて、どうする。

そう。こんなに早く警察は来ない。きっとまた、バカ管理人かその辺りだろう。俺のゴミの出し方が悪いとか、またそんな下らないことでやって来たのに違いない。

だからインタフォンに応じると同時に、強く出た。「何だよ、こんな時刻に」

だが、そこまでだった。映っていたのは、あまりに予想外の顔だったのだ。「あっ！」思わず大声が出た。

あいつだ。あの男だ。

大怪我して死んだどころか、こうして俺のところにやって来た。理由として考えられるのは、もう一つしかない。

奴は、特別警察の何者か、なのだ。ずっと前、テレビでやっていた映画を観た。『ワイルド7』。あぁいう、特別に設けられ独自の捜査力を有する連中なのに違いない。

そして早くから、俺が連続放火犯なのではないかと目をつけていた。どこで見破られたのかは見当もつかないけども。だってそうでなければこれまで、二度にも亘って俺の前に姿を現わした説明がつかない。

銃を持っていたのも、そのためだ。『ワイルド7』のメンバーなんだから持っていて当たり前だ。

ただそんな時、車が暴走する事件が起きた。事故被害が大きくなるのを防ぐために、咄嗟に銃を使って車を止めた。俺が怪しいと睨んで周りを張っていたのだから、近くにいたのは当たり前だったのだ。事故のせいで仕方なく、俺の前に姿を見せるしかなかっただけで。

そんなあいつがいよいよ、うちにやって来た。理由もまた一つしかない。俺を逮捕するため。それ以外に、あり得ない。

何も考えていなかった。咄嗟に身体が動いた。うちは一階だ。ベランダから外に出られる。玄関を押さえられた以上、逃げるならそっちしかない。

だから靴を引っ摑んでベランダに出、手摺を乗り越えて下に飛び降りた。着地する際、足首を捻った。激痛が走ったが、仕方がない。足を引き摺りながら、逃げ始めた。

「待てっ」

直ぐに背後から声がした。声にも聞き覚えがある。あいつだ。さすが『ワイルド7』、反応が素早い。俺が逃げようとしていると早くも悟って、追って来たのだ。

絶望が胸を満たした。あんなスゴい奴らから逃げられるわけがない。おまけにこっちは、足首を痛めているのだ。

それでも立ち止まる気にはなれない。足を引き摺りながら、何とか逃げようとした。破滅の瞬間を何とか先延ばしにしようとした。

だがそいつも、そんなに長いこと続いてはくれなかった。

襟の後ろを摑まれたかと思うと、背後に強い力で引かれた。堪らず樋野は引っ繰り返った。

「待て、っつってんだろう。そんなので逃げ遂せられると思ってんのか、手前ぇ」

仰向けに倒れた視界に、あいつの顔が飛び込んで来た。こちらを見下ろしていた。

「あ、あんた、やっぱり」

「俺からは逃げられねぇ」ニヤリと笑った。「観念しな」

「あぁ」胸が更に絶望で一杯になった。もうダメだ。言われた通り、観念するしかなかった。

「あ、あんたやっぱり、『ワイルド7』だったんだな」

「『ワイルド7』？」眉が顰められた。だがそいつも一瞬、だった。苦笑、混じりに口元が歪んだ。「あ、あぁ。そうだ。そういうようなモンだ」

「そうか。だから、銃も」

「そ、そう。そういうことだ。だからな、分かるだろ」

ぐぃと襟を引き上げられた。お陰でこちらは上半身を起こして、座り込むような形になった。背筋を伸ばしたと同時に、がくり、と肩が落ちた。

「あんた、スゴ腕だな」振り仰いで、言った。「俺なんか、逃げられっこねぇよ」

「そう。そういうことだ。往生際《おうじょうぎわ》がいいぞ。そこだけは、褒めてやらぁ」

そこに、他の足音も駆けつけて来た。

オウジョウギワ、そうだ。取り囲まれる自分を意識しながら、樋野はぼんやり思っていた。刑事ドラマのこんなシーンなんかで、よく使われるセリフだ。

だがそいつを自分に向かって投げつけられる日が来るなんて、想像もしてはいなかった。まぁそれを言うなら『ワイルド7』みたいな連中が、本当に警察にいる、なんてことも。

26

「シモベ、シモベだよ」樋野永理と名乗る犯人（おっと今の段階ではまだ、「容疑者」か）が、取調官の刑事に言っていた。「それが俺の、手下《てか》だよ」

「シモベ、と」取調官は手元でメモしながら、復唱した。四十代後半と見える、いかにもベテランらしい刑事で、落ち着き払った物腰が印象的だった。彼に任せておけば大丈夫だろう。何の根拠もないにも拘らず、思わせてしまうような気を帯びていた。『僕《しもべ》』という意味の呼び名かな。それとも、本名。『下《した》』に『部《ぶ》』とでも書いたりするのかな」

「知らねぇよ。あいつがそう呼んでくれ、ってんだから。字なんて聞いてねぇ。本名かどうか、なんてのも」

大塚警察署に来ていた。あの男や坂牧研究員が現地に行ってみると即、いかにも怪しい存在が浮かび上がった、というのだ。逃亡しようとしたので拘束してみると、連続放火は自分の仕業だとあっさり白状した。所轄まで連行した。田所も連絡を受けて、砥部教授ともども署まで飛んで来た、という次第だった。

当人が取り調べを受けている様を、マジックミラー越しに隣室で見ていた。坂牧研究員とあの男、更にその恋人までもが一緒なので、室内がかなり手狭なのは否めなかった。

「本名も分からない、と」メモしてから、刑事は顔を上げた。「それで、どんな奴なの、そいつは」

「知らねぇよ。会ったこともねぇんだモン。メールと、電話での遣り取りだけ」

「一緒に現場まで行ったりしたんじゃやなかったの。発火装置をセットしたり、予告文を残したり」

「行くのは俺だけだよ。ただ、その様子を奴も見てぇ、ってぇから。特別なメガネで、同時進行で俺の見てるの映してやってた。電話とも繋げられて、そのまま話もできる奴」

「今、流行《はや》りのテレワーク、みたいなものだね。ただし向こうの顔はこっちは見えないわけだから、一方通行の」

「テレ、何とかなんて知らねぇよ。とにかくそうやってた、ってぇことさ」

何とまぁ。我々があの男＝『オダケン』マスターを使ってやっていたのと、全く同じことを犯人共も実行していたというわけだ。動き回る助手にカメラとマイクを付けさせ、映像を送らせる。同時に会話しながら、指示を出す。

違うのは使っている機器が、こちらよりずっと先進的という点だ。最先端システムの眼鏡で、掛けている人間の見ているものをそのまま遠隔でも見ることができるらしい。帽子を目深に被っていれば、特殊な眼鏡だなどと傍からはなかなか気づかれまい。同時に携帯電話と連結し、会話もできるという。公的予算から支出され使用される機器と、裕福な家庭の子息が購入するものとが異なっているのは、まぁ当然なのだろう。

それともう一つ。大きく異なるのはこちらの実行犯が、自分の方が手先だったと全く認識していない点だった。〝シモベ〟なるその男は下手《したて》に出ているようでいて、実は言葉巧みに樋野を自在に操っていた。今となっては構図が、手に取るように分かる。

取調室に同席していた若手の刑事の方が、外に出て来た。廊下からこちらの部屋を覗いた。

「直ちに彼のスマートフォンの、通話履歴を照会してみて下さい」彼に頷いた。まさにその指示の了解を得るために、彼はこちらを覗いたのだ。取り調べに当たっているベテランと、彼との息もぴったりで絶妙のコンビと見えた。「〝シモベ〟なるその男の、連絡先が残っている筈でしょう」

「分かりました。直ちに」

彼は出て行った。この指示を、刑事部屋に詰める同僚に伝えるために。

ただ、田所は半ば諦めていた。確かに通話履歴を調べれば、シモベの番号は出て来るだろう。だがその番号は、とうに使われなくなっているに違いない。恐らく手繰っても身許に繋がらない、プリペイド携帯の類い。つまり分かるのは番号だけで、その先へと進めることはあるまいと予測がついたのだ。我々の知ることができるのは単なる、無意味な数字の羅列のみ。

そう。この真犯人は優秀だ。極めて優秀だ。そんなところで足がつくような、愚かな真似はしてくれてはいまい。樋野がいずれ警察に捕まるのは織り込み済み。その時のために、自分までは手繰られぬようあらゆる用心は尽くされていると諦めるべきだった。

「今日の事件ではこれまでとは違って、火薬の量も増やしたそうだよね」取り調べは単独で続行されていた。「どうしてまた今回に限って、そんなことをしたの」

「だって、よぅ。ムシャクシャしちまって」

「どうしてムシャクシャなんかしたの」

「だってさ。シモベと急に、連絡がつかなくなっちまったんだ。この、肝心な時に。何遍、掛けたって繋がらねぇ。そんでもうヤケんなっちまったんだ。どうなっても知ったことか、って気になっちまったんだ」

最後の方は言い訳がましくなって、消えた。同情でも引こうと思っているのだろうか。自分は悪くない。悪いのは連絡を途絶えさせたシモベの方だ、とでも言いたいのだろうか。

そう、今の言葉にも裏付けられている。こ奴は既にシモベに依存していた。彼の誘導がなければどうすればいいか分からないまでに、精神的に依存し切っていた。主従関係は確立されていたのだ、当人が自覚していないだけで。

それともう一つ、今の証言には聞き捨てならない点がある。シモベと連絡がつかない。即ち十中八九、やはり携帯番号はとうに破棄されている。諦めが確信に変わっていた。

「そもそものシモベ君とは最初、どこで知り合ったの」取り調べが先へ進んだ。「向こうの方から連絡して来たの」

「あぁ、そうなんだよ」大きく頷いた。「俺のYouTube投稿を見たとかで、『スゲぇかっけーですねぇ』ってコメントが来たんだ。『尊敬しちまいます。是非お知り合いになりたいんで、連絡先を教えてもらっていいですか』ってんで、教えたのさ。直ぐに電話が掛かって来て、遣り取りが始まった」

「ちょっと待って。YouTube、というのは」

「あぁ俺、最初の頃、火ぃつけたとこを動画に撮ってたんだ。そいつをYouTubeにアップしてた、ってわけ」

「それか」思わず声に出た。「シモベがどうやって樋野の存在を知ったのか、疑問に思っていた。そういうことだったのか。放火犯は当初、自ら犯行をアピールしていた。つまりはこの男は予想以上に愚かだったということで、真犯人からすれば格好の存在だったわけだ」

サラサラ、とメモを認《したた》め、坂牧研究員に渡した。受け取った研究員は指示の内容を即座に飲み込み、部屋から出て行った。隣の取調室に入って行った。

「ちょっといいですか」取り調べに当たっていたベテラン刑事に断った。あぁどうぞ、と了承を得られたため、隣に腰を下ろした。「今の遣り取りを聞いていた。今、『火をつけたとこを動画に撮ってた』と言っていたが。それは、ここのことかね」

田所のメモを見ながら、小日向の「第一」の犯行から遡る「プレ一」と「プレ二」の現場の住所を挙げた。

「あぁ、それそれ」嬉しそうに笑った。「そいつら皆んな、同級生なんだ」

「貴方の同級生の家、ということかね」

「あぁ。そうそう」

樋野の説明によるとこういうことだった。

彼は親の意向で公立ではなく、小学校から私立の名門に通った。その頃にはまだ彼だって、合格できるだけの頭は持っていたのだ。お受験に言われるままに打ち込めば、名門小の入試にもパスできた。

自我が芽生えるに従って勉強が嫌になり、登校拒否になって行ったが。元々、地頭はそんなに悪いわけではなかったのだろう。親の勤務先も大手で、学校側としても彼を落とす理由はどこにもなかった。

「嫌な奴らで、よぅ」樋野は続けていた。「うちよっかデカい家に住んでやんの。おまけにオモチャだって、俺よりいいの買ってもらってて、さぁ。だから昔っから気に食わなかったんだ。いつかヒドい目に遭わせてやる、って決めてた。そいつをいよいよ実行した、ってわけさ」

「そうか」またも声に出た。『プレ一』と『プレ二』の家庭環境を洗ってみればよかったのだ。そうすれば子供――と言っても既に大人になっていようが――がどちらも同じ学校に通っていた、という共通項が浮かび上がっていたことになる」

「まぁあの時点では、そこまでの時間はなかったわけですし」教授が言った。「まずは地理的プロファイリングをするのが先決だった。お陰でこうして、放火犯に辿り着くことができたわけですからね」

「まぁ、そう言って頂ければ救われたような心地にならぬこともないですが」一息、ついて続けた。「それよりこの先もほぼ、読める。『第一』の家庭もまた、此奴の同級生だったのはまず間違いない」

「そうか」あの男の彼女が声を発した。「そういうことね。つまり『プレ一』から数えて三番目の現場までが、彼が本当に放火したかった家だった、ということなのね。子供の頃からの恨みが籠った」事件の概要に触れたのは、今日が初めてだった筈なのに。何とも頭の回転が速い女性のようだ。

「これらの家に恨みがあった、と」研究員の質問が続いていた。「だから火をつけて、その様子を録画してやった、と。腹いせの記念のようなものだね」

「そうそう」またも嬉しそうだった。自らの放火事件を振り返りながら、悦に入っている。自己顕示欲の塊。まさに連続放火犯の典型と言える。「だって腹立つ奴らだからよぉ。火ぃつけたところを動画に撮って、皆んなに見てもらえば胸もスッとするじゃんかよぉ」

だが接触して来たシモベが、止《や》めた方がいいと諫めたのだという。

「『そんなことしてたら直ぐ、警察にバレちまうんじゃねぇですか』ってんだよ。『せっかく腹立つ奴らに復讐してるとこだ、ってのに。アニキの方が捕まっちまったんじゃ、何にもならねぇ。向こうが喜んじまうだけじゃねぇですか』って。それもそうだな、と思ったんで、動画投稿はもう止《や》めにした。YouTubeも削除しちまったんだ」

若手の刑事が戻って来たので、研究員は彼を促して再び室外に連れ出した。マジックミラーの視界からは一時、消えた。

YouTubeの動画を削除しても、運営する側のメイン・コンピュータにはまだ残っているのではないか。復元は可能かどうか問い合わせてくれ、という指示をするのだろう。捜査の手順は大抵、決まっている。逐一、説明されなくともどうなっているのかの予想は大方、つく。

「聞いていると結構、シモべの言いなりじゃないか」研究員が取調室に戻って来、樋野との遣り取りを再開した。蔑むような笑みを浮かべていた、敢えて。「向こうが手下《てか》だと言っていたのに。実は部下なのは、貴方の方だったんじゃないのかぃ」

「そんなわきゃねぇよ」直ちに反論して来た。わざと怒らせて更に口を滑り易くさせる。こうした手合いを相手にする時には、常道のようなものだ。「決めるのは、俺だ。ただ、手下の言うことだってちゃんと聞いてはやるからよ。あぁ成程な、と納得すりゃぁその通りにすることだって、あらぁ」

「貴方は柔軟なんだ、ということだね」

「そうそう。そういうこった」満足そうに頷いた。怒らせたり、プライドをくすぐってやったり。こういう分かり易い奴は操縦するのも簡単だ。シモべだってさして苦労することなく、好きに操ることができたろう。彼のような海千山千の手練《てだ》れ（恐らく、十中八九）からすれば、朝飯前の行為だったことだろう。「ジュウナンなんて、シャレた言葉だって知ってる。あいつと違って。オウジヨウギワ、だって」

「一番目と二番目の現場では、貴方の単独でやった、と」往生際、云々の言及は無視して、研究員の追及が続いた。「ただ、三番目からはシモべ君も加わって来たので、やり方も大きく変わった」

「次も直ぐにやる、って俺は言ったんだ」樋野は胸を張った。「せっかく二軒もやったんだからな。残る一軒も、やらないてぇわけにゃぁいかねぇ」

やはり予想の通りだった。彼の言う「残る一軒」、つまり我々の称す「第一」の現場までが、本人にとっては重要だった。シモべとしても放火を続行させるためには、そこは譲るしかなかったのだろう。

「『三軒も続けちまうと、ちょっとヤバかねぇですか』ってあいつが言うんだ」樋野は証言した。「『警察だってバカじゃねぇ。同級生の家ばかりが狙われたんじゃ、犯人はその関係者じゃねぇか、って目ぇつけられちまう。だからこっから先は、やり方を変えた方がいいですよ。せっかくYouTubeを止《や》めたんだから。それに代わる、何かかっけーハデなやり方に』って」

上手い誘導の仕方だな、と認めるしかなかった。三軒目の現場までは樋野の希望を認める。その代わり捜査の目を眩ませるために、手法を大きく変える。しかも以降はそちらを続ける。そうすれば同じ手法の事件にばかり目が行って、前の事件を見逃してしまう。おまけに最初の三軒はたまたま、管轄の境界に近く所轄署がそれぞれ違っていた。結果的にはまんまと、シモベの狙い通りに我々は翻弄されることとなった。

「ハデなやり方、ということは例の、発火装置のことだね」

「そうそう。俺達は〝マシン〟と呼んでたけどな。あれ、イケるだろ」

「確かに我々捜査チームの間でも、あれは評価が高かったよ」

「そうだろそうだろ」

だが研究員が煽《おだ》てて聞き出したところ、案の定だった。例の仕掛けも基本は、シモベの提案によるものだった。

「導火線じゃ燃える時間が早い、って奴が言うんだ」樋野が証言した。「その場から立ち去る時間が稼げねぇ。じゃぁどうすりゃいいんだよ、ってったら、『蚊取り線香を使ってみたらよくね、ですか』だって。面白ぇことを思いつくモンじゃねぇか。そん時ゃさすがに、お前ぇもやるじゃねぇか、って褒めてやったぜ」

実際に手作りしてみたら、蚊取り線香の長さによって自在に時間が調節できることが分かった。

手作業の間もずっと、電話と連結した特殊眼鏡で繋がっており、シモベは樋野の手付きを観察し続けていたようだ。「手先が器用ですね」と口では煽てながら。不手際のないよう、監視していたのだろう。

例の予告文もそうだった。

「『次の現場を予告する、なんてかっけーんじゃねぇですか』ってぇから、そいつはイケるな、って俺も認めたんだ」

あくまで決定権は自分にあった、と主張したいらしい。

「では、予告文に永井荷風の文章を使うアイディアは」

「ナガイカフー。何だそりゃ」

「知らないの。じゃぁあの、文章は」

「知らねぇよ。シモベが『次はこれで行きましょう』てぇから俺も、それでいいんじゃねぇの、って認めたんだ」

まさに手取り足取り。赤子の手を引くように誘導されていたらしい。ただし予告文に新聞から切り抜いた文字を使うのは、樋野自身の提案だったという。

「何かの刑事ドラマで見たことがあったんだ。だから俺が『あれ、やってみようぜ』ってったら、シモベも『あぁ、いいですねぇ。アニキは手先が器用だから、バッチリなんじゃね、ですか』だとよ」

たまには相手の言うことも取り入れてやって、自尊心をくすぐってやる。どうせ手間を掛けるのは当人なのだ。新聞の切り抜きだってコピーを使えば早いと分かっていても、そこまで懇切《こんせつ》なアドヴァイスはしてやらない。適度に突き放す。あまりに細かく口を出すと拗ねさせることにもなり兼ねないし、繰り返すがどうせ手間を掛けるのは、当人なのだ。

「それじゃ、小日向の事件の後にも放火を続けるように言ったのも」

「シモベだよ。『あの三軒だけで止《や》めちまったら、注目されちまうじゃねぇですか』って言うんだよ。それよりもっと続けてやれば予告文も出せて楽しいし、警察の目も誤魔化せる。俺もそうだなと思ったから、乗ることにしたんだ。確かに腹立つ奴の家でなくっても、火ぃつければ楽しいのは間違いねぇからな」

念のため研究員が追及していたが最早、確認の域を出るものではなかった。「第二」以降の現場は全て、シモベが選んだもの。樋野はそれに従って、粛々と動いていたに過ぎない。これも彼のアドヴァイスのままに、防犯カメラの脅威を充分、踏まえながら。

そもそも永井荷風の『日和下駄』を元にした、予告文の文案を作るのもシモベなのだから、現場の選定に樋野が関わる余地など既にある筈もなかった。

重要な現場は「第一」のみ。続くのは全てカモフラージュ、とした仮説は正しかった。「プレ二」と「第一」との間に何があってこれだけ中身が変容したのか。何故この時から事件の間隔も豹変したのか、もこれで明らかになった。その時点で介入して来た知恵袋がいた、というわけだ。

「『不死鳥』という、署名も」

「あぁ。シモベが言ったんだ。『アニキの名前、面白ぇじゃねぇですか』って」

樋野永理。「ヒノトリ」とも読める。「火の鳥」から連想して、「不死鳥」。火に飛び込んで再生する。火を自在に操る存在として、まさに相応しい名前じゃないかと彼が主張したのだという。

「ははぁ。そう来ましたか」砥部教授が、額を掌でパチンと叩いた。「荷風のエッセイだけではない。この真犯人は言葉遊びにも長けている」

「此奴には文学的素養もある」確かに教授からすれば、お好みの犯人像ではあるだろう。「それは最初から織り込み済みでしたが、ここまで」

「この犯人は摑み処がない。我々はずっとその点に惑わされていましたからな」教授が言った。「事件には極めて知性的な面と、稚拙な面とが見出せる。二重人格か、と疑われるくらい。それも今となってはある意味、当然だったわけですな。愚かな実行犯と、極めて優秀な教唆《きょうさ》犯。犯人は、二人いたのですから」

「樋野自身の稚拙な面を、シモベは敢えて放っておいた部分もあったのではと思います」田所も応えて言った。「そうすれば事件が多面的になる。我々としては当惑せざるを得なくなる。彼奴はそこまで考慮に入れていたことでしょう」

「もう一つ、我々の方が考慮に入れておかねばならないことがあります」教授が指摘した。「この男は田所先生の地理的プロファイリングを熟知していた。『プレ一』から『第一』の現場までで終わらせていれば、先生の修正円仮説で樋野の拠点は見抜かれてしまうことを知っていたんです」

「その通りですな」田所は頷いた。「『第二』『第三』現場の選び方は特に巧みだ。『第一』と含めてこちらの三点のみに注目すれば、円仮説の拠点は真の地点から大きく東にずれてしまう。手口を激変させて『第一』の現場に放火し、更に『第二』『第三』と続けさせたのは、それこそが狙いだったわけだ」

「『第四』からは場所がまた大きく動く。これ以降はもう、惰性のようなもの、と見做してよいのでしょうな」

「場所を動かせば動かす程、真の拠点がカモフラージュされる。後は、どこでもよかったのでしょう。荷風のエッセイで示唆することのできる地点であれば、どこでも」

『プレ一』『プレ二』の存在を隠すことこそが重要だった。そういうことだな」あの男が脇から口を挟んで来た。「つまり俺がいなかったら、この事件は解決できなかったことになる。俺があのオバチャンから、決定的な証言を引き出していなかったら」

ええぃもう、うるさい。撥ね除けようとした。自分の手柄を言い立てるのも、大概にしろ。

ところがそこに、若手の刑事が戻って来た。まずはこちらに顔を出した。

「駄目でした」小さく首を振った。「通話記録は確かに残っていました。ただし、身許を辿れるものではありません。相手の使っていたのはプリペイド携帯でした」

「まぁ半ば、そうではないかと予想はつきましたよ」こちらは小さく手を振った。「この真犯人が、足跡を残すようなミスは期待しない方がよかろう、と」

「YouTube の動画の方は」教授が訊いた。「投槁者が削除しても、運営側のコンピュータに残ってはいないのですか」

「そこは現在、問い合わせ中です」刑事が答えて言った。「動画が残っているか、どうか。調べるのにはもう少し時間が掛かりそうです」

「動画そのものにはあまり価値がない」田所が指摘した。「撮って、投稿したのは樋野自身だ。真犯人＝シモベは関わってはいない。それよりもし記録が残っているのなら、欲しいのは投稿に付いたコメントだ。シモベが送って来たものだからな。発信元が分かれば、一つの前進にはなる」

ただ、これもあまり期待はしない方がよかろうとの本音はあった。繰り返すがこのシモベが、安易に足跡を残してくれるとはまず考えられない。恐らく発信元は海外のサーバを経由するなり、追跡が難しい方法を採っているに違いあるまいと思われた。

「樋野から聞き出せる有効な情報も、もう限られているでしょう」マジックミラーの向こうを指し示した。「時刻ももう遅い。そろそろ切り上げ時ではないでしょうか、な」

「シモベの携帯番号が破棄されていたことを、樋野に伝えてやったらどうでしょうか」教授が提案した。「彼は怒り狂う。ますます口が軽くなる。その辺りを聞いた段階で、今夜はお開きとしては」

「いいですな」

田所が認めたので若手刑事は取調室に戻って行った。シモベが消え失せたことを知ると案の定、樋野は激昂した。

「くっそー、あんにゃろう。自分一人だけ逃げちまおう、ってハラだな。汚ぇ野郎だ」

「どうやら向こうの方が君より一枚、上手《うわて》みたいだよ」

「あの野郎、もう許せねぇ。ねぇねぇ。『ワイルド7』のオジサンを呼んでくれよ。あの人ならシモベを追っ掛けられる。追い詰めて、撃ち殺してくれるよ、きっと」

「ワイルド7？」

「あぁ、銃をぶっ放す人さ。スゴ腕さ」

あっ、と気がついた時にはあの男が部屋を走り出ていた。隣の取調室に飛び込んでいた。

「あ、困りますよ。ここには、部外者は」

制止する若手刑事を振り払うようにして、樋野に人差し指を向けた。「その名前を出すんじゃねぇ。俺とお前の間の秘密だぞ」

「あっ、あんた」

「シモベは俺がとっ捕まえてやる。安心して、待ってな。だから余計なことはもう、口にするんじゃねぇ」

「あぁ、分かった。分かったよ。だから頼むぜ。シモベを」

「あぁ、任せとけ」

「何だありゃ」こちらでは呆気に取られていた。「何の騒ぎだ、これは、いったい」

隣室では『オダケン』マスターが廊下に追い遣られていた。

「妙なことを口走ってましたな」教授が首を捻っていた。「銃がどうの、などと」

「まぁ、そっちの方はよく分かりませんが」田所は言った。下らないことに頭を巡らせている余裕は今はない。「ただ一つ、現段階で言えることがあります。極めて可能性が高かろうと思われる真犯人は、既に浮上しています」

「ほほぅ、それは」

「秦帆がシモベだ。真犯人は始終、我々の目の前にいたのですよ。まず、間違いない」

「何ですって、まさか」教授は更に呆気に取られていた。「確かに今日になって彼とは、急に連絡が取れなくなりましたが。しかし、まさか」

「そう。その状況証拠はありますな。ただ、それだけではない。更に補強になる要素に思いが至ったのですよ。彼の名前、です。本名でないとしたら何故、彼はこの名を使ったのか。シモベは言葉遊びが好みだ。樋野の名前から『不死鳥』のコードネームを案出した。ならば同じことを、自分の偽名でもやらない理由はどこにもない」

「あぁ、成程」教授も思い至ったようだった。苦笑を浮かべて、首を振った。「そうか。そういうことか。秦帆任。確かに音読みすれば、『シンハンニン』になる」

五日目　五月二十五日

27

豚の骨をトンカチで叩いて、ヒビを入れた。煮込むとここから髄液《ずいえき》が滲み出る。叩き折るのはあまりお勧めできない。折ってしまうと髄液が出過ぎてしまうためだ。どれくらいの大きさの骨に、どれくらいのヒビを入れると最もいい味に煮出されるか。一瞬で見極めながらトンカチで叩いて行く。長年やって来た、カンだった。

ヒビを入れた大量の豚骨を、ズンドウ鍋の底に積み上げて行った。この順番が大切なのだ。骨のどの部位を下に、どれを上に積むか。間違うと、味も変わる。屋台〈ゆげ福〉の常連なら直ちに、今日はスープが変だと気づいてしまう。

鍋の縁から飛び出すくらい豚骨を積み上げ、水を注いで火に掛けた。大量の骨を強火で一気に炊き上げる。豚骨もガスも惜しんでいては美味いスープは煮出せない。親父の口癖だったな、とふと思い出した。

「うわぁ。えぇ匂い〜」しのぶが入って来て、鼻をくんくん言わせた。「うちでこの匂い嗅ぐのん、久しぶりやわ」

「そげん長かこと家、空けとったわけでもなかろうが」匠は言い返した。「精々、十日かそこらやん。それとも、俺に対する嫌味、か」彼女は自分がいない間、親父から屋台は閉めとけとプレッシャーを掛けられ続けた。だから嫌味の一つも言われても仕方がないと自覚はしていた。

「そんなんちゃうよ」しのぶは朗らかに笑った。彼女の表情に嘘はない。「しやけど匠さんがおる時は、家でこの匂いするんは当たり前やったやん。それが短い間でも、せぇへんかった。そら寂しいモンやで。何日振りでも嗅いだらやっぱ嬉しいわ。あぁ我が家はこの匂いやな、てしみじみ感じる」

「そうか」ぐつぐつと煮えたぎるスープの中で、豚骨を掻き回した。これはかなりの重労働だ。身体にすっかり馴染んでいるからまだいいが、そうでないと凄まじい筋肉痛に悩まされることになる。「俺の在宅とこの匂いはセット、てことやな」

「そうそう。そういうこと」

タオルを手渡してくれた。「あぁ、有難う」気づくと既に、かなりの汗を掻いていた。拭って再び、豚骨を掻き回した。「それにしても、お前」ちょっと笑った。「関西からこっちに来た頃は、この匂いが苦手やったやん。饂飩《うどん》の方がよかとか言いよったやん。それが今や……。えらい変わり様やな」

「ホンマやなぁ」併せて笑った。「もう、忘れとったわ」

「お前がこの匂いに馴染んでくれんやったら、一緒になることもできんかも、て焦っとった時期もあったばい」

「まぁお陰様でこないに好きになってしもた」朗らかな笑みは続いていた。「取り越し苦労させてもて、済んませんでした」

夫婦、久しぶりの遣り取りだった。ここのところ電話越しで、しかも嫌な話題ばかりだったからな。何の棘もない会話が交わせるのも久しぶりだな、と思い至った。

と、そこにチャイムが鳴った。しのぶが玄関に出て行った。

「あぁ、お義父さん」ドアの開く音と共に、声が聞こえた。「いらっしゃい。散らかってますけど、どうぞ」

「ほほぅ、よか感じやな」室内に入って来ると同時に、親父も鼻を鳴らした。「ただもう一つ、コクの薄かな」

「まだ、火に掛けて間《ま》のなかけん」匠は言った。「もうちょっと時間の経ったら、コクも出ろうや」

「うんにゃ、そうやなか」首を振った。「恐らくこの豚の性質やろ。種類だけやなくて個体別にも、ダシの出易かとそうじゃなかとのおる。やけんどんだけ時間、掛けてもこればっかりはどげんしようもなか。ゲンコツ、もうちょっと足したがよかろう」

ゲンコツとは膝関節のことだ。豚骨の中でも特に旨味が強いが逆に、あまり入れるとしつこくなる。バランスが何より大切なのは、スープの素材だろうが社会構造だろうが変わりはしない。

小匙に一杯、スープを掬って口に含んでみた。途端に成程、と納得がいった。確かにちょっと弱い。ゲンコツを加えれば丁度いい加減になろう。匂いだけで瞬時にそこまで見抜くとは。やはりまだまだ親父には敵わない、と匠は思い知った。

「お義父さん、コーヒーどないですか」

「あぁ、気にせんでよかぜ。ちょっと時間のあったけん、立ち寄っただけやけん」

「自分も飲みたかったんです。だから、よかったら」

「あぁ、そうね。ほんなら、甘ゆぅかな」

しのぶはミルにコーヒー豆を入れ、ハンドルを回して手挽きにした。粉をフィルターに注ぎ、上から湯を掛けた。いい香りが漂っている筈だが匠には分からない。この部屋は強烈な豚骨臭が充満しているのだ。

「あぁ、こら美味かな」親父が一口、飲んで言った。「しのぶさんのコーヒーは、やっぱり最高ばい」

「そんなことないですよ。手挽きしよるさかぃ、見てたらそなぃ感じるだけなんやないですか」

「いやいや、これは美味か。湯の注ぎ方も、丁度よか」

匠もちょっと手を休めて、コーヒーのご相伴に与った。親父の言う通り、しのぶの淹れるコーヒーは格別なのだ。豚骨の匂いに満たされていた鼻の中に、ほんのりと焦げ臭い香りが入り込む。舌の上に広がる苦味も快かった。

「あぁ、美味かった。ご馳走様」飲み終えて、親父は立ち上がった。「ほんならな」

「もうお帰りですか」

「あぁ。さっきも言ぅたごと、ちょっと立ち寄っただけやけん。匠が昨日、帰って来たて聞いたけんな。久しぶりに顔、見に寄っただけたぃ」

親父の帰って行った玄関を二人、ぼんやりと眺め遣った。

「何も言われんやったね」しのぶがぼそりと呟いた。「『匠が帰って来たんやけん、しのぶさんはもう屋台に出ることはなか』とか何とか。どうせ言われるんやろな、て覚悟しとった」

「お前が元気そうなんで、安心したっちゃなかか」

「まぁね。ここんとこ体調がえぇんは確かやわんけど」

六ヵ月目。よく見ると、お腹がふっくらして来たようにも感じられる。

あそこに俺の子供がいるのだ。改めて自覚する。考えてみると何だか不思議な気もして来る。

赤子が男か、女か。エコー検査の際、尋ねれば教えてもらえるだろう。もう既にそれくらい成長している。

だが訊く気にはなれなかった。しのぶも同じ意見だったので、このまま放っておくことにした。産まれた時の楽しみだ。その方がワクワクして迎えられるではないか。

名前は両方の案を考えておく。そしてどちらだったかに合わせて、それをつける。何の問題もなかろう。

「どっちだろうと可愛かとに違いはなかよ」匠は言った。「まぁ一姫二太郎の方が育て易か、とは聞くばってん」

「匠さん、男の子に跡継いでもらいたいんちゃうの」

「ラーメン屋を、か。それは、別に」

「ほんなら、探偵稼業の方は」

「それこそこんなモン、継ぐことはなかよ。俺一代で、お終いよ」

子供は自分の生きたい路を歩めばいい。本気で思っている。勿論、継ぎたいと言ってくれれば嬉しいには違いなかろう。だがこちらから、仕向けることではない。

それともイザとなったら、やっぱり本音が浮上するのだろうか。やはりお前に跡を継いで欲しい、と言っている自分がいるのだろうか。ちょっと今の段階では、想像もつかない。

「まぁ、女の子やっても、ラーメン職人とくっ付いてくれればえぇわけやし、ね」

「いやいや。それこそ俺、そいつをイビって追い出してしまうんやなかか。そん程度の腕で俺の娘をもらおうやら、一億年早か、とか言うて」

「あぁ。それ、ムッチャありそう」

笑い合った。

こうして想像しながら、楽しむ。今が一番いい時期なのだろうと思った。子供が産まれたら産まれたで、てんやわんやでゆっくり寛いでいる暇もないかも知れない。

また、成長するにつれて何かと気苦労も増えることだろう。跡を継ぐ云々、どころではない。例えば不良娘に育って、家出を繰り返す、とか。柱谷と娘の顔がふと浮かび、慌てて振り払った。余計なことを考えていると、本当になってしまうかも知れない。


昨日は玲美と一緒に羽田発の飛行機に乗り、こちらへ戻って来た。同乗することに彼女は特段、嫌な顔もしなかった。

「心配せんでもよかよ」明るく笑った。こういう表情を見ると心から可愛い、と感じる。ヘンなことさえしなければ（それと、ヘンな格好も?）、純朴で愛らしい女の娘《こ》であることに間違いはないのだ。「ちゃんと帰るけん。占いの言うことはちゃんと聞くけん」

「いや、疑ってるわけじゃないよ」本音とは違うことを言った。「ただ、俺もこれで用は済んだんで。どうせ帰るんで、だったら一緒に乗っても構うまい」

「まぁ、そうやね。パパとも会わなならんやろしね」

「そうそう。そういうこった」

かくして柱谷の家まで送り届けた。

「あぁ。有難う有難ぅ」彼はこちらの両手を握り、いつまでも揺さぶり続けた。「どれだけお礼ば言ぅたらよかか」

「別に俺は、何もしたわけではないよ」首を振った。「占い師が玲美ちゃんに『そろそろ帰れ』と言った。彼女は従った。それだけのことだ」

「そうそう」傍らで彼女も微笑んだ。「占いの言うことはちゃんと聞いとかんと、ねー」

「いやいや。あんたのおってくれたお陰で、こっちはどれだけ安心できたことか。このお礼は、いくらでも」

「まぁまぁ、それはまたいつか、で」漸く、両手を離してもらうことに成功した。「それよりせっかくの親子水入らずじゃないか。俺に気を遣うより、そっちを優先しなよ」


腫れ物に触るように娘に接する親。ふと、さっきの親父を連想した。

親父だって久しぶりに面と向かって、いきなり俺に嫌な話題を持ち出す勇気はなかった。また、やったからと言って険悪な空気を生むだけで、前進はさして期待できないのだから、尚更。今日は俺の顔を見、次に繋げることだけを期して帰った。親父の行動の意味は、振り返ってよく分かる。ただ、問題は解決したわけではない、決して。それもよく分かっている。しのぶが身重の身体で働いている限り、親父の心配は止まない。まだ大丈夫と主張するしのぶと、制止する親父の構図は何も変わっちゃいない。その板挟みになる、俺の立場も、また。

「〈ゆげ福〉の暖簾《のれん》は絶やすわけにはいかんさかぃなぁ」

しのぶの言葉に我に返った。「あぁ。そりゃそうたぃ」頷いた。「やけん後進はしっかり育てるよ。弟子を取って、鍛え上げるよ」

子供が産まれればそれこそ、暫くはしのぶも屋台を手伝うことはできなくなろう。そのタイミングで弟子を雇い、手伝わせながら仕込む。流れはそんな風になるんじゃないかと想像した。

そう、もうちょっとの辛抱なのだ。子供が無事、産まれれば何の問題もなくなる。親父としのぶの確執も、俺の板挟みの構図も自然解消する。

「そのお弟子さんと、うちの娘がくっ付いたりして、な」しのぶが言った。「ほんなら結局、同じことか」

「問題は俺がそれを認めるかどうか、やな」

「そうそう。そこまで、一緒」

豚骨がかなり煮込まれて来た。室内に垂れ込める香りがより一層、深くなった。

「あぁ、ホンマ。ええ感じになって来たわぁ」

小匙にちょっと掬い、味見をした。「おぉ、よか塩梅《あんばい》。さすが親父やな。ゲンコツ追加したら、ほんなこつ（本当に）ようなった」

「匂いだけでそこまで見抜くんやモンね。お義父さん、やっぱり凄いわぁ」

「あぁ。まだまだ敵わんよ。これで今夜の営業も、バッチリたぃ」

久しぶりの和気藹々《わきあいあい》とした時間だった。

だが長くは続かなかった。

スマホが着信音を発し、通話アイコンをタップして耳に当てると柱谷の悲痛な声が飛び込んで来たのだ。

余計なことを考えていると、本当になってしまうかも知れない。さっきの悪い予感がちょっと違った形で的中してしまったことを、匠は思い知った。

「あぁ〝ゆげ福〟。玲美が、玲美が」続く言葉は聞くまでもなかった。「家出した。また、おらんごとなった」

28

大学の研究室になんぞ、金輪際いるのは願い下げ。間違いない。そいつは今も、変わりはしない。

だが今回だけは別だった。「不死鳥」事件がどうなるのか。どこへ行くのか。俺だって知りたい。大きく動いた時、その場にいたい。

昨夜は梨花のマンションに泊まった。許してくれた。

そもそもは入院が必要な身体だったのだ。医者には反対されたのを押し切って、外に出て来た。だから「今夜はうちに泊まって」と梨花の方から言って来たのもある意味、自然な流れではあった。「やっぱり心配だモン。一人でお店で寝てて、もしも容態が急変したら、大変」

その代わり、ソファで寝るように言われた。

「心配があるとしたら、頭なんだろ」オダケンは一応、抵抗を試みた。人差し指でとんとん、と自らの後頭部を突ついた。「ベッドでもあまり関係があるとは、思えねぇんだけどなぁ」

「まぁ、いいから。今夜は安静にしときなさい」

「ベッドでも安静には、できるぜ」

「それに明日は砥部研究室に行くんでしょ。早起きしなきゃ」

「ベッドでも早起きは、できるぜ」

だが悪《わる》足《あ》掻《が》きもここまで、だった。結局ソファで朝を迎えた。

「一緒に行きたいんだけどなぁ」コーヒーを飲みながら梨花は悔しそうだった。「事件がどうなるか、私だって知りたいのに」

だが今日は外せない仕事がある、という。取材のアポがある、という。

事件が動いた時は逐一、報告するよとオダケンは約束した。一緒にマンションを出、梨花は仕事先へ、オダケンは東勢大学へと向かった。新宿駅から小田急線に乗って代々木八幡駅で降りた。

本来ならいつもヤマハSEROW250の駐めてある、花園神社にまずは向かうところだ。だがバイクは未だ、扇橋にある。取りに行く暇も惜しい。そんなことをしている間にも何か、動きがあるかも知れないではないか。

それに久しぶりに鉄路を使ったお陰で新しい発見があった。代々木八幡駅が新しくなっている。ホームの位置がちょっとズレているし何より、山手通りとの連絡通路まで出来てるじゃないか。

かくして世間的には極めて常識的な時刻、オダケンの日常ではまずあり得ない時刻に、研究室に到着した。田所と砥部教授も既に来ていた。

「やはり、予想していた通りでしたな」田所が言っていた。「教授のご友人という、そのメールアドレスも偽物だった」

捕らえた放火実行犯、樋野を操っていた真犯人は、この研究室でオダケンも会ったあの助手、秦帆だったという。素直な若者に見えたんだけどな。聞いて、意外だった。あれは全て、演技だった、ってわけか。

「秦帆は」昨夜、田所が教授に質《ただ》していた。「長年、研究室にいた者ではなかったのですね。余りにてきぱきと動き、教授との息もぴったりだったもので私はてっきり、ずっと研究室に在籍していた助手だと思い込んでいたのですが」

「まだうちに来て、一ヵ月とちょっと、といった程度ですよ」教授は答えて言った。「古い友人の紹介で、うちを訪ねて来たのです」

かつて、共に犯罪捜査研究に打ち込んだ佐久間《さくま》という教授だそうだった。渡米して研究を継続しており、今も時折メールを遣り取りしている仲という。

「もう十年以上もメリーランド大学で研究に勤しんでいる男です。彼から久しぶりにメールが届きましてね。『私の友人の息子で、犯罪者プロファイリングの研究をしている若者がいる。実践的な環境で勉強を続けたいと切望しているのだが、君の研究室を紹介してよいだろうか』と。うちはつい最近、助手がイギリス留学に行ってしまい、人手が足りなくて困っていた。だから渡りに船、と彼の提案を受け入れたのです」

そうしてもらって構わない、と答えると直ぐに返信が来た。「では彼からそちらへ連絡を入れさせる。秦帆任という名だ。優秀な青年なのできっと気に入ってもらえるのでは、と期待している」

続いて秦帆を名乗るメールも届いた。ではいついつ、ここの研究室に来てみてくれ。遣り取りの果てに彼は実際に姿を現わした。約束の時刻に寸分違《たが》わず現われ、それだけで好印象だったのを覚えていますよ、と教授は振り返っていた。

「しかも実際、ちょっと遣ってみたら予想以上に、いやそれを遥かに超えて優秀でしたからな。一言、言えば全てを飲み込む。時にはこちらの意図を先読みして、事前に準備を済ませてしまう。人手不足の頃が嘘のよう。研究の捗り具合と来たら——前の助手には申し訳ないが——彼がいた頃と比べても桁違いに早くなった。これはいい人材を紹介してもらえた、と喜んでおったのです。事実、佐久間君にもその旨のお礼メールまで打ちました。『そうか。それだったら私としても紹介した甲斐があったよ』との返信も直ぐに来た」

「その遣り取りのメールを見てみたい」田所は言った。「今夜はもう無理だ。明日、研究室で見せて頂きましょう」

そうして今日、コンピュータを開いてみて案の定だった、というわけだ。

「こいつか」オダケンもそのメールを見せてもらった。「このどこを見りゃ偽物だ、って分かるんだい」

「送り主のメールアドレスを見てみるがいい」田所が説明して言った。「〈t.sakuma@umcl.edu〉となっている。だが本来、メリーランド大学のアドレスであれば〈@umd.edu〉の筈なのだ」

メアドの最後尾には大抵、国別コードのトップレベルドメインがつく。日本の「.jp」、イギリスの「.uk」などの、あれだ。これにより「このメアドはこの国、あるいは地域のものですよ」と分かるようになっているわけである。

ただしインターネット発祥国であるアメリカの場合、ちょっと違う。国を表す「.us」というドメインもあるにはあるが、州政府関係者以外はあまり使わないという。代わりに連邦政府機関の「.gov」、軍関係者の「.mil」など、所属機関ごとのドメインの方が多用される。「.edu」は「education」の略であり、アメリカの高等教育機関のスポンサー付きトップレベルドメイン。つまり大学などは多くこれを使う。

そして「umd」は、「university of maryland」の略。だからメリーランド大学のメアドは〈@umd.edu〉になるわけだ。

「気づきませんでした」教授が肩を落とした。「メアドは細かい文字で表示されるので、〈cl〉がくっ付いて〈d〉に見えてしまう。目を凝らして今日、見てみるまで全く気がついていませんでした」

「まぁ、しょうがありませんよ」田所が慰めるように言った。こいつにも人を糾弾しないことなんてあるんだな。妙なところに感心して、見ていた。「そもそもメールアドレスを目を凝らして見る、などということを通常、我々だってやりはしませんから。それらしいメールが来ればそのまま受け入れてしまう。一般的な行動と評していい」

そしていったん、メールが来ればそれに返信するから以降、偽のアドレスとずっと遣り取りすることになってしまう。確かにこんなやり方で来られれば、ころりと引っ掛かってしまうのは仕方なかったろうとオダケンにも思えた。

「一応、確認のためにその佐久間教授に正式な問い合わせをしてみましょう」田所が提案した。「このようなメールに心当たりはないか。まぁ十中八九、戸惑いの返信が来るだけとは思いますが」

今の時刻、アメリカでは夜の九時に当たる。まだ起きてはいるだろうし、コンピュータを自宅でも時おり覗いていれば返信も来るだろうと田所は言った。それに急ぐ必要もない。どうせ結果はほぼほぼ、分かり切っているのだ。

「そもそも、だ」教授がメールを送信すると、オダケンが切り出した。「何だってあの秦帆てぇ奴は、砥部教授に目をつけたんだ。どうしてこの研究室に入り込もう、なんて考えを起こしたんだ」

「そこだな。確かに」田所が同意した。こいつがこっちの疑問なんかを素直に認めるのも意外なことではあった。まぁ妥当な提議ではあったのだろう。「秦帆は連続放火の実行役を探していて、YouTubeの樋野の画像を見つけた。これは格好の対象がいた、と彼奴も喜んだことだろう。同時に潜り込む研究室を探して、砥部教授に目をつけた。流れとして、そういうことになる」

「私は比較的、頻繁にSNSを活用していますからな」教授は言った。「警察の捜査研究に協力している旨も、ブログに書いている。勿論、具体的な捜査内容は伏せてはおりますが。大学のホームページに我が研究室の紹介として、それは明記しております。だから連続放火事件を起こせばうちに研究が持ち込まれる蓋然性が高かろう、とは予想はつけられたことと思います。外部の人間でも、その辺りを細かく見て行けば」

「教授が永井荷風のファンであることも」

「ブログで書いています。覗いていれば私の趣味は、筒抜けです」

「つまり、こういうことになる」田所が整理した。「秦帆は連続放火の実行役と、それを対象として研究する場を探していた。幸い樋野と砥部研究室という、理想的な両者を見出した。調査は慎重に進めたことでしょう。特にここに潜り込むためには、仕掛けが必要ですからな」

「覗かれていた、ということですな。私のメールも」

「そうとしか考えられません。かくしてここの助手が最近いなくなったことも、友人である佐久間教授の存在も知った。ここに潜り込むには格好の口実があることが突き止められたわけです。教授のメールの遣り取りはじっくりと分析されたことでしょう。何と言っても佐久間教授に成り代わって、メールを書く必要がある。文面も真似しなければならなかった筈ですからね」

「あぁ、その通りです」教授は頷いた。「いかにも彼の書きそうな文章だった。だから私は疑うこともなく、受け入れてしまったわけで」

「いやはや、俺にはお手上げだよ」オダケンは口にした通り、両手を挙げた。「どこまでこいつ、犯罪の天才なんだ。どこまで周囲を自在に動かし、事件を裏で操ってたんだ」

「そう。此奴は天才だ。それは間違いない」またも田所は、こちらの意見をあっさり認めた。「準備を万端、進め満を持して動き出した。樋野をそそのかして発火装置を作らせ、予告文も用意して

『第一』の事件の用意を整えた。永井荷風のエッセイを引用した予告文に仕立て上げれば、砥部教授が食いついて来ると最初から読んでいたんです。同時に偽メールを駆使して、ここに潜り込んだ」

「順番はどっちが先だったんだ」オダケンが訊いた。「小日向の事件発生と、ここに奴が潜り込んだのと」

「来たのが先だ」教授が間髪、入れず答えた。「彼が来て間もなく、事件が発生した。科捜研からこの研究室に事案が持ち込まれた。『おぉ、タイミングがよかったな。研究に格好の事例が転がり込んで来たようだぞ』と彼に話した記憶が鮮明にある。だからその順番だったことは、間違いない」

「その順番であることが大切だったわけですよ」田所が指摘して言った。「事件発生を機に研究が始まる。自分の優秀さを殊更にアピールできる。何故なら何が起こっているのか、実は知っているんですからな。そこだけを巧みに隠して、研究を的確に進める。それは見ている教授からすれば、何と有能な奴だとの評価にもなるでしょう」

「教授を騙して好きに動かすためだな」オダケンが言った。「こいつは優秀だと認めれば、意見を聞くようにもなる」

「おまけにその提案は逐一、的確だったわけですからな」教授からすれば自分の非を、振り返るようなものだった。恥には違いあるまいが、冷静を保てなければ分析は進まない。「今となってみれば、それはそうだ。事件は自分で起こしているのだからな。どういう事件なのか。これから何が起こるのかも正確に分かっている。と、言うより、知っている。彼の具申が全て、的確だったのは今から見れば当然のことだったわけだ」悔しそうに首を振った。

「そこまでは分かった」オダケンは言った。普段ならこれだけ頭を使えば、煙草を吸いたくなっていただろう。だがそんな気も起こらなかった。疑問が次から次と湧いて出るのだ。「そこまでの流れは、な。秦帆は放火犯と、その捜査が持ち込まれる研究室を探していて、どちらも上手く見つけた。研究室に上手いこと潜り込むことにも成功した。どうやってそれをやったのか、も判明した」一息、ついて続けた。「後は分からねぇことは、一つだけだ。それじゃぁ何故こいつは、こんなことを仕出かしたのか」

「当然そこだ、問題は」既に田所がこちらの意見に同調しても、意外にも思わなくなっていた。「彼奴が何をやったのか、はほぼ判明した。残る疑問は動機、だ」

「奴が仕掛けたのは連続放火事件なんだろ」オダケンは指摘して言った。「あんたの専門なんじゃねぇのかい」

「私の、いや、それはそうだが」田所が戸惑ったように眉を顰めた。「同様の事件なら、砥部教授だって専門だ」

「いや、確かにその通りですよ」教授もオダケンの意見の方を支持してくれた。「私もこの手の事件を扱いますが、田所先生ほどではない。世間的に見てもそうですよ。一般の読者にも分かり易いように解説した、ご著書まである」

「そうだ」田所も認めるしかないと悟ったようだった。「あの本では特に、私の『円仮説』について一章を割いて詳しく解説した。そして今回の事件は、まさにあの仮説を適用したくなるような発生の仕方をしている」

田所の改善した「円仮説」については何日か前、ゆげ福から教わっていたため理解も早かった。昨日、コンピュータ上で地図が歪むところも実際に見せてもらった。あれは犯人の、坂の上り下りに対する心理的距離を表すものだという。この点に関する限り田所は、研究の第一人者なのだろう。

「まんまと秦帆の罠に掛かり、見当違いの方角にばかり目を向けていましたが、な」田所は言った。「だが確かに、そうだ。坂の多いこの東京で連続放火事件を発生させれば、研究者ならば誰もが私の円仮説を使いたくもなろう」

オダケン達が樋野を見つけたように、真の現場を「円仮説」で繋げれば犯人に辿り着くことは可能だった。だがそれではマズいため、その後の事件は敢えてこちらの目を眩ます地点で続け様に発生させた。

「そうだ」教授がポンと手を叩いた。「思い出しましたよ。田所先生を呼びましょうと提案したのも、そう言えば秦帆だった。『これはもう、先生の仮説を適用する格好の実例ですよ。実際に先生に来て頂いて、分析を進めてみたいですね。そうすれば研究は、飛躍的に進展するのではないでしょうか』と。私も確かにそうだと賛同し、科捜研に相談して了承を得たのです」

「私もそういう事例が現在発生中だと聞けば、喫緊の用でもない限りそれを放り出して駆けつける筈ですからな」田所は腕を組んで唸った。「砥部教授が永井荷風のエッセイを見れば、惹きつけられざるを得ないように。私もまた動きを読まれていた。全員が自らの意思で動いているようでいて、実は彼奴に好きに操られていたのだ」一際、唸り声が太くなった。小さく首を振った。「しかし、では何故。何故、私なのだ。相変わらず、動機について予測もつかない。彼奴はこのことでいったい、何をやろうとしていたのだ」

29

砥部教授の友人という、メリーランド大学の佐久間教授からメールの返事が届いた。最早、確認の域を出るものではなかったが。一つまた、明確にできたのはよかったと受け取るべきだった。解析にはステップが重要だ。そして一つ一つのステップが、確固たるものであればあるほど望ましい。どこかで間違えたステップがあれば、その後の分析が見当違いの方向に向かい兼ねない。

「いや。私は最近、君とメールの遣り取りなどしてはいないぞ」彼は返信で書いていた。「このメールは、久しぶりに君から届いたものだ。秦帆なるそんな若者は知らないし勿論、君に紹介した覚えなど毛頭ない」

「まぁ、これで明確になりましたな」教授は苦笑した。「最早、疑ってもいませんでしたが。やはり真犯人は秦帆だ。間違いない」

「明確になっただけでもよしとするべきでしょう」思っていたことをそのまま、田所は口にした。

「これで何の迷いもなく、分析を先に進めることができる」

「しかし進めるも何も、さっきから停滞したままじゃんかよぉ」あの男が不平を言った。相変わらず、言うまでもないことばかり口にする男だ。「そいつのターゲットは、あんた。これまでの一連の事件は、あんたをここに呼び寄せるためにこそあった。そこまでは分かった。だが、じゃぁ何故だ。こんな手間暇、掛けてまであんたをここに引っ張り出した理由は何だ。そいつがさっぱり、見当もつかねぇ」

重苦しい空気が研究室を占めて、もう長いことになった。停滞。あぁその通りだ。そして停滞感くらい、気分の塞ぐものはない。

例えば列車に乗っていて前方で何らかの事故が発生し、運行速度が落ちた例に準《なぞら》えることができよう。遅くなっても、まだ動いているのなら耐えられなくもない。いつかは目的地に着ける、と期待することができる。だが完全に停車してしまったら話は別だ。再び動くのか、どうか。動き出すのがいつになるのか。見当もつかないと人間は不安に陥る。本当にまた動いてくれるのか、とまで訝ってしまう。精神的な疲労は、両者で比べ物にならない。

だからこそ完全停止してしまったら、定期的に車掌が車内アナウンスを流すことが求められる。「現状はこうです」「これが取り除かれれば発進できます」「だからそれまで、もうちょっとお待ち下さい」状況説明があれば乗客は落ち着く。たとえ実際には、進展はしていなくとも。何か情報が発信され続けることが大事なのだ。沈黙されるのが最も乗客を不安に陥れる。故に鉄道会社ではこうした場合、アナウンスの間隔をあまり空けないよう乗務員には教育している。

我々もまた、完全停止、か。田所は心の中で苦笑した。加えて最新の状況説明も、してくれる者は誰もいないと来ている。我々を答えの方へ導いてくれる者も。そう、それをやるべきは、この私自身なのだ。

救急車の走り過ぎて行くサイレン音が室内に届いた。あれもまた、人を不安にさせずにはおかない音の一つだ。敢えてそのために作られたものなのだから、抗い様もない。

「もう一度、最初から振り返ってみよう」田所は提案した。「そうすることで、何か見えて来るものがあるかも知れない」

「気の長ぇ話だぜ」あの男が両手を挙げた。「足踏みなんてご免だね。俺ぁ一服つけて来らぁ」

いなくなってくれた方が有難いのは、言うまでもない。田所は何も言わず、出て行く背中を目で追うことすらしなかった。

「キャンパス内は禁煙だ」教授の声が耳に届いた。「外も、路上喫煙の許されるところはなかなか見つからないと思うぞ。ここは、周囲は高級住宅街なのだからな」

「あぁ、のんびり探すよ。それまでの間で少しは進展してるのを、期待して、な」

あぁ、その通り。ずっと遠くまで、煙草の吸える場所を探して延々彷徨《さまよ》っていてくれたらいい。胸で思った。

構わず、地図を広げた。これまで、何度も何度も目を走らせて来た地図だ。これまでの放火事件発生現場が赤点でマークされている。「1」から「5」までは秦帆、自身の記したものだ。「6」の扇橋と、「プレ1」「プレ2」は昨夜、自分の手で書き入れた。

砥部教授も近くに寄って来た。何も言わずに地図を見下ろし、腕を組んだ。こういう時、黙っていてくれるのは本当に有難い。誰かさんとはえらい違いである。

ふと思い出して、教授を見た。「あの、ノートはありますかな」

「秦帆の記録していたノートですな。あぁ、これです」

地図にあまり書き込んでしまうと、見辛くなってしまう。だからここに書き入れる情報は、最小限。詳しいことはこちらのノートに記してある。その纏め方も見事だ、と田所は感心した。まさかあれも、こちらを欺くためのものだったとはな。感心するしかなかった。優秀なところを見せつければ見せつける程、こちらは感嘆するしかなくなる。信頼度が増しこそすれ、まさか此奴が真の犯人だなどと思い浮かびもしない。

光栄です。憧れの田所先生にお会いできるなんて。眼を輝かせていた彼の姿が思い出された。あれもまた演技だったとは、な。憧憬を向けられ、いい気になっていた自分が恥ずかしかった。恐らく秦帆はこちらの心の動きも全て読んでいた。馬鹿め、こんな程度で騙されやがって。胸の中で舌を出していたに違いない。

……くそっ！

不甲斐なさを覚えると同時に、怒りも湧きそうになった。あぁ、いけないいけない。強い感情に衝き動かされては冷静な判断が鈍る。奴を追い詰める材料も見逃してしまい兼ねない。

このままでは負けだ。逆転勝利を収めるには、彼奴を追い詰めることだ。そのためには冷静さを失ってはならない。

「発生現場で重要なのは『プレ一』から『第一』まで。その後に続く場所は少なくとも位置的な意味合いは薄い。その仮説は、維持してもよさそうですかな」

「左様」考えを纏めるためには時折こうして、振り返ってみる行為も欠かせない。教授の言葉に頷いた。「そこは現時点に至っても、是としない材料には思い当たりませんな」

「しかしそうなると」六番目の現場に指を止めた。最後の江東区、扇橋だ。秦帆が姿を消した直後に発生した。〝シモベ〟に連絡がつかない、と癇癪《かんしゃく》を起こした樋野が爆発の規模を拡大させた。

「真の拠点を誤魔化すためだけに、こんな遠くにまで現場を広げた。その執念には、感心せざるを得ませんな」

「まぁ、実際に動き回るのはあの実行犯ですから」田所は言った。「秦帆からすれば、自身の労力を気にする必要はなかったわけで」

「まぁ、そうですが」

ただ、答えながら何かが心の片隅に引っ掛かった。今の言葉にヒントがある。ストレートの解答を指し示しているわけではないが、それでも正答の方角を示唆する何かが含まれている。勘が告げていた。

それは、何だ。何がいったい、私の胸に引っ掛かったのか。

近くにある。分かった。なのに、辿り着けない。直ぐそこにあるのに、手が届かない。もどかしさが募った。

再び秦帆のノートを取った。パラパラ、と捲った。

よくぞここまで、と感心させられるくらい丹念に整理してある。だがそれもまた、こちらを欺くための手管の一つだった。分かってしまうと更に、悔しさも募った。

いや、それだけだろうか。奴だって人間だ。自分の作戦を遂行して行く中で、思うこともあったろう。それがふと、こういうところに残ってはいないだろうか。勿論、正解をそのまま指し示すものはない。そんなミスは犯してくれはしない。だがそれでも、奴の心の奥に光を当てる、何かが。

ノートと地図とを交互に見た。地図には発生地点。その順番。日時と共に、「a」「b」といった記号も振られていた。

これは、何か。最初にここに来た日、彼に尋ねたのを思い出した。「書き入れた時刻の信頼度を、こちらなりにａｂｃに分類してみました」彼奴は答えて言っていた。

「ホワイトボードはありますか」訊くと、講義で使用するものがあるという。すぐにキャスター付きのものを、教授が押して来た。「頭を整理したい。キーワードを書き入れてみます」

まずは「時刻」と大書きした。（ ）付きで「信頼度」とも書き添えた。少し睨み据えた上で、次に移った。奴がこのノートの中で、特に重要視しているテーマは、何か。

「天候」と書き込んだ。確かに奴はこのファクターにも注目していた。事件と事件の発生間隔は重要だ。そこに、天気も影響を及ぼす。自分自身、秦帆のメモに感心して語ったのを思い出す。こちらには（　）付きで「発生間隔」と書き添えた。

「事件の発生間隔はほぼ七日間でしたからな」ホワイトボードを覗き込んで、教授は言った。「現場の位置にさして意味はないにせよ、間隔は何かを示唆しているのか」

「実行犯、樋野は無職だった」頭を整理するために口にした。「時間の自由が利いた。だからこの間隔は、仕事の影響ということはあり得ない。まぁこれは彼奴を捕まえてから判明したことではありますが、な。何も知らずにこの定期的な間隔を見れば、七日ごとに休日が来るような職場に勤める者が犯人、との仮説も挙げていたかも知れない」

「では七日間隔は誤誘導のため、ですか。我々を混乱させるため」

「うぅむ」腕を組んだ。確かにその説はあり得る、か。「七日間隔が微妙にズレるケースがあるのも、天候のせいだと思い込ませる。そのために敢えて天気データを持ち出した。うぅむ」

しかし真っ当な仕事であれば、天気がどうあろうと休日は定期的に巡って来よう。それとも建設現場のように、稼働も天候に左右されるような職業と示唆しようとしたのか。

腕を組んでホワイトボードを暫し睨みつけた。が、やがて小さく首を振った。「これは、どうとでも仮説が広がってしまうテーマのようです。ひとまず、措いておこう」

「誤誘導」「職業?」と記した後に、「ペンディング」と書き入れた。

「一つの犯行を終え、次に取り組むためには一週間ほどの間隔が要る」田所は言った。「まぁ事前の下見などは、犯行の前から行っていただろうが。そうでないと犯行予告の文も作れませんからな。しかしそれにしても、実行犯からすればこれくらいの間隔でやった方がやり易い。そこは、間違いのないところだとは思います。誤誘導だったかどうか、はこの際、抜きにして」

続いて取り上げたテーマは、「犯人＝多重人格説」だった。これも秦帆が持ち出した仮説だ。誤誘導が目的だったのか。樋野が逮捕された今となっては的外れだったと判明しているが、あの時点では考慮に入れて然るべき仮説ではあった。

「曜日」も書き出してみた。考えてみればこのファクターは、秦帆が持ち出すことはなかった。事件の発生間隔。実は曜日が何か関係しているかも知れない、との仮説は持ち出されていても不思議はなかった。敢えて挙げなかったのはこれも逆に、誤誘導の可能性もあると考えられないでもない。

「ふぅ」と息をついた。「ミスリードを考慮に入れ始めると、切りがなくなるようですな。これらはちょっと措いておいて、先を急ぎますか」

言いながら記した次のキーワードは、「現場の特性」だった。

「〝開通小路〟ですね」教授が言った。「袋小路ではなく、双方向から現場にアプローチできる路地。思い返せばこの命名も、秦帆でしたよ」

「この特徴を我々の意識に植えつけるために、敢えて命名までしたのか、どうか」

しかしそもそも犯行現場としては、袋小路でない方が好ましいのは言うまでもない。犯行中にふと、入って来た第三者でもあれば逃げ道がなくなってしまうのだから。

「これは単に、犯行の発覚リスクを減らすために選んだだけでしょうか、な」

「うむ。その可能性の方が高いようには思えますが」これも誤誘導の可能性もあり得る、か。思い至って、続けた。「次の犯行現場をプロファイルする。その際には、〝開通小路〟に優先して注目する。我々は実際、そうしたわけだが」

「しかし現実には、仮に誤誘導だったとしても無意味な結果になったわけですからな」教授が指摘して言った。「樋野は暴走した。我々が類推する前に事件を起こしてしまった」

「そう。そうなんですが」またも何かが引っ掛かった。そう、ここだ。ここに、重要な何かがある。「樋野は暴走した」教授の言葉を繰り返した。「それは、何故か」

「〝シモベ〟、即ち秦帆がいなくなってしまったからですよ」教授が口に出して明快にしてくれた。「抑えが効かなくなり、勝手に犯行に走ったんです」

「そう。その通りです」頷いた。「秦帆は姿を消した。そうすれば樋野が暴走する、と分かっていたのに」

それまでは〝開通小路〟で犯行に及ばせるなど、樋野が捕まらないよう細心の注意を払っていた。実行の際には防犯カメラに注意するよう念を押してもいた、という。指示を受けて樋野は、リュックに帽子や上っ張りを複数、用意し折に触れて取り替えていた。カメラで同一人物だ、と見抜かれることがないよう。それくらい入念に行動させていたのだ。

「第二」以降の犯行現場だって、そうだ。そのままでは樋野の拠点を指し示してしまう、「プレ一」から「第一」を誤魔化すためだけに、犯行を重ねた。樋野へのガードはそこまで徹底されていたのだ、あるタイミングまで。

「秦帆は樋野が逮捕されないよう、万全を期していた」田所は言った。「それが一転、放り出した。暴走し、破滅するだけだと分かっていたにも拘らず」

「用なしになった、ということですな」

「そうです。ではそれは、何故なのか。今までは必要な存在だったのが一転、不必要になった。樋野が逮捕されようと何ら構わない事態に至り、秦帆は姿を消した」

「一昨夜ですな」教授が言った。「扇橋事件の起こった昨日の、そのまた前日の夜。あの時、何があったのか」

思い出す。あの男――『オダケン』マスターがあまりに勝手放題なため、我々はもう使わないことを決めた。現場を回ってもらう役割は、翌日から秦帆に頼むことになった。

彼の反応を思い出す。自分はバイクなど持っていないので公共交通機関を使わざるを得ず、効率が悪い。当初、尻込みするような態度を見せてはいたが、拒否の物腰では全くなかった。引き受ける積もりでいた。つまりあの時点ではまだ、事態は継続すると彼自身、思っていたということだ。

ところがあの後、何かがあった。もうこれを続ける意味はなくなった。

かくして秦帆は出奔し、翌日には行方が知れなくなった。見捨てられた樋野は最後の行動に出た。

「時間。間隔。全てはそこだったのです」口にすることで全てが、見えて来るような感触を覚えた。「先程、教授が『真の拠点を誤魔化すためだけに、扇橋にまで現場を広げた』とその執念を語っておられた。そこに私は何かが引っ掛かったのです。今となってはそれが何だったのか、よく分かる。秦帆が広げたのは現場ではない。時間だったのです」

「時間、稼ぎ」

「そう、その通り」ホワイトボードをバン、と掌で叩いた。「時刻」「発生間隔」今となっては示唆に富む言葉が、書き連ねられていた。「奴には時間を稼ぐ必要があった。何かが起こるまで。それまでは樋野を密かに動かし、私をここに引き留めておく必要があった」

「先生を、ここに」

「そうです。そして一昨日の夜、とあることがあった。お陰で時間稼ぎの必要は最早なくなり、彼奴は姿を消した。これまでの全てが、用済みになったわけです」

「し、しかしそれは、いったい」

「いや〜参《め》ぇったぜ」そこに、あの男が帰って来た。「本当にどこにも、煙草を吸えるところがねぇ。歩いて探し回ってる内、どんどん遠くん行っちまった。お陰でこんなに時間、食っちまった」

嘘をつけ。喫煙場所など最初からないので、その辺で勝手に吸ったのだろう。研究室の議論に加わりたくないだけで、どこかで時間潰しをしていたのだろう。

「丁度いいところに戻って来てくれた」だが、余計な突っ込みは控えて切り出した。「小田君、弓削君の連絡先は分かるかね。私はデバイスに登録などしてはいないので」必要な電話番号は全て頭に入れてある。記憶していないものは単に、重要な番号ではないというだけだ、このような場合を除いて。

「弓削君？　〝ゆげ福〟のことか」

大きく頷いた。「あぁ、そうだ。彼と連絡を取らねばならない、大至急」

30

タクシーを飛ばした。ヤマハSEROW250があれば使うところだが生憎、未だ扇橋にあるままだ。本当に今日くらい、足のない不便を思い知らされることもない。

まぁ、仕方がなかった。今は必要費用について云々、慮《おもんぱか》っていられる場合ではない。田所の言う通りだ。

それどころか、使える額の上限はいくらか、すら議論の俎上に載った。

「話を聞き出そうというんだぜ」オダケンは強く主張した。するしかなかった。行くのは、やるのはこの自分なのだ。「餌をぶら下げてやらなきゃ、交渉のし様もねぇ」キャッシュレス決済の時代だか何だか知らないが、こういう時に効果を発揮するのはやはり現ナマに限る。

「目の前で見せてやる必要があるか、な」教授が訊いたので、頷いた、これも強く。「そうか。事後に科捜研に頼めば、ある程度の必要経費として請求することは可能だろうが。現段階でこの研究室にあるのは、これくらいだ」

　机の中から万札が出て来た。十五枚ほどあった。

「財布の中身も出してくれよ」田所も含め、両者を見て言った。「とにかく交渉しなきゃならねぇ。一発勝負なんだ。あればあるだけ、有難ぇ」

　そんなわけで今、オダケンの懐には二十万があった。満足な額とは到底、言い難い。おまけにここから、タクシー代も出て行く。それでもこれだけで、何とかするしかない。

　池上本門寺の裏の辺りに着いた。〝ゆげ福〟からあの夜、うちの店で話に聞いていたため、調べるのは簡単だった。この辺で、マンションの一室で占星術をやっている女。ネットで調べれば、一発でヒットした。

　直ぐにアポを入れた。急いでいる。金は望むだけ払うから、直ちに占って欲しい。電話口で捲し立てると、了承された。金に靡《なび》き易い女らしい。最初からそうじゃないかと田所が言っていたが、やはり当たっていたようだ。これは行けるんじゃないか。希望的観測が湧いた。

　タクシーを降り、件のマンションに歩み入った。オートロックを解除する、エントランスのインタフォンを押すと女が応答し、七階まで上がって来てくれと告げられた。ゆげ福の時にはこんな手間は要らなかったらしいが、こちらは常連の連れもいない一見さんなんだから、仕方がない。

　部屋に入るとほんわりと麝香の匂いが漂った。これもゆげ福が言っていた通りだ。客をリラックスさせ、先方の言うのを信じ込ませ易く誘導する。そのテの一つなのに違いない、と奴は語っていた。

「いらっしゃい」部屋の奥で、小さなテーブルの向こうに座った女がこちらを手招きした。ムスリムの女性が纏うような、ゆったりとしたロングドレスに身を包んでいた。「遠慮しないで。前に座って」

見上げると天井は半円球の内側状になっており、女の手元の天球儀から放たれた光でプラネタリウムの天体ショーみたいに演出されていた。これまたゆげ福の証言通りだ。成程、上手く作ったモンだぜ。軽く感心しながら、言われるままに前に座った。

「随分、お急ぎみたいだったわね。電話では、焦ってたみたい」

「あぁ、そうなんだよ」合わせて応えた。「一刻も早く、知りてぇことがあって」

「それでは早速、始めましょう」部屋の灯りが消えた。天井に映し出された星座の群れが、鮮明に輝きを放ち始めた。「お名前は電話で聞いていたから、そっちはいいわね。では次に、生年月日を」

「いや、ところがそうじゃねぇんだな」オダケンは言った。テーブルに左の片肘をつき、相手の顔を斜《はす》に見遣った。天球儀の薄明かりに照らし出されただけのこっちの顔は、かなり不気味に映っている筈だ。お誂え向きだった。「占って欲しいのは俺、じゃねぇ。あんた自身なんだ」

「私？」さすがに怪訝《けげん》そうに眉を顰めた。

「そう。あんただ。これからもずっとこの商売を、続けて行けるのか、どうか。今日はそいつを占ってもらいてぇ」

「何を言っているの。仕事の邪魔をしに来たんなら」

「あぁ、早合点《はやがてん》は禁物だぜ」両手を挙げて、制した。「俺を無下にしねぇ方がいい。それだけゃ確かだ」

「この隣の部屋には、ボディガードが待機してるのよ。あんたなんかよりずっと屈強な、元レスラーの大男が。どんなお客が来るかも分からない商売ですからね。それくらいの用心は、最初からしてるわ」

「そいつを呼ぶか。まぁそれもあんたの選択肢の一つではある。だが俺はあまり賛成しねぇな」背中の凹みからニューナンブを取り出した。静かにテーブルに置いた。さすがに女は、ひっと息を飲んだ。「こんなことぁホントだったらしたくねぇ。野暮の極みだしな。だがとにかく急いでんだ。そのためだったら不本意なことでも、やらなきゃならねぇ時だってある」

「な、何をヘタな脅し掛けてんのよ」

「オモチャだと言いてぇのか。まぁそいつを望むこったな。だが試してみるのも、俺は感心しねぇよ」

確かにオモチャではない。ただ、弾は込められてない。空っぽだ。こないだ撃ち尽くしてしまった、暴走した車を止めるために。その後、土器手に補充を頼んでいるが、まだ叶えてくれちゃぁいない。だがそんなこと、ここで打ち明ける筈もない。

「こんなことぁしたくねぇんだ。だから早く終わらせちまおうぜ。お互いのためだ」

「何が言いたいのよ」

「あんたこないだ、占いを曲げたろう。誰かから頼まれて。言われるままのことを客に告げたろう。そんな掟破りを仕出かしたような占い師に今後、この仕事が続けられるのか、って思ってな」

「な、何を言ってるのよ」

「時々、占ってる常連客が二日前《め》ぇ、女の娘《こ》を連れてここにやって来た。まぁもう一人、お荷物のオッサンもいたようだが、な。とにかくあんたはその娘《こ》に、『家に帰るように星が告げてる』って言った」一拍、措いて続けた。「誰かから依頼された通り」

「な、何を言ってるのよ」

「トボケたって無駄だぜ」いかにも証拠まで摑んでる、という風を匂わせた。「もうバレちまってるんだ」

女占い師の目がチラリ、とニューナンブを盗み見た。そう、本音ではこんなことしたくない。だが相手を揺さぶるのに効果的であることも間違いはない。そして急いでいるのも、嘘ではないのだ。

「ただ、細かい部分で分かってねぇこともある。だからそこを、お前さんに教えてもらいてぇんだ」

「な、何よ」

「あんたに依頼した、そいつは何者だ」

「私は何も答えてないわよ。そんなこと依頼して来た人があった、なんて」

「あぁ、もう」焦ったそうに首を振った。軽くバン、と前のテーブルの天板を叩いた。「急いでる、っつってんだろう。そんな下らねぇトボケで、時間を無駄にしねぇでくれ」またも一拍、措いた。拳銃と、間合い。効果はそれなりの筈だ。「早く答えろ。誰だ、そいつは」

「知らないわよ。一方的に電話して来たんだし」ちょっと間を空けて、つけ加えた。「あんたみたいに、ね」

ゆげ福が張っていた対象《ターゲット》、柱谷玲美。転がり込んだ先の橋爪智哉は時折、この占い師のところに通っている。彼のブログを見れば簡単に突き止められる情報だ。実際オダケンもさっき、ネットで見た、田所がパソコンで探し出したものを。「秦帆もこれを見たのに違いない」田所は断言した。

「それは、いってぇ」オダケンは女占い師に迫った。「いつ頃のことだ」

「何であんたに教えなきゃならないのよ」

今度は懐から万札を取り出した。さっき研究室で掻き集めた、二十万。タクシー代は手持ちで何とかなったので、まだこっちは丸々残ってる。

「今んとこ、あるのぁこれだけだ」オダケンは言った。「だがあんたが俺の望むことをしてくれたら、この上いくらでも積み増すことぁできる」

女の視線が拳銃と万札とを往復した、何度も。

「そう。どっちがいいか、って選択だ」

「分かった。分かったわよ」両手を挙げて降参の意を示した。「とにかく私、そいつが何者なのかは本当に知らない。電話で話しただけだからね」

「橋爪のところに転がり込んでる娘を、家に帰すよう誘導しろ、とそいつは言ったんだな」

頷いた。

「いつ」

「さぁ。最初に掛かって来たのは結構、前よ。もう二ヵ月くらいにはなるかしら。『あんたのところに通ってる、橋爪という男がいるだろう。連れの娘に家に帰るよう仕向けてもらいたい』そんな風に言って来たわ」

田所の推理通りだ。「それで」

「最初は突っ撥ねたわ。当たり前でしょ。得体の知れない奴だし。そんなの、できるわけないでしょ、って電話を切ってやった」

「だが、しつこかった」

再び頷いた、強く。「何度も掛かって来るのよ。こっちも言い返したわよ。『ボディガードがいる。いい加減にしないと痛い目に遭わせてもらうわよ』って。でも効き目がない。それに本当に、話が上手い奴で、ね。ついつい、聞き入ってしまう」

頼みを聞いてくれたら必ずお礼はする、と言ったという。ある日など、郵便受けに十万円が放り込まれていた。直後に掛かって来た電話で、「これは手付金だ」と告げられた。願いを聞いてくれたら残りもちゃんと払う、と。

「それだけじゃない。写真が入っていたこともあったわ。私の、プライヴェートの。どこで隠し撮りしたのか、見当もつかないような。さすがにぞっとしたわよ」

「アメとムチ、てぇわけだな」

「あんたもじゃないの」

突っ込まれて、さすがに苦笑した。「それで、とうとう折れた」

「仕方がないじゃない。本気で怖かったんだもの」

「そうか」腕を組んだ。「他には、何か」

「それだけよ。最終的に引き受けた。橋爪君が久しぶりにアポを入れて来たから、『福岡から来た女の娘《こ》もいるでしょう。連れて来なさい』って言った。『へぇ、そんなことまで分かるんだ。さすがですね』って彼、単純に驚いていたけどね」

「それで、言われた通りに娘に告げた。そして、やった、ってことも報告したんだな。謎の相手に、その夜の内に」

頷いた、三たび。今度は強くはなかったものの。「遂行したらこのアドレスにメールを送れ、って言われてたからね。その通りに報告したわよ」

念の為そのメアドをメモした。だがまず無理だろう、との諦めが先にあった。とうにこのメアドも消されている、十中八九。

「成功報酬は来たのか、約束通り」

更に弱々しい首肯が返って来た。「インターネットバンキング。即座に振り込んで来たわ」

「そうか」立ち上がった。もう訊くべきことは残ってないだろう。と、言うよりこの訪問自体、確認の意味合いの方がずっと大きかったのだ。「あんたもとんだ災難に遭ったな。ま、期せずしてボーナス手にしたと思って、忘れてくれ」

「そっちはどうなのよ」下から睨みつけられた。「ちゃんと喋ったんだからね。望む通りにしたらいくらでも積み増すことができる。あんたさっき、そう言ったんだからね」

「あぁ、そうだったな」頭を掻くしかなかった。「ただ正直に打ち明けると俺ぁ、お上に遣われて動いてんだ。ご承知のように役所てとこぁ、財布の紐が固ぇからな。何とか追加請求はしてみるが、どんだけ飲んでくれるか、は心許ねぇ」

「何よ、この嘘つき」

「あんただって口八丁手八丁で仕事してんだろ。こんなことだってあるさ、って諦めてくんな」

「出るとこに出たっていいんだよ。拳銃で脅された、って言ったら、あんただってタダでは済まないんだからね。お上に遣われてる奴がそんなことした、って」

「あぁ」ニヤリ、と笑った。「悪ぃな」

ニューナンブを取り上げ、銃口を上に向けてトリガーを引いた。再び女がひっと息を飲む声と、カチン、とハンマーが落ちる金属音とが重なり合った。本当は弾がないだけなのだが、女にはそこまで分かりゃしないだろう。

「騙したね。何さこの粗チン野郎！　拳銃オモチャがお似合いの、タマなしの偽ペニス。腑抜けのインポテンツ男。マザコンの獣姦マニアっっ‼」

　とても女性の口から出たとは思えぬ罵倒が降り注いだ。

「二十万もくれてやったのに、何て言い種だ」まともに受けていたらかなりのダメージになりそうだ。口撃を何とかやり過ごしながら、オダケンは部屋の入り口まで早々に退散した。「あんたもこれに懲りて、知らねぇ客からの電話はもう受けねぇこったな。じゃ、あばよ」

31

　今日も満足の行くスープが出来上がった。いいダシが取れた。今夜の客も喜んでくれることだろう。

　それとも、こないだまでの方がよかった、なんて言ってくれるか。俺がいない間は、親父が煮出したスープを使っていたのだから。しのぶはさすがにダシを取るまではできないので、そこは親父に頼るしかなかった。身重で働くな、と反対されれば屋台を出すことも叶わず、自分はその板挟みになっていた。東京で愚痴の電話を聞かされた。

　だからここ数日間は、客は親父のスープを飲んでいた。向こうの方が美味かった、と言われたとすれば俺には返せる言葉はない。まだまだ敵わない、と見せつけられ、ただ落ち込むだけだ。

　ふぅ、と息を吐いて匠は運転に意識を戻した。余計なことを考えたって仕方がない。助手席ではしのぶが、ちょっとうつらうつら船を漕いでいた。

いつもの営業場所、中洲の清流公園に着くと丁度、〝脱兎のマトさん〟が屋台を引いて来てくれたところだった。「おおぅ、匠〜」こちらを認めて、手を振った。「お帰り。これで、これまで通りやな」

「あぁ。俺がおらん間、有難うな」マトさん程の知り合いが相手だと、自然と方言に戻る。身重のしのぶに力仕事などさせられる筈もなく、屋台の牽引以外の作業もあれこれ引き受けてくれていたのだ。

「よかよか。水臭かこと言ぅな。そっちに何かあったら、手伝うとは当たり前たぃ」それより、と言葉を続けた。「それよりもう、片づいたとやろ。柱谷んとこの仕事は」

マトさんだって事情は知っている。「あぁ」と頷いてから、続けた。「ただ、また頼まれることになりそうなんよ。さっき電話のあったけんな。『娘がまたおらんごとなった』て」

「かーっ」とマトさんが喉を鳴らした。「昨日、帰って来たばかりっちゃろ。それが、もう、か」

苦笑するしかなかった。「そうなんよ」

玲美の顔が浮かんだ。素直な、可愛い娘だった、こんなことさえ仕出かさなければ。いや、純粋にこんなことをするから余計に、始末に悪いのか。

「跳ねっ返り娘にゃ親は苦労させられる、てか」言って、チラ、と傍らのしのぶの腹に目を遣った。「柱谷も気の毒なこつたい。お前らも気ぃつけとかんと、なぁ」

「大丈夫」しのぶが笑った。「私が厳しぃに育てるさかぃ」

「あぁ、それがよか」マトさんも併せて笑った。「娘やったら躾け、匠にゃ任せんがよか。柱谷の二の舞になるとは、目に見えとる」

俺も同じことを思ったよ。口には出さず、胸の中に封じ込めた。

と、スマホに着信があった。発信者名を見ると、オダケンからだった。

「よぅ、マスター。そっちでは世話んなったな」

「いや、私だ」だが掛けて来たのは、あの田所だった。耳障りな声が鼓膜を震わした。「一つ、確認させて欲しい。それから恐らく、重大な頼み事をすることになる」

不吉な声を耳にして浮かんだ予感は、そのまま的中した。そして、跳ねっ返り娘に苦労させられる、というマトさんの言葉も。全ては、予言のようなものだったのだ。


車を飛ばした、かった。

だがこの時刻、福岡市内の主な幹線道路は単なる〝整列駐車場〟と化す。動いたとしても目にもなかなかそれとは映らない、極度のノロノロ運転だ。特に中心部から郊外へ向かう方向はそうだった。

近道を求めて路地に入ったところで、時間的にはさして変わらない。幹線から逃れた車が殺到し、そちらもどうせ詰まっているからだ。急速に車社会化した福岡市街地では、交通インフラの整備が全く追いつき切れておらず、朝夕の渋滞は毎度の光景だった。

「家出少女の監視を君に依頼した、当人の情報を教えてもらいたい」

先程、電話して来た田所は言った。

「柱谷、か。彼の、何を」

「小耳に挟んだ覚えがあるのだが。その彼、確か不動産を有していると言ってはいなかったか。大規模な再開発の計画が持ち上がっている、長浜の地に」

「あぁ、その通りだよ」

柱谷家は先祖代々、醤油蔵を運営して来た。長浜地区に土地を所有し、かつてはそこで醤油を醸造していた。さすがに周囲は市街化が進み、敷地も手狭になったことから、工場は郊外に移して大規模に建て直したが。長浜の土地も先祖から受け継いだ由緒あるもの、と大切に保管している。

「……醤油蔵」

「長浜はご存知の通り、こないだまではラーメン屋台の聖地とされてたからな。そこに卸す需要があって、蔵もまだ残されてたんだよ。郊外の工場で作った醤油を運んで来て、屋台が必要とする分だけそこから出して売っていた。そんなことをしてる奴だったから、業界つながりで俺とも古い知り合いだったんだ」

「彼は同地区の再開発計画には、反対だったのだな」

「あぁ。その通りだよ。計画地のど真ん中に土地を持つ、当人は大反対。土地の売却に頑として応じないから、再開発は停滞したままなんだ」

「そんなことをしていたら、脅されることもあったろう」

「そうなんだよ。同じく反対してた市議会議員が、不審死を遂げた事件があったろ。だから周りも心配してな。俺も気をつけろ、と言ってやったことがあったんだ。明らかに彼を監視してる、怪しい人影を実際に見掛けたこともあったし、な」

何か納得したように、田所は一息、ついた。続けて訊いて来た。「計画地の真ん中にあるという、彼の所有するその蔵、は。現在は、使われているのか」

「いや。ご存知の通り、長浜の様子もすっかり変わっちまったろ。既に区画整理が進んで、屋台から固定店舗に切り替えるとこが相次いだ。だから蔵としての機能をキープしとく意味も薄れちまったんだ」

一時期は長浜地区で屋台を開いているのは、二軒にまで減った。しかも内一軒は、固定店舗が出している屋台という状況だった。幸い最近、新しい屋台がどっと開店し昔の賑わいを取り戻すべく動きが始まっているが。外国人客の需要も期待されてはいるが。どうなるか将来像はまだ見えはしない。柱谷が醬油蔵の機能を再び戻す日は、もし来るとしてももうちょっと先のことになるだろう。

「そこだ。間違いない。弓削君、頼みがある。大至急、その場所に向かってくれ。家出少女は十中八九、そこにいる」

「何だって」

説明は後だ。車の中で続ける。だからまずは出発して欲しい。

言われて、車を出した。直ちに大渋滞に巻き込まれ、説明を受ける時間はお陰で充分に確保された。

「今回の連続放火事件、だ」改めて繫がった電話口で、田所は言った。「真犯人はここ、砥部研究室にいた助手の秦帆。動機は私をここに引き留めるためだったことがほぼ判明した」

「何だって」

「巧みに実行犯を動かし、こちらの追及を躱しながら犯行を続けていた男がなぜ突然、中断したのか。そのタイミングを見てみるに、君の仕事が終了した時点に重なることに思い至ったのだ」

柱谷玲美の顔が自然に浮かんだ。あの占い師のところへ共に行き、「そろそろ帰りなさい」と告げられた。

「そう。そこなのだ」田所は言った。「今し方、小田君に行ってもらった。確認してもらい、今はこちらに戻って来る途中だ」

「行ってもらった、って。あの占い師のところにか」

「怪しいと睨んだのだ。小田君に行ってもらい、問い質させたら、案の定だった。占い師は誰かの指示を受けて、娘に家に帰るよう告げたらしい。やったのは、これも秦帆だ、まず間違いはない」

親だろうと誰が説得しても、聞く耳を持たなかった、娘。行動は予測不能で、いつ帰る気になるのか把握するのは不可能だった。では誰の話ならば、聞くか。秦帆は橋爪の周囲の情報をできる限り当たったに違いない。

彼のブログを見てみると、信頼して通っている占い師がいることが分かった。この女を動かせばあの娘でも、何とか誘導できるのではないか。

「私もそのブログを見てみたよ。これだ、と確信した。秦帆も同じものを見て、行動に出たのに違いない。『家に帰りなさい』と女が娘に告げたのは、彼奴の指示によるものだったに違いない、とね」

思い出す。あの占い師は匠に「あなたの問題は解決する」と告げた後、娘に家に帰りなさいと促した。こちらの問題が娘に関わっているとまで知っていれば、全てをあの女が誘導したと疑うのも可能だ、としのぶとも話したのだ。だがまぁさすがに、それはなかろうという結論になった。なのにそれどころか、玲美に帰るよう言ったのも、そもそも真犯人の指示によるものだったなんて。

「し、しかし何故、彼女を」

「彼女の父は再開発地区の中心部に土地を持つオーナーで、売却を頑固に拒んでいる。それゆえ計画は頓挫《とんざ》を余儀なくされている。開発を進めたいデベロッパーからすれば、何より排除したい障害物に他ならない。たとえどれだけの費用と犠牲を要することになろうとも、だ」

「ま、まさか、あの娘を」

「オーナーの土地で娘が死亡する。恐らく自殺に偽装して。不動産価値は暴落するだろう。父親からしても忌まわしい土地に急変する。頑なに拒否していた売却に突如、肯《がえ》んじるようになったとしても不思議はあるまい」

あまりに予想外の展開に、咄嗟に言葉が出て来なかった。唇を舌で何度か湿してから、訊いた。

「じゃぁその秦帆って奴は、そのために金で雇われた」

「此奴は犯罪の天才だ。自らがデベロッパーで、目的のためにこれを実行したという仮説も成り立たぬではないが、私の見る彼のプロファイリングにはそぐわない。それよりも金銭で雇われ、冷静にこれに対処したと見た方が遥かに適合する」

「くそっ、何てこった」

思わずステアリングを叩いてしまうところだった。クラクションが鳴り響くが、そんなことをしても何にもならない。どうせ周りも、動きたくても動けないままなのだ。

「恐らくこの計画のため、彼奴は早い時期から少女に接触していたことだろう。メールなりSNSなりで彼女の知遇を得、信頼を勝ち取ることにも成功した。言葉巧みな男だ。幼い娘一人、たぶらかすくらい造作もなかったろう」

ところが玲美には彼と会う前に、既に約束があった。東京の橋爪のところに身を寄せ、仲間と一緒にスピリチュアルの修行をすることになっていた。これが一段落するまでは、秦帆と会うことはできない。

秦帆としてもこの段階で、強く出てせっかく勝ち得た信頼を無下にする冒険はできなかった。玲美の自由に任せるしかなかった。

「分かった」彼は譲歩したことだろう。「それじゃそっちの約束が片づいたら、僕につき合って。

福岡に戻って来たら、会うことにしよう」

「うん、よかよ。そうしよう」

かくして秦帆からすれば、いつ実行に移せるか定かではない待機時間が発生してしまったわけだ。

「し、しかしそこで、何故、あんたが」

「思い出して欲しい。今回の事件に関わる前、私が何に取り組もうとしていたか、を」

あっ、と声が出ていた。車の中でも大きく響いた。そうか。そういうことか。

SNSでの遣り取りから何らかの事件の兆候を読み取る。田所が取り組もうとしていたのは、壮大な社会実験だった。

例えば自殺願望者あたりがSNSの遣り取りの中で、「死にたい」と書き込むことはよくある。だからそれを窺わせるキーワードで検索すれば、自殺を迷っている対象をネットの海から抽出することはできるだろう。実行に移す前に保護してやることも可能だろう。

ただしそのレベルなら、今の技術だって簡単にできる。田所らがやろうとしていたのは、もっと規模の大きな手法だった。

自殺願望者が「死にたい」なら誰だって予想がつく。だがそれだけではない。もっと違うキーワードでも、彼らの使う傾向の高い言葉というものはあり得るだろう。それをAIに学ばせる。過去の自殺願望者の書いた全てのメールをコンピュータに読み込ませ、傾向を分析する。今、流行りのディープ・ラーニングという奴だ。そして実際、ネット上を飛び交っている無数の遣り取りの中からそれらを抽出する。

ただ何分にも、実際に社会実験で行うには自殺というテーマは余りに生々し過ぎる。個人のプライヴァシーにも関わる捜査手法であり、市民の理解は不可欠だからだ。

このため今回は、テーマは「自殺」でなく「家出」に据えた。

家出をしよう、というような子は実行の前、どんな書き込みをしているのか。どんな言葉を使っていた子が実際、その後の家出に踏み切ったのか。大規模な社会実験で、突き止めてみようという内容だった。

「思い出して欲しい。私はテレビに出演した」田所は言った。「一般市民の協力は欠かせぬかな。このため早い時期に、このような実験をやります、と大々的に発表する必要があった。私もあのようなものに出演するのは不本意ではあったが、ね。実験の成功のためだ。本音を押し殺して出たのだが、その結果が、これだったたわけだ」

「そういうことか」

秦帆の立場になってみれば心の動きは容易に想像がつく。

テレビ発表を見て、彼は愕然としたことだろう。ここまで、玲美とは散々SNSで遣り取りしている。膨大な言葉がネット上に残っている。今更、削除したところでとても間に合うものではない。サーバー本体のメイン・コンピュータにはデータは残っているのであり、そこに入り込んで完全に削除してしまうには相当な労力を要す。

科捜研の研究班がキーワードを元に網を掛ければ、必ずどれかはヒットしてしまうことだろう。ここにも家出を想定している娘が、一人。しかも接触しているのは、どうやら怪しい男のようだ。こいつはいったい、誰だろう。追及されれば、躱し続けるのは難しい。

それどころかその最中に、自分は犯行に踏み切らなければならないのだ。警察が網を張っている中で、実行に移すことができるのか。しかもその後に逃亡の必要もあるのだから、これは限りなく不可能に近いと諦めるべきだろう。

では、どうすればよいか。

答えは一つしかない。研究の中心にいるあの田所なる男を、排除するのだ。玲美が東京から戻って来るまでの期間、福岡から遠ざけておく。そうすれば社会実験は一時延期を余儀なくされ、こちらは何の懸念もなく犯行に踏み切ることができる。

秦帆は田所についてリサーチしたことだろう。著書があることも調べれば直ぐに分かる。「地理的プロファイリング」についての著作。連続放火犯を対象とし、坂道の心理的効果まで加味した「円仮説」。読んでみれば、田所が何に興味を持っているのか判明する。ならば坂の多い東京で連続放火事件を起こし、円仮説を使いたくなるような状況を作り出せば、こいつを誘き寄せることができる。

「まんまと操られてしまっていたわけだよ」田所は言った。「『地理的プロファイリング』の研究に恰好の事件が現実に起こっていれば、社会的実験を暫し遅らせてでもあいつは駆けつけるだろう。事実、彼奴の読み通りに私は動いていたわけだ」

田所達が追っていた「不死鳥」、放火の実行犯は既に捕まえたそうだった。その上で秦帆の正体と、動機を推定することができた。いかにして実行犯を意のままに操り、砥部研究室に入り込むことができたのか、も。殆どの材料は外に開放されており、その気を以って検索すれば情報を入手することは可能だった。後は個人のメールを盗み読むという、ちょっとした裏ワザさえ使いこなせれば。

「時間。タイミング。これが全てのキーワードだったのだよ」田所は言った。「殆どの情報は公けにされているとは言え、求めるものを収集するにはそれなりの時間を要す。実行に移す前の準備を整えるにしても、な。それらを勘案してみるに、私のテレビ出演が全てのスタートだったとすればタイミングが見事に符合することが分かった。それともう一つ、彼奴は私の前で致命的なミスを犯していた。さっきの君の言葉で、それが裏付けられたが、な。だから恐らく間違いない。秦帆の真の目的は柱谷の排除であり、その道具として使われるのが娘、というわけだよ」

「くそっ、成程」

田所がテレビであの発表をしたのが、二ヵ月前。『オダケン』マスターが占い師から聞き出したところによると、何者かが占いを曲げるよう電話を掛けて来たのも丁度その時期だった、という。秦帆はあらゆる事態に備えて布石を打って来た。占い師が直ちに言うことを聞いてくれるなら、いい。だがそれはあまり期待できない事態と諦めた方がいい。だから田所を福岡から引き離す準備も、並行して進めた。

おつむが弱く、操るのが容易な放火犯は上手いこと見つけた。同時に警視庁科捜研と協力している砥部教授の周囲の情報も探った。計画も綿密に練り、瑕疵がないか改める必要もあったろう。これらの下準備にまず、一ヵ月弱。

そうしていよいよ実行に移した。砥部研究室にまんまと潜り込み、同時に実行犯に新たな放火を起こさせた。秦帆が関与した「第一」の事件の発生は、ほぼ一ヵ月前。そこから一週間、程度の間を空けて事件は続いた。田所に話が行き、上京するまでに発生した事件は、五つ。

「今後どれだけの時間を要するか、秦帆とて予測はつかなかった。女占い師は漸く引き受けてはくれたが、今度はいつ、橋爪が占いに来るのかが摑めない。まだまだ掛かる、と見た上で作戦を続けなければならない。『第六』の事件も起こさせる前提で動いていたのは、間違いない」

「ところがそこで、橋爪は娘を連れて占いに行ってくれた。占い師は娘を誘導し、福岡に帰ることになった。これでもう、続ける意味はない。秦帆というそいつは研究室から姿を消し、娘を拉致する本来の目的に移った、というわけだな」

「そういうことだ」

納得がいった。田所の推理は多分、的を射ている。確信できた。

「あんたの実験の計画を知った段階で」確認した。「直ちに強引に娘を拉致し、福岡に連れ戻らなかったのも、リスクを考えてのことだろうな」

「そうだと思う」田所は即答した。「その娘は常に、他の仲間と一緒にいたのだろう。密かに拉致する成功率は低かったと考えざるを得ない。そして誘拐が周囲に知られれば、警察に連絡が行く。彼女を探す手段としてますます、ネット上の言葉の遣り取りは注目されてしまう。そう、犯行前の時点で注目を集めるのはあまりにも危険だった。彼に可能だったのはやはり、私をあの実験から遠ざけることだけだったのだ」

「そういうことだな」

その秦帆なる奴が玲美を具体的にどうしようとしているのか。細かいところは分からない。だがとにかく、殺そうとしているだろうとは予想がつく。実行される前に、俺は辿り着くことができるのか。玲美が殺されるのを防ぐことができるのか。

「警察にも言っておいてくれ。頼む」

「分かっている。この後、宮本警部にも同じ話をしてみる積もりだ。だが正式に部隊出動を要請するとなると、正確な状況説明が必要となる。私の推理だけで動いてくれと望むのは、現実的に困難だ」

分かっていた。だからこそ俺に依頼が来たのだ。現場を見に行く。どうなっているのか、把握する。田所の推理がまさしく正しかったと判明すれば直ちに、警察に正式な要請が出される。流れとしては、そうならざるを得ない。

つまり警察が出動するまでにはまだまだ時間が掛かる。その前に玲美が殺される事態だけは防ぐべく、俺は可能な限り急がなければならない。

杜谷の醬油蔵の構造を必死で思い出した。敷地の中央に、貯蔵蔵。これは変わらない。屋台が賑やかな頃まで稼働していたが、今は使われず放置されたままだ。確か、重い樽を運ぶためのトロッコのレールもまだ残っていた。昔ながらの蔵の雰囲気が残るところだったな、と記憶が蘇って来た。

他に醸造蔵や、事務棟やらの建屋が点在し、これも長いこと使われないままだったが、古い建物をリノベーションして再利用するブームに乗って、確か喫茶店が入ったりしていた筈だ。どの建物だったかは忘れたが。いずれにせよこの時刻、敷地内は既に無人なのは間違いない。いるとしたら玲美と、そして秦帆だけ。

「事を起こそうとしているのは恐らく、その貯蔵蔵だろう」匠の説明を聞いて、田所は言った。「だから到着したらまず、そこへ直行してみて欲しい」

「分かった」

いったん、通話を切った。

先方はこれから共通の友人、県警の宮本に同じ説明をする。話はなるべく早い方がいい。俺が現地に到着し、状況が分かったら直ちに動き出せる態勢になっていた方が有難い。だから事前説明も、早め早めにしておくに限る。

漸く車が流れ始めた。

長浜が近づいて来た。

車をどこに停めようか。ちょっと迷った。

敷地は前述の通り既に無人の筈だから、正門はもう閉まっているだろう。ならば、裏口に回り込めばいいか。そっちだって鍵が掛かっていようが、秦帆が既に入り込んでいるとすれば、壊されている可能性が高い。

それとももし、解錠して再び掛けられていたとしたら、どうするか。敷地の塀はかなり高かった。よじ登るのは容易ではない。

考えている内に到着した。

取り敢えず裏口の方へ回ってみた。

鍵が掛けられていたらどうやって塀を乗り越えるか。迷う必要などなかった、結果論として。

裏口に三十代と思しき男が立っていた。見覚えがあった。誰だったか、一瞬で悟った。口元には薄い笑いが浮かんでいた。

「田所先生の遣いの探偵さんですね」とそいつは言った。「さすがです」

32

福岡県警の宮本警部と通話が繋がり、状況を説明しているとスマートフォンに着信があった。表示を見ると、掛けて来たのは弓削だった。

着いた、との連絡だろうか。だが今、宮本への説明の方が急を要することくらい彼だって分かっていよう。

悪い予感がした。

宮本への状況説明は砥部教授に任せ、田所は別の電話で弓削のスマートフォンに掛けてみた。

「田所。奴だ」通話に出ると間髪、入れず弓削が言った。「着いてみたら、奴がいた。あんたの読み通りだった。あんたと話したい、と言ってる」やはり、だった。悪い予感はそのまま当たってい
た、ほぅっ、と暗い息をついた。

「お見事です、田所先生」秦帆が替わった。聞き慣れた声ではあったが、本性を知った今となってはどこか不気味に耳に響いた。「早晩、見抜かれようとは覚悟はしていました。しかしこれほど早く、とはね。さすがとしか言葉がありません。感服いたしました」

「秦帆」

「それとも心のどこかで、この展開を期待していたのかな。だからこそこのようなゲームの用意まで、してしまったのかも。自分でも自分の気持ちが冷静に分析し切れませんよ。貴方のような方を相手にすると、どうしても、ね」

「秦帆。君は、私の前で一つだけ致命的なミスを犯した。小田君の調査員としての行動に、我々が不満を吐いた時。『先生には協力して動き回ってくれる探偵がいたのでは』と君は私に確認した」

「そうなのです」スマートフォンを耳に当て、苦笑している姿が浮かぶかのようだった。「あれは我ながら、愚かな失言でした。慌てて誤魔化そうとはしましたが」

「『何故、弓削君のことを知っている』と不審がった私に対し、先生の著書に出ていた、と君は答えた。確かに彼の協力は、本の中で特記していたからな。だが福岡で起こった事件ならまだしも、探偵が東京までついて来て協働する可能性など極めて低かろう。知っていたということだ、君は。弓削君もまた、別件で東京に来ているということを」

「この人には一度、顔を見られてしまってますからね。仕事の合間に研究室まで来て、こちらに協力するような事態だけは何としてでも避けたかったのです。彼は万が一にも、こちらに協力する暇などない、ということを」

「君は弓削君の動向まで押さえていた。確認せずにはいられなかった、ということだ。何故か。あの時は誤魔化されたが、思い返してみれば全てが符合した。君の真の目的が何だったか、推察することが叶った」

「さすがです。ただただお見それするだけです」

「秦帆。君は」

「おっとっと。時間を引き延ばそうとされてますね。残念ながらそこまでおつき合いしている余裕はありません。既に警察にも声が掛かっていることでしょうからね。グズグズしていたら彼らが駆けつけて来る。逃げる機会を逸してしまう」

「何をしようと言うんだ」

「だから今、言った通りゲームですよ。これからご説明いたします」

娘が監禁されているのは予想がついた通り、今は使われていない醤油の貯蔵蔵だと彼は言った。薬を飲まされ、眠っているという。扉の南京錠は壊したが、代わりに電子錠を取り付けておいた、という。

「電子錠」

「そう。四桁の数字を打ち込めば開く錠です。この弓削さんが蔵に入ったら、私が外から施錠します」

蔵の中には娘ともう一つ、持ち込んだものがある。時限スタート式の毒ガス噴霧器だ、と秦帆は言った。

「毒ガス」聞いて思わず、弓削が声を発すのが電波に乗って届いた。「そげなものを、キサン（貴様）」

弓削に構わず秦帆は続けた。「機械には二つのコードが繋がっています。金色と、銀色。どちらかが正解で、切断すればタイマーは静止する。同時に隠しポケットが開いて、中には電子錠の解錠コードの書かれた紙が入っている」

ではもし間違った方のコードを切ったら……。訊くまでもなかった。タイマーの設定時刻に関係なく、毒ガスの噴霧が始まる。蔵の中にいる者は死亡する。

「秦帆、待て」田所は言った。「これで話は終わりではないだろう。ゲームなのだからな。どちらのコードを切ればいいか。ヒントが与えられて然るべきだ。そうだろう」

「またもさすがです、田所先生」秦帆ははっ、と声を出して笑った。「ヒントは勿論、あります。記したメモも蔵の中に置いてあります」

くそっ。胸の中で舌打ちした。

ヒントから正解を類推する時間を、不必要には与えない。あくまで弓削が蔵に入った時点からゲームはスタート、ということだ。

「では先生。通話はいったん、切りますよ。お話しするのはこれで終わりです。楽しかった。先生と相対することができてとても光栄でした。これだけは本音です。心から御礼、申し上げます。では、ご機嫌よう。さようなら」

待て、と声を掛ける暇もなかった。言葉通り、通話は切れた。

次に掛かって来るのは、弓削が蔵に閉じ込められた後、彼から、となろう。

楽しかった。奴は言った。そう、彼は心底この事態を楽しんでいる。

今回ばかりではない。連続放火事件が発生してから。いや、実は奴が私の出演したテレビを見、対処を検討し始めた全ての始まりから。ここまでのあらゆることが、彼奴にとっては娯楽、ゲームに他ならなかったのだ。

＊

蔵の扉が外から閉じられた。

旧式の錠前のように、がちゃり、と音がするわけではない。それでも電子錠とやらも掛けられたのだろう。こんなことで奴がハッタリを噛ますとも思えない。あの時チラリと見掛けたが、改めて身近に接するとプロの犯罪者であることが肌で感じられた。田所から情報を得ていなくても、事前に会ってなくとも見ればこいつが犯人だと一瞬で悟ったことだろう。それだけのものを奴は漂わせていた。

だから匠は扉を押してみて、本当に閉じ込められたか確かめるなどの無駄な時間は費やさなかった。

内部に灯りはつけられている。蔵内の様子はよく見える。

床に、玲美が倒れていた。痛くないように、という配慮だろう。下には毛布まで敷かれていた。薬で眠らされているのだから、床が硬くて痛いもクソも本来、ない。だがもしもう一度、起き上がることができたなら床で寝ていたより、柔らかい毛布が敷かれていた方が痛みも残らないのは確かだ。

もう一度、起き上がる事態。つまりは奴が負ける場合に他ならない。それでもそちらへの配慮もちゃんと整えておく。小憎らしい奴だった。その分、逆に恐ろしくもあった。

まずは奴の言っていた、ヒントの書かれたメモとやらを探した。玲美はまさか死んではいないか。先に確かめるような余計な時間も省いた。奴はそんな嘘はつかない。寝ていると言ったのだから本当に寝ているのだ。それよりもヒントから正解を推理してもらう時間を、ほんの僅かでも長く稼ぎたい。

探すまでもなかった。

毒ガスの噴霧器らしい、円筒形のタンクと機械とが繋がった仕掛けの、上に白い紙が置かれてあった。

同時に嫌でも目を引くものがあった。カウントダウンの表示。一秒ごとに数字が減って行く。4:56、4:55……。奴が外から鍵を掛けた。その時点で、五分からスタートする仕掛けになっていたのだろう。何を表すカウントダウンか、など考えるまでもなかった。4:52、4:51……

直ちに田所のスマホに掛けた。

「あったよ」奴が出たので、言った。「読み上げるぞ。『研究室で御徒町の話題の際に出た、駅名を思い出せ』。以上だ」

「それだけか」

「これだけだ。さぁ頼むぜ。俺達の命はあんたの推理、一つに懸かってるんだからよ」

「ふぅむ」

「もう一つ、つけ加えとく。既にカウントダウンが始まってる。後四分四十秒だ。頼むぜ。正解を思いついた時には手遅れ、なんて事態は願い下げだからな」

「うむ。分かった」

一番、大切な用を済ませてから、横たわる玲美に駆け寄った。鼻に掌を近づけると、確かに呼吸しているのが分かった。眠っているだけだ。それも自身の置かれた窮地など夢にも浮かばない、安らかな眠り。ほぼ確信していたが、やはり奴の言った通りだった。

「〝ゆげ福〟、大丈夫か」代わりにマスターが出た。あの占い師のところに行ったと聞いたが、もう研究室に戻っていたのだろう。

田所は推理に専念する。だが会話もなくこんなところに一人、放置されても心細いことこの上ない。半狂乱になり兼ねない。相手をしてくれる人間がいるだけで有難かった。

「あぁ。今のところは、な」答えて言った。四分半後にどうなってるか、は知らないけどな。皮肉をつけ加えそうになって、飲み込んだ。緊迫した現況を自ら口にして、実感を新たにすることもない。「娘も無事のようだ。息がある。静かに眠っている」

「そうか。安心材料の一つだな」

「まぁな」

「コードを切る道具は、用意されているのか」

「あぁ。ペンチが置いてあるよ。万に一つも抜かりはない。準備万端、整えて俺達の到来を待っていた。腹が立つくらい周到な奴だ。それだけは間違いない」

「俺もここで、会ったことはあるけどな。優秀は優秀だが、研究熱心なただの青年という感じだった。悪意は微塵も窺えなかった」

「演技だった、ってわけだな。今になって思えば」

「そうだ。だが今でも信じられねぇ気持ちになっちまうよ。あいつが本当にこの事件の真犯人だった、なんて」

「前にチラリと見掛けたし、今し方も会ったが。こういう時にはいかにも犯罪者、って匂いを漂わせてたよ。凄い奴だ。役割に応じて、纏う空気まで変えちまう」

「そうらしいな、くそっ」

中身は殆どない。ただ、会話しているだけだ。それでいいのだった。

「娘の枕元には水の半分、入ったグラスが置かれてる。中身は睡眠薬だろう。彼女のスマホもあったから開いてみた。すぐに中が覗けるようになっていて、遺書に見える文書が出て来た」

「擬装だな。後から見て、自殺と思えるように」

「これからもっと宇宙と一体化するために、命を絶ちます、なんて書かれてたよ。闇のネットで毒ガスの噴霧器が手に入ったので、空気が漏れないこの蔵を使うことにした、とも。俺がここに来なければ、そのまま起動する積もりだったんだろう」

「そういうことだな」

余計なことは考えない。考えれば、頭がおかしくなってしまう。田所の推理が間に合わなければ、俺も娘と一緒に命を落とす。産まれて来る子供の顔も、見ることもできないまま。運命はそっちに傾く可能性の方が高い。いや、五分五分、か。切るべきコードは、金か、銀。確率は二分の一なのだから。

それとも秦帆の出したヒントは引っ掛け含みで、そいつに乗ってしまったら田所はミスするよう誘導されているのだろうか……くそっ、考えない方がいい。焦燥を生むだけで、利するものは何もない。

だから、オダケンとさして意味もない会話を続けているのが一番なのだった。

そして二人共、意識して口にしてはいない言葉があった。田所、まだか。早くしてくれよ。急いでくれよ、時間切れになっちまう。

言ったって何にもならない。田所を焦らせるだけだ。精神的に追い詰められれば、判断を誤ってしまう確率も上がる。

いや、あの朴念仁のことだ。精神的に動揺することなんて、あいつにはないのだろうか。どれだけ人の命が懸かっていようが、いつも通りに平然としているのだろうか。

そうかも知れないな。思うと、可笑しくなった。そう、これでいい。深刻なことはなるべく頭に浮かべず、笑いの方へ持って行ければ。

ここで俺がパニクったところで、益するものは何もないのだ。

今、カウントダウンは四分を切った。

＊

「御徒町の話題の際に出た駅名。これは、大久保のことと解釈してよさそうですな」宮本警部への状況説明を砥部教授が終えたので、話し掛けた。一人で考え込むより、言葉を交わした方が思考はよりよく回転する。だから相手をしてもらうのだ。ブレイン・ストーミングの略式版、と言ったらいいか。「勿論、御徒町駅や上野駅も話題としては挙がったが。しかしこの二駅のことを指すならば、言い回しとしてこの表現を使うとは思えない」

「私もそう思います」

御徒町の話題。連続放火事件を追っている、最中。何だか既にずっと昔のことのように思えてしまう。ともあれ次の犯行現場を予告する文章に、この地名は出て来た。第五の現場を示唆するものだった。「御徒町辺を通れば旗本の屋敷らしい邸内」

普通はこう書かれれば、上野駅の隣を思い浮かべるだろう。田所が言うと、教授が正してくれた。

「御徒町」というのは「徒士」、乗馬を許されず徒歩で戦う下級武士の住む町だったためついた地名で、江戸にはあちこちにあったのだ、と。事実、この文章で示されていた場所は「牛込御徒町」。第四の犯行現場からさして離れていない場所だった。

元になった永井荷風のエッセイでは、ちゃんと「牛込御徒町」と書かれていた。「牛込」の名を敢えて削ったのには、思惑があったからに違いあるまいと指摘したのは自分自身だった。

「あの時、『似たような由来の町名』として秦帆が例示したのが、『百人町』でした」教授が言った。「それに対して私が、『伊賀組百人鉄砲隊』に由来すると説明したのです。そして『皆、命中しますように』ということで『皆中稲荷』も祀られた、と解説した。その際、持ち出した駅名が大久保でした」

「そう。大久保駅の名を実際に口にされたのは教授でしたが、そうするように仕向けたのは、秦帆だった。もし、『百人町』の名からそこまで教授の話が発展しなければ、更に誘導していたことでしょう。つまり全ては、意図的なことだったというわけです」

「そうすると奴は、この事態に至ることをあの時点から想定していたということですか」

「私が推理を巡らせ、彼奴の真意を突き止めた際のことも予め考えてあった。そうなったら更にゲームを仕掛けて、楽しむ。そう、全ては奴の想定内のことだったのです。私達は始終、彼奴の掌の上で踊らされていた」

「そして今に至ってもその構図は変わっていない、ということですな」

「仰る通りです、残念ながら。口惜しいが認めるしかない」

ともあれ奴が意図的に会話を誘導し、持ち出させた名が大久保駅だった。つまり彼がヒントとして挙げたのは、この駅名だったことになる。ここまではまず、間違いはない。

「大久保。大久保、か」教授が繰り返し口にした。「この名のどこが金か銀、どちらのコードを切ればよいかのヒントになるのか」

「大久保の苗字を持つ有名人は過去に大勢、おりますな」田所は質問した。腕時計をチラリと見た。後、三分。まだこうした、ブレイン・ストーミングの余裕はあると判断した。思いつく情報を目の前に並べてみる。その中から、これだという情報を取捨選択し、最終判断に繋げる。「私はそういう、歴史的知識に乏しい。教授ならその苗字から、誰を想像されます」

「明治時代の大久保利通《としみち》が真っ先に頭に浮かびますが。江戸時代には、大久保長安《ながやす》もいましたな」教授は答えて言った。「甲斐武田《かいたけだ》家から徳川家康《とくがわいえやす》に仕え、幕府の鉱山開発や管理を任された。そういう意味では金銀に関わる男として、彼の方がこのテーマに通じるようには思えますが」

石見《いわみ》銀山や佐渡《さど》金山など、日本を代表する金銀山を管理する役を任じられた人物、という。確かにそれなら、この話題に符合はする。

「ただし金銀、どちらも、ですからなぁ」教授は顔を顰《しか》めて首を振った。激しく。明らかに焦燥があった。それはそうだ。普通の反応だ。だが今は、マイナス効果しか生まない。冷静を期さなければ。「どちらかに専任されていれば、話は簡単だったのだが」後、二分。

「その通りですな」認めるしかなかった。焦るな。焦るな。自分に言い聞かせた。「彼は金か銀、どちらかにより傾注した、というようなことはありませんか」

「私の知る限り、ありませんな。むしろ金銀のみならず、あらゆる鉱物資源を統括していたようなイメージでして」

「ふむ」ちょっと考えて、質問を続けた。この線をもう一押し、検討してみようと判断した。まだギリギリ時間はある。「この人物、所縁の地と言えばどこですか」

「幕府から所領地として与えられていたのは、現在の八王子《はちおうじ》ですが」

「八王子は江戸時代、甲州街道の宿場町として栄えていたのでしたな」

「左様。ただこの地は、鉱物資源のイメージからは遠いと言わざるを得ない。江戸中期以降になると生糸・絹織物の集積地として栄えるようにはなるが。明治に入り海外への積出港となった横浜《よこはま》と八王子を結ぶ道は、『日本のシルクロード』とも呼ばれるくらい」

「絹、か。当時は金目のものではあったでしょうが。金銀とは縁遠そうですな」

「蚕を『森のダイヤ』と呼ぶ向きもあったそうですが」

「ダイヤ。価値ある鉱物という意味では類似するが、金銀ではないな」小さく首を振った。「いずれにせよ、どうやらこちらの方向には正解はなさそうだ。考えを転換してみましょう」

チラリ、とあの男の方を盗み見た。弓削と電話で話し込んでいる。会話の中身はさしてない。むしろ弓削の気を紛らわせ、深刻な事態を直視しないよう仕向けるのが目的なのだ。

そう。彼は今、生死の瀬戸際にいる。私の推理が誤る、あるいは遅きに失しても、彼の命運は尽きてしまう。

焦るな。焦ったら負けだ。自らに言い聞かせ続けた。

後、一分……

*

見るな。見るんじゃない。自分に言い聞かせた。

オダケンと無意味な会話を続けるだけ。できることはそれだけだ。意識をなるべく、機械の方へ向けないようにする。余計なことを考えたって、パニックに陥る結果しか生まないのだから。

それでもどうしても、目がそちらを向いてしまう、円筒形のガス缶。繋がった機械。

メカのどの部分が、どう機能するのかはよく分からない。ただ、時間が来たら電気が通じ、ガス缶の栓を開ける。同時に毒ガスが噴き出す。そういう仕組みになっているのであろうことは、間違いない。

早く。早くしてくれ。

脂汗が湧いた。目元に流れ込んで、沁みた。視界が歪む。破滅の機械が滲んで映る。そしてその傍らに、静かな寝息を立てて横たわる、玲美。

だがもう間もなく、あの呼吸も止まる。そいつは俺も同様だ。そして同時に、産まれて来る子供は、「父なし児」になる運命に……

考えるな。

見るな。見るんじゃない。

それでもどうしても、見てしまう。機械。中でも、あの部分。

0:56、0:55……

もう一分を切っちまった。

早く。早くしてくれ、田所――

＊

焦るな。焦ったら負けだ。胸の中で唱え続けた。

弓削を今の窮地に向かわせたのは、自分だ。だから救済する責務がある。道義的責任、と言ってもいい。期せずしてこうなったなどという言い訳は通じはしない。どうあっても救い出す。その気概がなければ、秦帆との戦いに勝てはしない。

ただ、焦燥は禁物だ。冷静さを保つことだ。そうしなければ、判断力を減じてしまう。秦帆に敗北の結果を招く。

秦帆。秦帆……。奴の思考様式に自分をも委ねることだ。奴は何を、どう考える。どのような思考方式を好む。そこに自分をも嵌め込むことができれば、謎が解ける。金か、銀か。奴の仕掛けたゲームの正解に辿り着く。

五分。

奴の仕掛けた時間設定に、思考の焦点を当てた。五分。つまりそれだけで解ける謎ということだ。複雑な情報など必要ない。百科事典を調べて何とか入手できるような、深い知識など要らない。ただ、思いつけば解ける。そういう謎掛けであるからこそ、制限時間は僅か五分に設定されたのだ。

そう。大久保長安もその拝領地も関係ない。砥部教授に訊けば手に入る情報だが、それでも、要らない。もっと単純な謎掛けだ。思いつけば、解ける。

「秦帆任。『シンハンニン』だってよ」あの男が言っているのが、聞こえた。「ふざけた野郎じゃねえか。音読みにすれば『真犯人』になる。それで名乗ってた、ってんだから」

田所は歩み寄った。後、十五秒。ちょっと替わってくれ。断る間も惜しかった。

そう。全ては時間だった。秦帆を解く鍵の要《かなめ》は常に、時間にあったのだ。

スマートフォンを取り上げ、耳に当てた。

＊

早く。早くしてくれ。

0:30、0:29……

心臓が妙なリズムを打ち始めた。息が苦しくなって来た。毒ガスを吸う前に、俺は死んでしまうんじゃないのか。そんな馬鹿な最期を、俺は迎えるのか。

しのぶにそのことを知られないだけでも、よしとするか。毒ガスが充満した中で死んでいるのだから、死因はガス中毒と診断してくれるだろう。実は恐怖のあまりの心臓発作だったなんて、知られるのは耐えられない。

いや待てよ。解剖すれば肺にガスが入っていないのはバレるのだから、やはり真の死因は突き止められるか。ダンナはみっともない死に方だった、としのぶに。そいつばかりは、勘弁だ。

0:20、0:19……

「秦帆任。『シンハンニン』だってよ」オダケンの言っているのが、聞こえた。どこか遠くの方で言っているように、聞こえた。「ふざけた野郎じゃねぇか。音読みにすれば『真犯人』になる。それで名乗ってた、ってんだから」

0:15、0:14……

と、動きがあった。おぃおぃ、何すんだよ。オダケンの声。本当に遠退《とおの》く。

次いで耳に飛び込んで来たのは、田所の声だった。いつもの不愉快とは程遠い、救いの福音《ふくいん》に聞こえた。

0:10、0:09、0:08………

「弓削君、金だ」彼は言った。「金のコードを切れ」
0:05、0:04、0:03…………

数日後

33

「全く。肝が冷えたぜ」〝ゆげ福〟が言った。苦笑していたが、芯から笑える心境には程遠そうだった。まぁ、それはそうだろう。「心臓が妙な打ち方を始めた。俺はガスで、じゃなくこっちで死ぬのかな、って思ったくらいだったぜ」

「ホンマやで」傍らのしのぶちゃんが言った。これまた、心から笑える状況からはかなり離れているのがよく分かった。「いくらホンマは毒ガスが出ぇへんよぅになっとったから、て。そんなんあの時点では、分からんかったんやさかぃな。匠さんが心臓麻痺で逝っとったら、どなぃしてくれる積もり」

「いやぁ、申し訳ないとは思っている」田所が頭を掻いた。本当に済まなそうで、奴がこんな表情を浮かべるなんて想像もしてはいなかった。「ガスは出ないのではないか、との予想はあった。だが確信はできない。そしてできない以上、謎を解くには万全を期す必要がある。でき得る限りの検討はしてみたかった。お陰で時間を要してしまったのだ。弓削君に不必要な恐怖を与えてしまったとしたら、謝罪する」

「まぁまぁ。いいじゃないですか」砥部教授が取り成した。「制限時間ギリギリ一杯ではあったが。先生は見事、秦帆の仕掛けた謎を解いた。それだけは間違いのないところなのだから」

「まぁ、そうだな」オダケンは合わせた。「ガスが出る仕組みだったにせよ、そうでなかったにせよ。田所が正解を突き止めたことだけは確かだ」

「でもそんなの、結果論よ」梨花が言った。「死の恐怖を味わわされた、弓削さんの身にもなってご覧なさい」

そうだそうだ、とゆげ福夫妻が賛同する。「そもそもこんな生死に繋がるような事態、俺には向かないよ」夫の方が口を尖らせた。「単なるラーメン屋兼、探偵なんだからな。そっちの分野は、マスターの方の専売特許にしといてくれ」

「おぃおぃ。俺だって生死の境なんて事態は、好みなわけじゃないぜ」

「だってしょっちゅう、そうなってるじゃないか」

「たまたま、だ。運が悪ぃだけだ」

リモートで会話していた。こっちはバー『オダケン』。向こうは田所の研究室。東京と博多、遠く離れた二ヵ所にいるのだから、事態が一段落ついた今、全てを総括するにはこいつが一番いい。それぞれに関係者が集まって、会話がスタートした。

しかしそれにしても、便利な世の中になったものだ。互いに離れていても、こんな風に集まって話ができる。笑う余裕を持って振り返ることができる。もっともこのリモート技術を利用して、秦帆は今回の事件を仕掛けた面はあるのだが。そして自分もまた、同じ技術で田所の研究に協力した……

数日後

事態が一段落、そう。

切るべきコードは、金。田所の推理は当たっていた。

タイマーの切れるギリギリのタイミングでゆげ福がコードを切ると、カウントダウンはその場で終わった。同時に機械側面の隠しポケットが開き、中には紙片が入っていた。四桁の数字が書かれていた。

「コードを切る瞬間が一番、緊張したぜ」ゆげ福が振り返った。「もし、間違っていたら。田所の推理が誤っていたら。今にもシューッ、なんて音が始まるんじゃないかと思って、な。息が詰まったよ」

「それもあったのだ」田所が応じた。「あまりに早くどちらかを指示してしまうと、弓削君が迷うのではないかと危惧した。本当にこれでいいのか。間違っていて自分は死ぬのではないか。逡巡し、どちらを切るのも躊躇う事態も予測された。だから」

「ギリギリまで告げるのを待った、てのか!?　おいおい勘弁してくれよ。確かにもう時間がなかったから、迷うなんて余裕もなかった。言われた方を直ちに切るだけだった。だけど」

「お陰で匠さん、そんだけ長いこと恐怖、味わう羽目になったわけやん」

「ただまぁそちらの動機は、僅かだ。やはり万全を期したい思いの方が、大半だった」

「とにかく隠しポケットが開くまでは、息が止まってたよ」ゆげ福が言った。「かちり、と音がして開いた。中からはあいつの言った通り、紙切れが出て来た。それで漸く、助かった、って確信できたんだ。思わずその場に座り込んだよ。やっと息もできるようになった」

やがて蔵の外に、警官隊が到着した。紙片に書かれていた四桁のコードを打ち込むと、電子錠は解錠され蔵の扉は開いた。

助かった。警官隊の姿を見た時のゆげ福の気持ちも、想像するに余りある。生きた心地を心底、取り戻せたのも恐らくその時点で漸く、だったことだろう。

娘は誘拐された。友人も死の瀬戸際まで追い込まれた。

知った醤油蔵の主人、柱谷の怒りは凄まじかったらしい。

実行犯の行方を追うのは勿論、今後も全力を持って取り組んでもらう。だがそれと同時に忘れてはならないのは、誰がその男を雇ったのか、だ。動機にあの地域一帯の、再開発計画があるのはまず間違いない。反対する、彼らにとっての障害物、この自分を排除するためにこそ一連の事件があったろうことも。田所の推理に頷けないところはどこにもないのだ。

故に実行犯を雇ったのは、再開発計画を推進したいサイドの人物、ということになる。それはいったい、誰か。何が何でも突き止めなければならない。一歩も引く積もりは、自分にはない。

「もう、再開発どころじゃねぇな」オダケンは言った。「当事者を心底、怒らせちまった。もうどれだけ札束を積まれようとも、自分の土地を売る気にはなれねぇだろう。秦帆を雇ったのが誰だったにせよ、そいつの思惑とは真逆の結果になっちまったわけだ」

ゆげ福によるとその柱谷なる男は、自分の信念を頑として曲げない根性モンであるという。ただし娘に対する時だけは、腑抜けのようになってしまうが。そのような男だから怒りに燃え、徹底的に戦うと宣すれば必ずやそうしてくれることだろう。

「様ぁ見ろ、だな」ゆげ福も応えて言った。「これだけの大騒ぎになったんだ。警察だって捜査に本腰を入れずにはおけんだろう。宮本も意気込んでる。何が出て来るか。俺としても要注目だ」

博多には「影のドン」と呼ばれる男がいる。政官財界の全てから、裏社会にまで通じた超大物だ。恐らく今回の件も、どこかで彼と繋がっている。

そしてゆげ福は、そいつと深い因縁がある。これまでも何度も対決を演じていた。今回もまた、そうなるのではないか。ゆげ福は読んでいるのだろう。武者震いを覚えているのだろう、とオダケンには想像がついた。

難儀なこったぜ、あいつも。毒ガス騒ぎからは免れられたが、まだまだ息の抜けない日々が続く。もう直ぐ父親になる、ってのに。安息の日が訪れるのは当分、先のことになるのだろう。何が生死に繋がるような事態の方は、マスターの専売特許にしといてくれ、だ。こいつも彼の宿命なのではないか。

「まぁしやけど、産まれて来る赤ん坊が〝父なし児〟になるとこやったんやさかぃ」しのぶちゃんの声に、はっと我に返った。「そなぃはならんでくれたことに、感謝、やで」

やはり女性から責め立てられるのは、さすがに田所としても不得手なのには違いなかろう。漸く許してくれそうな雲行きに、表情が緩んでいるように映った。こいつもやはり、人間ではあったか。

「簡単に許しちゃダメよ、しのぶさん」なのに利花が、混ぜっ返した。こういう時は女ってのは、直ぐに共同戦線を張る。「だってそもそも、弓削さんをあの蔵に向かわせたのも、田所さんだったんだから」

「あっ、せや。忘れてまぅとこやった!!」

「あっ、い、いや。しかし」

「まぁまぁ」またも宥めたのは、砥部教授だった。「繰り返すが秦帆に、二人を殺す気はなかったわけだから」

「だからそんなの、結果論だ、って言ってるんです」半分、冗談の非難。だが逆に言うと半分は、本気が入っているということだ。そしてこうして口にしていると、ますます本気に雪崩《なだ》れ込んで行ってしまう。「あの時点では、分かってはいなかった。弓削さんは本気で、死の恐怖を味わなければならなかったんですから」

「ホンマやで」

「しかし、どういうことだろうなぁ」割って入った。女の敵にされる危険、覚悟の上。ただやはり、知っておきたい気持ちは本音であった。それと田所に同情する気持ちも正直、湧いていたのだ。彼が秦帆を打ち負かしたことは、紛れもない事実なのだから。「秦帆はどの時点で、計画遂行を諦めたんだろう。毒ガスなんか出ない仕掛けに切り替えたんだろう。だって死人が誰も出なければ、これまでやって来たことは全て水泡に帰しちまうんだぜ。地主は土地を売ることを拒み続け、再開発計画は頓挫したまま」

そう。既に繰り返されて来たが、毒ガスは噴射する仕掛けにはなっていなかった。噴霧する、しないを切り替えるスイッチがあり、出ない方に設定されていた。カウンターがタイムリミットを示そうと、間違った方のコードを切ってしまおうとゆげ福と娘は死ぬことはなかったのだ。単なる脅し。そして奴の楽しむゲームの装置としてのみ、あの機械はあった。

ただし金と銀を間違えていれば、解錠コードは手に入らなかった。四桁の数字だから最大、一万回も試してみなければ鍵は開けられなかった。そういう意味でも謎を解くことができたのは、有意義だったことは間違いがない。

「弓削君があの時、蔵に駆けつけた時点で、ではないかな」田所は言った。救われたような表情が少なからず、あった。「ガス缶には実際、毒ガスは充填されていた。いつでもその気になれば、娘を毒殺できる用意は整っていたのだ。恐らく私の推理が追いつかず、弓削君も誰も現われないようなら彼奴はスイッチを噴霧する方へと切り替え、計画をそのまま実行していたろう。いかにも娘が自殺した風に、蔵内の様子を擬装してその場を立ち去っていたろう」

「つまりあんたの推理が間に合ったからこそ、娘は殺されずに済んだ、ってわけだな」

この再開発プロジェクト絡みでは実は、既に死人が出ている。政治的な立場から計画に反対していた市議会議員が、海で溺死体で発見されているのだ。警察の捜査では他殺の痕跡が認められず、趣味のクルーザーから落ちた事故だろうと判断された。背景が背景だけに殺されたのでは、と噂されたが、捜査は打ち切りになった。

だが今ではやはり、これも秦帆の手によるものだろうとの意見で田所も一致している。事故に見せ掛けて殺すくらい、奴には造作もないことだからだ。つまりその時点から奴は、既にプロジェクト側に雇われていたのだろう。そして目的のためには手段は選ばない。人一人、殺すことになど何の躊躇いもない奴ということなのだろう。

「自画自賛しているわけではない。ただ、これまで知る秦帆の人間像を見る限り、そうではないかと思えるのだ。彼奴はプロだ。請け負った仕事はでき得る限り、遂行するべく努める。ただ一方、ゲームの喜びも捨て切れずにいる。その狭間で、楽しんでいるのだ。そう。計画実行も私への挑戦も全て、彼の中ではゲームの一環に過ぎないのだ」

「成程なぁ」腕を組んだ。「本当にやはり、ギリギリだった、ってことだな。あんたの推理が遅れてれば、計画はそのまま実行されてた。娘は死に、地主は土地を売り、再開発プロジェクトも再始動した。秦帆を雇った奴の狙いは、そのまま実現してた」

どちらのコードを切るか、の時点ではない。その前の段階で田所が秦帆の思惑を見抜いていなければ、こちらの負けだったというわけだ。つまりやはり、彼の功績は大きかったと言える。負けた、と悟ったからこそ秦帆も、計画遂行を諦め最後のゲームで満足する腹を固めた。こんな野郎を認めるのは悔しいが、彼がいなかったら大惨敗だったことは間違いない。その前に恐らく、何が起こっているかすら俺達には分からないままだったろう。

プロファイラーとやら、なかなか大したモンじゃないか。

「あ、そうそう。訊くの忘れてた」ゆげ福が言った。「一番、肝心な質問だ。何で正解は『金』だったんだ。ヒントの『大久保駅』が指し示すのが、どうして銀じゃなく金だと分かったんだ」

「あぁ、簡単なことだよ」田所が言った。「制限時間が五分と短い。故に問題は単純に違いないと踏んだ。砥部教授に一応、大久保という名に纏わる知識も披露してもらったが。ブレイン・ストーミングに過ぎなかった。可能な限りの情報を得た上で、最終判断する。それだけの時間的余裕はあると踏んだのだ。もし本当に、ガスが噴射する仕組みであったとしても」

「しやからその間、匠さんは死の恐怖を」

しのぶちゃんがまたも混ぜ返しそうになったので、「まぁまぁ」と今度はオダケンが宥めた。「それよりも、だ。まだ解答を聞いてねぇぜ。それでどうして、『大久保』が『金』なのか」

「秦帆は言葉遊びを好む。自ら名乗るのに『シンハンニン』とも読める名にしたのも、その一つ。そもそも『不死鳥』も、実行犯の樋野の名を捩《もじ》ったものだった。だから今回もその一環に違いない、と読んだのだ」

まだ先が読めない。全員、次の言葉を待った。このリモート会合で初めて、誰も何も発言しない間が空いた。ごくり、と思わず喉が鳴った。

「『大久保』を母音の並びにしてみたまえ。『ＯＯＵＯ』になる。一方、『金』の英語『ゴールド』

も全く同じだ。秦帆の心理を読むには彼自身の思考傾向に自らを合わせることが肝心だ。彼ならこのような言葉遊びを好む、と既に分かっていた。故に金で間違いないと確信したのだ」

各人各様の反応だった。そうか成程なぁ、という顔。何だそれだけ？　という表情。そんな下らない言葉遊びのために、俺の命は弄ばれていたのか、との内心が窺えたのはゆげ福だ。まぁ実際には命の危機はなかったとは言え、当人としてはそれが当然の心理だろう。

ただ、オダケンだけは反応が異なっていた。「何だ、そういうことか」思わず素っ頓狂な声を発していた。「そう言えばあの時、俺はゆげ福と電話で話してたよな。『秦帆任』が『シンハンニン』だってよ、とゆげ福に教えてた。それを聞いて田所、閃《ひらめ》いたわけか。この謎解きも言葉遊びに違ぇねぇ、って。連続放火も実は『第一』事件の前から起こってた、て情報を仕入れて来たのも、考えてみりゃぁ俺だったし。結局は要所要所で俺が、事件の解決に繋がる重要なネタを」

「いや、それはない」直ちに田所が否定した。「言葉遊びが要《かなめ》かも知れぬ、という読みは最初からあった。君達の会話がヒントになったわけでは全くない」

「いいじゃないか。そういうことにしたって」ゆげ福がオダケン側についてくれる。「その読みが元からあったにせよ、最終的にそれだという判断になったのはやっぱり、マスターの一言があったお陰だろ」

「そうだよ」とオダケンも畳み掛ける。「この事件は俺達チーム全員が連携して、解決に導いた。つまりはそういう構図だった、ってことで」

「馬鹿馬鹿しい」田所が吐き捨てた。「私がこのような男の発言を、僅かなりとも参考にすると思うかね。あり得ない」

「おぃおぃ、相変わらず大人気ないな」

「事実を事実として述べているまでだ」ゆげ福が窘めようとしたが、田所は微動だにしなかった。

「プロファイリングに、雑音の入る余地はない」

オダケンはと言えば、画面に摑み掛かるところだった。

この野郎。せっかくさっき、女共から吊し上げ食らいそうになってたのを助けてやった、ってのに。その恩も忘れやがって。プロファイラーとやら、なかなか大したモンじゃないか、なぁんて認めそうになったが、そいつも直ちに打ち消しだ。

リモートで命拾いしたな、田所よ。そもそも会う前から伝えられていた通り——やっぱりこいつ、とことんヤな野郎だ!!

エピローグ

　マフグのメスを捌いて、肝臓と卵巣を取り出した。ここには猛毒、テトロドトキシンが多く含まれている。毒性は青酸カリの五百倍から千倍とも言われる。人間からすれば、生物由来の最も危険な毒だ。

「さすが、っスよねぇ、アニキは」プゥーレェンが言った。「手つきが見事だ。見てて、惚れ惚れしちまうなぁ」

「調理は親父からきっちり、仕込まれてるからな」中国系アメリカ人、エグゼンプ・ホイは応えて言った。「フグの処理だって、お手のものだ。どことどこに毒が含まれてるか、も叩き込まれた。今回はそいつを逆利用。普通なら捨てるとこだけを使う、ってだけだ」

「いやぁ、かっけー、っス、マジで。アニキ見てたら、この任務のために生を受けた人なんじゃやね、って気がしちまいますよ」

「丁度いい場所にいることだけぁ確かだな。俺もこいつを、天命みてぇなモンかもなぁ、て気がしてら」

「ガチっス」

　来週、中華人民共和国国家主席の周今陛《ヂォウチエンピィー》が国賓として我がステーツにやって来る。合衆国大統領ソー・タリゼンが直々に出迎える。米中友好を大々的に演出する。ロシアが世界を敵に回している今、中露連携を分断する意味でもこれが必要、と判断したらしい。

だが香港が中国に返還される直前、家族でアメリカ国籍を取得し渡米して来たホイとしては、許せなかった。あの頃はまだ子供だったが、「人権を蹂躙するような国の国民になって堪るか」と父が吐き捨て、この手を引かれてアメリカ大陸に着いた日のことは忘れない。「ここは自由の国だ。お前も自分の考えに正直に行動できる。国民を束縛し、行動を制限するあんな国とは全く違う」

家族で自由の女神像を見上げた。自分の人生はこれから、全く違うものになるのだと感じた。

現実にはそれ程、甘いものではなかった。ここの暮らしにだってあれこれの制約がある。まして中国系、という偏見も受ける。自分はまだ恵まれた立場にいるとは思えるがそれでも、白人共の向けて来る目には明らかに、彼我の間に横たわる埋められぬ溝が感じられた。疎外感を覚え、本心を彼らに向けても無意味、と悟った。今ではネットの世界だけが、本当の自分を曝け出せる場所、と弁《わきま》えている。

ネットの中には無数の情報が飛び交う。中国が今、香港に何をしているのか。手に取るように知ることができる。本当に酷い。あの時点で逃げ出して、正解だったのだ。

だが自分はいいとして、残された同胞はどうなる。あんな暴政に晒される彼らのことを思うと、怒りの余り夜も眠れない。新疆《しんきょう》ウイグル自治区やチベット自治区など、もっと酷い目に遭わされている同国人もいる。

本来ならアメリカは、中国を声高に批判し、あらゆる手立てを講じて制裁を加えるべきだった。なのに弱体化した国力と、内外政の巡り合わせのため、よりにもよってあの国家主席を国賓として迎える運びとなった。

許せない。絶対に許すわけにはいかない。こんなことを認めていては、自由主義社会は崩壊するだけだ。

　ＳＮＳに熱く書き込んだ。我が国と、世界の将来を憂える言葉を綴った。

　反応は凄まじかった。お前なんかに何ができる。突き放すような書き込みもあったが、それより「俺もお前と同じ思いだ」「何が何でもこの流れを阻止しなければならない」と賛同してくれるコメントの方が圧倒的に多かった。

「いや、感動しました」中でも熱心に書き込んで来たのが、このプゥーレェンだった。「目から鱗が落ちる、てのはこのことです。世界の何が問題なのか。俺達はどうすればいいのか今ハッキリと分かりました。『アニキ』と呼ばせてもらっていいですか」

　ちなみに「プゥーレェン」とは「仆人」と書き、中国語で「下男」を意味する。本人から「こう呼んで下さい」と言って来たのだった。きっと俺の下僕になりたい、という思いの表れなのだろう。

「アニキのお父さん、大統領お抱えの料理人なんでしょう」プゥーレェンは言って来た。「今度の晩餐会でも、料理を担当されるんでしょう」

　そう。親父は元々、香港で酒家をやっており、資産もそこそこあったがそれをこの国で事業に注ぎ込み、大成功を収めた。今ではアメリカ屈指の中華飯店チェーンを率い、ＶＩＰも好んで訪れる店として有名だった。政財界に広く知遇を得、大統領とも懇意となった。そんなわけで最近では国賓を出迎えるディナーで、中国料理を振る舞う際には親父が直々に腕を振るうのが、常となっていたのだ。

　自分も小さな頃から、料理の技術を叩き込まれた。今では店の一つを親父から任されている。周りにいる白人と、心から打ち解け合うことはないとは言え、これでも内心を隠して、普通に社会生活を送っている。親父が公的な晩餐会を仕切る時には、大抵が右腕として呼ばれる。

「そんなら、やるべきことがやれるんじゃぁねぇですか」プゥーレェンは言った。「天に代わって世界の敵を討つ。格好の場所にアニキはいるわけだ」

言われてみて、成程そうだな、と感じた。ＳＮＳで煽るだけでは何にもならない。賛同者は増えても、暴君は変わらず自分の国で圧政を続けるばかりだ。同胞が惨禍に遭い続ける現場に何の変化も齎さない。

今こそ実行に移すべき時だ。そしてプゥーレェンの言う通り、俺は幸いそいつができる立場にいる。

「食材の中に、毒が含まれてるものぁいくらでもあるんでしょう」

「あぁ。例えばフグ、とかな」

「そいつは俺だって聞いたことがありますよ。ちょー凄ぇ毒だ、って話ですね」

「生物由来の最強の毒だ。だから俺も親父からは何度も言われたよ。こいつを扱う時にはくれぐれも用心しろ、ってな」

「成程なるほど」

そんなわけでカメラを用意し、フグを捌いて危険な内臓を取り出す様を同時中継で見せてやった。プゥーレェンの喜び様は、想像以上だった。

「凄ぇ凄ぇ。後はこいつを、料理に密かに混ぜ合わせりゃぁ」

「そうだな。妙な味だと気づかれねぇよう、上手いこと致死量を仕込むだけだ」

「いやぁ、さすがだ。やっぱり俺が見込んだ、アニキだ」

アニキのお父さんだってホントは、これがやりてぇ筈なんじゃねぇんですか。以前、こいつが言っていたことがある。あぁ確かにそうだ、とホイも思った。人権無視を嫌って、この国に流れて来た親父だ。なのにその象徴が、アメリカにやって来る。そして立場上、そいつを持て成す料理を供さなければならない。親父だって悔しい筈なのだ。ならばその気持ちを、俺が代弁してやって何が悪い。親父だって後になって知れば、きっと喜んでくれるだろう。

「こいつは大切な仕事だ」ホイは言った。「自由世界の敵と、そんな奴を受け入れる誤った大統領を、屠《ほふ》る。天から与えられた任務と言っていい」

「犯行声明も出さなきゃなりませんよ。こいつにゃぁ重要な意味が込められてんですからね。何のためにこれをやったのか。広く世界に知らしめてやんなきゃぁ」

「何かコードネームが要るな。世界が衝撃を受け、俺達について来たくなるような印象的な名前が。何かいいもの、思いつかねぇか、プゥーレァン」

「そうですねぇ」ちょっと間が空いて、あいつは言った。「アニキの名前、エグゼンプ・ホイ(XENP・HOI)は並べ替えると『PHOENIX《フェニックス》』になる。料理ってのは火を自在に操る技でもありますからね。どうです、カッコよく『不死鳥』なんて」

本書は書き下ろしです。

西村　健（にしむら・けん）
1965年福岡県生まれ。東京大学工学部卒業。労働省（現・厚生労働省）に入省後、フリーライターになる。1996年に『ビンゴ』で作家デビュー。その後、ノンフィクションやエンタテインメント小説を次々と発表する。2005年『劫火』、2010年『残火』で日本冒険小説協会大賞（第24回、第29回）を受賞。2011年地元の炭鉱の町大牟田を舞台にした『地の底のヤマ』で第30回日本冒険小説協会大賞、翌年、同作で第33回吉川英治文学新人賞、2014年『ヤマの疾風』で第16回大藪春彦賞を受賞する。著書に『光陰の刃』、『バスを待つ男』、『最果ての街』、『目撃』、『バスへ誘《いざな》う男』、『激震』、『バスに集う人々』、「博多探偵ゆげ福」シリーズなど。

不死鳥《ふしちょう》
第一刷発行　二〇二四年一月十五日
著者　西村《にしむら》健《けん》
発行者　森田浩章
発行所　株式会社　講談社
〒112-8001東京都文京区音羽二―一二―二一
電話　出版　〇三―五三九五―三五〇五
販売　〇三―五三九五―五八一七
業務　〇三―五三九五―三六一五
本文データ制作　講談社デジタル製作
印刷所　株式会社KPSプロダクツ
製本所　株式会社国宝社
定価はカバーに表示してあります。

Printed in Japan　ISBN978-4-06-534068-4
N.D.C. 913　350p　19cm

KODANSHA

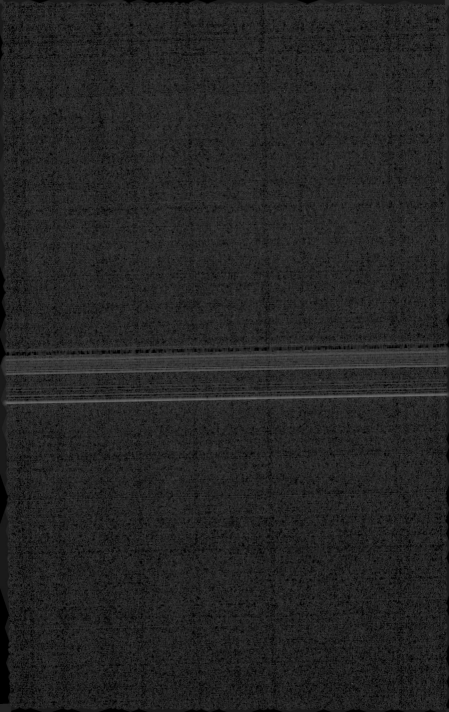